Couronnement fatal
à Middle Fenton

Du même auteur
dans la collection HarperCollins Noir

Série Loveday & Ryder

Le corbeau d'Oxford
Un pique-nique presque parfait
Meurtre en coulisse
Le secret de Briar's Hall
Feu d'artifice mortel

FAITH MARTIN

Couronnement fatal à Middle Fenton

Traduit de l'anglais (Royaume-Uni) par
BENJAMIN KUNTZER

Harper Collins
NOIR

Titre original :
A FATAL AFFAIR

HARPERCOLLINS FRANCE
83-85, boulevard Vincent-Auriol, 75646 PARIS CEDEX 13
Tél. : 01 42 16 63 63

www.harpercollins.fr

ISBN 979-1-0339-1306-1— ISSN 2551-0096

Prologue

Mardi 1er mai 1962

Personne dans la ville aux clochers rêveurs[1] n'aurait songé à la mort en cette froide matinée de 1er Mai. Pourquoi l'aurait-on fait, alors que les oiseaux chantaient et que l'on se rassemblait autour de Magdalen Tower en comptant à rebours les secondes jusqu'à 6 heures du matin, cet instant magique où la ville lancerait pour de bon les festivités ?

En tout cas, les jeunes choristes impatients, agglutinés au sommet du bâtiment universitaire, n'avaient aucune raison d'anticiper une tragédie. Au contraire, ils ne pensaient qu'à leur interprétation à venir du *Te Deum Patrem colimus*, ce morceau formidable qu'il était coutume d'entonner depuis la tour chaque 1er Mai depuis 1509.

Les nombreux visiteurs étrangers, arrivés en ville pour cette occasion si particulière, observaient avec un mélange de perplexité et d'incrédulité les cabrioles pittoresques et colorées des adeptes de la *Morris dance*[2], qui se pressaient dans les rues

1. « The city of dreaming spires » désigne la ville d'Oxford. (Toutes les notes sont du traducteur.)

2. Danse traditionnelle anglaise.

du centre avec leurs grelots et leurs bâtons de percussion. Ces touristes-là étaient bien trop accaparés par le spectacle pour envisager l'éventualité d'un meurtre.

En somme, qui, dans cette ville ancienne et magnifique, aurait pu prévoir qu'une journée printanière aussi radieuse et prometteuse accoucherait de quelque événement sombre et fatal ? Les jonquilles et les tulipes, les primevères et les forsythias en pleine floraison, resplendissant de toute leur gloire multicolore dans les jardins, ne proclamaient-ils pas que la vie était merveilleuse ? De jeunes enfants, sans doute las des cantiques en latin, riaient et jouaient de leur côté, chantant des airs bien plus terre à terre, mais tout aussi traditionnels, que la brise emportait – les « Voici venu le mois de mai » se disputaient ainsi la primauté avec les « Petite abeille fort occupée ».

Les badauds prirent des photos ; les choristes, grisés par leur succès, finirent par quitter le campanile. Les gens dans les rues, ravis d'avoir eu un aperçu d'authentique « culture anglaise », cherchèrent des cafés ouverts de si bon matin, en quête d'une autre spécificité britannique : une tasse de thé bien chaud.

À une dizaine de kilomètres de là, dans un petit village de campagne qui, depuis des siècles, célébrait le 1er Mai presque aussi assidûment que la ville voisine, une femme rondelette traversait d'un air affairé les chemins silencieux parmi les chaumières qui s'éveillaient à peine, afin de gagner le pré communal.

Margaret Bellham avait vécu toute sa vie à Middle Fenton, dont elle avait fréquenté l'école avant d'épouser un homme habitant quatre maisons plus loin, dans la même rue qu'elle ; ensemble, ils avaient investi un logement de fonction sur l'un des domaines agricoles.

Durant ses jeunes années, elle avait échoué d'un cheveu dans sa tentative d'être élue reine du mois de mai, et n'avait cessé de le déplorer depuis. Toutefois, pareille déception ne l'empêchait pas de diriger depuis vingt ans, et avec l'enthousiasme des premiers jours, le comité d'organisation des festivités du 1er Mai.

Il lui incombait de faire en sorte que le défilé, auquel participaient tous les enfants et écoliers, se déroule sans accroc, et que la couronne de fleurs et les quatre lances soient confiées seulement aux plus responsables (et aux plus vigoureux). C'était elle qui chapeautait les dames du village chargées du pique-nique de l'après-midi, traditionnellement organisé près de la mare aux canards. Et, naturellement, elle encore qui devait veiller à ce que le mât du village – une structure permanente qui trônait en bonne place sur le pré communal depuis près de deux siècles – soit prêt à accueillir la danse des jeunes filles encore mineures, programmée à midi tapant.

Margaret soufflait un peu en traversant la rue devant l'école. Elle tourna la tête pour consulter l'horloge de l'église sur le trottoir d'en face – 7 heures précises, elle était dans les temps. Elle était néanmoins en train d'établir mentalement la liste de toutes les choses qu'il lui restait à faire quand elle tourna l'angle lui permettant de dépasser la mare pour rejoindre le pré.

Pourvu, songeait-elle avec humeur, que Sid Fowler ait pensé à fixer la couronne de bois ornée de rubans au sommet du poteau de pierre, avant que la nuit tombe la veille au soir. Car si le mât en lui-même demeurait sur place toute l'année, la pièce de bois installée en son sommet, avec ses nombreuses lamelles sculptées ornées de longs rubans, était soigneusement entreposée dans la remise de l'école pour la préserver des intempéries.

Sid n'étant malheureusement pas quelqu'un de très fiable, elle avait tout de même emporté le double de la clé de la cabane, au cas où. Elle avait aussi confié à Rose Simmonds, la serveuse du pub du village, la tâche de s'assurer que les rubans aux sept couleurs de l'arc-en-ciel avaient bien été lavés, afin qu'ils resplendissent quand les enfants commenceraient à danser.

Ayant elle-même dansé autour de ce mât dans ses jeunes années, croisant le parcours de ses camarades et passant sous leurs bras dans le respect des mouvements élaborés caractéristiques de cette chorégraphie, elle savait que tout était tellement plus beau quand les rubans se déployaient, propres et lumineux. Ses danses préférées étaient la Toile d'araignée et la Tente des gitans, mais l'Escroc…

À cet instant de sa rêverie, Margaret se tourna vers le poteau et s'arrêta net. Pendant une seconde ou deux, elle resta figée, les paupières battantes, incertaine de véritablement voir ce qu'elle croyait voir.

Elle voulut s'approcher, hésitante, le cerveau bourdonnant tel un essaim d'abeilles contrariées ; cependant, quand ses pieds foulèrent l'herbe tendre du pré, elle sentit ses forces l'abandonner et tomba à genoux.

Elle ouvrit la bouche, incapable d'articuler un son.

Au lieu de quoi, elle contempla silencieusement la reine du mois de mai de cette année-là.

Traditionnellement, les hommes du village désignaient à bulletin secret une jeune fille âgée de seize à vingt ans pour incarner ce rôle. Et l'élection d'Iris Carmody n'avait surpris personne. Avec ses longs cheveux blond pâle, ses grands yeux bleus, son visage en forme de cœur et sa silhouette en sablier, elle brisait le cœur des garçons du coin depuis qu'elle avait atteint la puberté… et sans doute même avant ! Désormais âgée de dix-sept ans, elle avait balayé toutes les autres concurrentes.

En tant que reine de mai, il lui reviendrait de diriger le village pendant toute la journée, car la tradition voulait que chacun de ses souhaits fût exaucé. Bien sûr, cela avait parfois conduit à quelques tours amusants, l'une des reines ayant un jour exigé que tous les cochons soient peints en vert, et que tous les hommes portent des guirlandes de pâquerettes en guise de ceinture !

Margaret avait quant à elle de sérieuses réticences à l'idée de couronner Iris Carmody, une petite effrontée qui risquait de leur donner du fil à retordre, et elle savait ne pas être la seule. Plusieurs matrones avisées l'avaient prise à part pour lui confier tout le mal qu'elles pensaient du choix des villageois.

Cependant, tandis qu'elle observait Iris, avec sa longue robe blanche ornée de minuscules fleurs colorées, ses cheveux lui tombant à la taille et sa couronne de violettes, de jacinthes des bois, de primevères et de narcisses, elle devait bien reconnaître qu'elle incarnait à merveille la beauté juvénile et le printemps.

Même les rubans colorés suspendus au sommet du mât, et désormais enroulés autour du corps pour le maintenir en place le long du poteau de pierre, étaient magnifiques.

Pourtant, sous la blondeur qui créait comme un halo autour du visage d'Iris, Margaret Bellham avisait un chapelet d'hématomes sombres au niveau de son cou ; plus épouvantable encore : les traits congestionnés, tordus, ainsi que cette langue bleue pendante transformaient la morte en une parodie grotesque de ce qu'aurait dû être une reine du mois de mai.

Enfin, la monstruosité de cette vision libéra Margaret Bellham de sa paralysie ; elle se mit alors à hurler, avant de fondre en larmes.

1

Une semaine et quatre jours après le meurtre d'Iris Carmody, le capitaine Harry Jennings commençait à sentir la pression monter. Ses inspecteurs travaillaient à temps complet sur l'affaire, et la presse ne les lâchait pas d'une semelle. Cela ne le surprenait pas, car retrouver une magnifique jeune femme, habillée en reine de mai, étranglée et ligotée au mât enrubanné d'un village, constituait le rêve absolu de nombreux rédacteurs en chef.

Pour lui, il s'agissait en revanche d'un problème dont il se serait volontiers dispensé.

D'autant qu'il savait qu'un autre souci allait franchir la porte de son bureau d'un instant à l'autre. Il poussa un profond soupir et se renversa dans son fauteuil, sentant le manque de sommeil le rattraper. Pour un crime aussi spectaculaire, l'enquête se révélait des plus laborieuses.

Pour commencer, personne n'avait vu la morte le jour de son trépas. Les parents ignoraient pourquoi leur fille s'était costumée et avait quitté le domicile familial si tôt, alors qu'elle savait qu'une journée particulièrement éreintante l'attendait. Par ailleurs, personne, pas même les habitants des cottages voisins de la scène de crime, n'avait entendu le moindre bruit suspect en provenance du pré communal, que ce fût la veille au soir ou le matin de la macabre découverte.

Et si ragots et hypothèses au sujet de la défunte – et de sa vie amoureuse – allaient bon train, il n'existait que peu de preuves pour les attester. Tout le monde, sans exception, avait beaucoup à dire sur la morte – et rien de très flatteur. À en croire les femmes, la malheureuse était au mieux volage, au pire une véritable croqueuse d'hommes ; pourtant, nulle ne pouvait désigner avec certitude un seul nom sur la longue liste de ses victimes ou amants potentiels. Et si nombre d'hommes laissaient entendre qu'ils connaissaient plutôt bien Iris, aucun n'osait prétendre avoir vécu une aventure avec elle.

Les personnes interrogées convenaient que son petit ami du moment était probablement le dindon de la farce, mais des rumeurs sans fondement ne constituaient pas un motif sérieux pour commettre un homicide.

Et comme si une tragédie ne suffisait pas, voilà qu'une seconde mort se trouvait presque assurément liée au meurtre de la reine de mai. Même si ce deuxième événement semblait, fort heureusement, bien plus simple à élucider ; d'ailleurs, le capitaine avait bon espoir de pouvoir clore le dossier bientôt. Dès qu'il aurait pu expédier son prochain rendez-vous.

Du moins l'escomptait-il...

Jennings poussa un énorme soupir. Un coup sec et péremptoire fut alors frappé à sa porte, qui s'ouvrit avant même qu'il ait pu inviter à entrer. Un homme de haute taille aux cheveux châtain apparut devant lui. Vêtu d'un costume anthracite légèrement froissé, il n'était ni gros, ni particulièrement svelte ; malgré un physique plutôt avenant, son teint était d'une pâleur remarquable et ses yeux comme enfoncés dans leurs orbites. Il paraissait de surcroît beaucoup plus que ses cinquante-deux ans.

Le pauvre avait ses raisons, songea Jennings en s'empressant de se mettre debout.

— Commissaire Finch, bonjour, dit-il, embarrassé. Euh… voulez-vous vous asseoir ?

Finch hocha la tête et s'installa soigneusement, pile au milieu de la chaise située en face du bureau de son subordonné, preuve indéniable de la grande maîtrise qu'il exerçait sur lui-même. Le commissaire avait déjà formulé sa déclaration officielle au capitaine le matin précédent – un moment douloureusement gênant pour les deux hommes –, mais Jennings n'avait pas été surpris de recevoir un autre appel de Finch en fin d'après-midi, lequel sollicitait une discussion plus informelle.

— Commissaire, commença Jennings, j'aimerais une nouvelle fois vous faire savoir combien je suis désolé pour votre fils. Je peux vous assurer que l'affaire est traitée avec le plus grand soin et le respect qui s'impose.

Son supérieur grimaça.

— Je n'en doute pas. Écoutez, Harry, ne tournons pas autour du pot, dit-il avec lassitude. La mort de David nous a laissés, ma femme et moi… disons… dans un état second, vous l'imaginez bien.

Harry se racla la gorge. Il commençait à éprouver un mélange de colère et de ressentiment, même s'il savait que ce n'était pas la faute du commissaire s'il se retrouvait empêtré dans cette situation. Malgré tout, il aurait préféré que Finch prenne du recul et ne se mêle pas des enquêtes en cours. Cela aurait simplifié la tâche à ses équipes. Un coup d'œil au visage de son interlocuteur lui suffit cependant pour comprendre que cela n'arriverait pas de sitôt.

— Jouons cartes sur table, d'accord ? reprit le commissaire Finch. Inutile de nier que David était complètement épris de cette Iris Carmody. Il ne nous l'avait pas encore présentée, même s'ils se fréquentaient depuis plusieurs semaines, mais nous étions tous conscients qu'il était éperdument amoureux. Et je ne vous cacherai pas que cela préoccupait beaucoup sa mère. Avant même son assassinat, nous avions eu vent de rumeurs concernant cette fille. Vous savez ce que c'est : les femmes discutent et prennent plaisir à colporter de mauvaises nouvelles, et elles sont plusieurs à avoir pris la peine d'informer Betty qu'Iris risquait de le mener en bateau.

— Cela a dû être perturbant pour vous et votre famille, commissaire, je n'en doute pas.

— Oui, comme je vous l'ai dit, sa mère était préoccupée. Quant à moi... eh bien, David était beau garçon, jeune, avec de bons résultats universitaires... Honnêtement, Harry, je pensais que cela finirait par retomber. Quand j'avais son âge...

Il laissa la fin de sa phrase en suspens et haussa les épaules.

Jennings regrettait que sa migraine ne soit pas plutôt infligée à quelqu'un d'autre. Malheureusement, il n'y pouvait rien. C'était bel et bien sur lui que cette histoire était tombée, et il lui incombait de faire contre mauvaise fortune bon cœur en veillant à ne pas contrarier le commissaire, tout en demeurant parfaitement impartial dans sa gestion de l'affaire Carmody.

Quelle poisse, ruminait-il amèrement. D'un côté, sa hiérarchie immédiate le bousculait pour clore cette affaire ; de l'autre, le commissaire Keith Finch n'apprécierait pas de voir sa famille mise en cause ou la réputation de son défunt fils ternie.

— Vous pensiez qu'il se lasserait d'Iris et finirait par trouver quelqu'un de plus convenable. Oui, commissaire, je comprends, et l'avenir vous aurait sans doute donné raison, répondit-il en s'efforçant de conserver une voix neutre.

Finch lui adressa un pâle sourire.

— Je comprends que la situation ne soit pas idéale pour vous, Harry. Surtout en ce moment. La mort de David a été un coup dur pour nous tous, mais on ne peut nier…

Il marqua une pause, inspira un grand coup et se redressa sur son siège.

— Vous savez, bien sûr, qu'on prétend que David l'a tuée ? Et qu'il se serait suicidé dans la foulée, par culpabilité ?

Jennings opina misérablement du chef. Trois jours plus tôt, le fils du commissaire Finch avait été retrouvé pendu dans la grange d'un proche de la famille. Même si l'enquête n'en était encore qu'à ses balbutiements, rien n'indiquait autre chose qu'un suicide. Bien sûr, les mauvaises langues étaient légion au village, et les journaux prenaient un malin plaisir à attiser les flammes.

— J'ai beaucoup de mal à y croire, reprit Keith Finch.

Comme Jennings ouvrait la bouche pour réagir, il leva une main apaisante et s'empressa d'ajouter :

— Oui, je sais, combien de fois n'avez-vous pas entendu la famille de suicidés ou d'accusés affirmer exactement la même chose ?

Il se passa la main sur la figure. Conscient de ne pouvoir repousser l'échéance plus longtemps, Jennings déclara :

— Monsieur, je peux vous assurer que nous poursuivrons une enquête des plus minutieuses, mais je ne pourrai évidemment pas vous tenir informé de…

Par chance, il n'eut pas à poursuivre.

— Ne vous en faites pas, Harry, l'interrompit le commissaire. Je ne suis pas venu vous demander d'être mes yeux et mes oreilles. Le préfet m'a déjà fait savoir que je ne pouvais évidemment pas m'impliquer dans cette affaire.

Harry ne chercha pas à retenir un soupir de soulagement.

— Oui, commissaire.

Il avait néanmoins conscience de se trouver dans une position particulièrement délicate et peu enviable. Il aurait aimé pouvoir annoncer à ses supérieurs – et à la presse – qu'il avait trouvé le meurtrier de la reine de mai. Que le petit ami de la victime ait été retrouvé pendu quelques jours plus tard aurait, habituellement, constitué un aveu suffisant. Ce qui signifiait qu'il n'aurait en temps normal plus eu qu'à récolter des indices renforçant l'hypothèse d'un meurtre commis par jalousie pour boucler l'affaire.

Cependant, le suspect étant le fils d'un commissaire de police, de surcroît une vieille connaissance, l'enquête ne pouvait être considérée comme normale. D'autant que Finch se targuait de posséder des amis dans les strates supérieures de la police et de la société en général.

Malgré tout, Jennings avait conscience que le commissaire ne ressortirait pas indemne de cette tempête. Que cela fût juste ou non, Keith Finch se retrouvait désormais confronté à une perte personnelle, mais aussi potentiellement professionnelle. Les autorités constituées prévoyaient sans doute déjà de l'envoyer en retraite anticipée – le sort habituel réservé à ceux qui faisaient l'objet d'une telle humiliation publique.

Harry avait veillé à ce qu'aucun journal ne traîne sur son bureau ce matin-là, mais les Finch avaient forcément eu connaissance des hypothèses formulées dans la presse locale. Il savait que David avait une sœur, et il ne pouvait qu'imaginer l'enfer qu'elle devait subir actuellement. Il réprima un frisson.

— Le fait est, naturellement, que je ne crois pas une seule seconde que mon fils l'ait tuée, Harry. Je sais, bien sûr, que c'est une éventualité dont vous devez tenir compte, mais je suis convaincu que vous ne trouverez aucune preuve pour corroborer cette hypothèse. Et que vous finirez par découvrir le vrai coupable.

Harry déglutit, incapable de soutenir son regard.

— Bref, je suis ici à propos de l'enquête judiciaire concernant David. Elle débute ce lundi, c'est bien cela ? s'enquit le commissaire Finch d'un ton péremptoire.

Malgré la tragédie personnelle qu'il traversait, il entendait conserver son sang-froid, et Jennings lui en savait gré. En pareilles circonstances, il ignorait quel genre de réconfort il aurait pu apporter à un père endeuillé menaçant de craquer.

— C'est bien cela, commissaire. À 10 heures tapantes.

— Et le vieux vautour dirigera les débats ?

Le capitaine Jennings acquiesça.

— Oui, monsieur. C'est le meilleur, comme vous le savez.

— Je suis d'accord. J'ai toujours eu beaucoup d'estime pour le Dr Ryder – même si c'est un enquiquineur fini, ajouta Keith Finch avec un sourire ironique.

Jennings manifesta son assentiment d'un grognement étouffé. Dans un passé récent, il avait eu plus souvent affaire au Dr Clement Ryder qu'il ne l'aurait souhaité. Pourquoi cet homme ne pouvait-il pas se comporter comme un coroner normal, en se contentant de faire son travail et en laissant la police s'acquitter du sien ? Il fallait toujours qu'il vienne fourrer son nez dans les affaires des autres – et, plus agaçant encore, qu'il mette souvent dans le mille.

— Ce qui m'amène au but de ma visite. J'en ai touché un mot au préfet, qui a accepté ma requête.

— Laquelle, commissaire ? demanda Jennings, qui sentit son pouls s'accélérer.

— On a beau se mettre des œillères, Harry, cela n'empêche pas les huiles de remarquer certaines choses, notamment le fait que votre policière et notre coroner ont pris l'habitude de, disons… d'« améliorer » nos méthodes d'enquête plus traditionnelles.

Harry Jennings fut alors saisi d'un atroce pressentiment.

— Monsieur..., commença-t-il, mais il ne fut pas autorisé à poursuivre.

— Écoutez, je sais que nous ne pouvons pas demander à l'agent Loveday et au Dr Ryder de vous aider sur l'affaire Iris Carmody...

— Non, certainement pas ! L'agent Loveday vient à peine de terminer sa période probatoire, et...

— Mais le Dr Ryder, en tant que coroner municipal, a mené plusieurs enquêtes approfondies sur les affaires qu'il dirigeait, n'est-ce pas ?

— Oui, commissaire, admit Harry, au désespoir.

— Et ce avec un succès considérable ?

— Oui, commissaire.

— Très bien. Dès que l'enquête judiciaire concernant mon fils sera terminée – et quel que soit le verdict –, vous solliciterez le Dr Ryder pour lui demander de pousser un peu plus loin les investigations sur les circonstances de la mort de David.

— Monsieur, commissaire, je ne pense pas qu'il serait très avisé de...

Keith Finch partit d'un rire rauque ressemblant à s'y méprendre à un aboiement, et afficha pour la première fois de la colère.

— Ce n'est peut-être pas très *avisé*, capitaine, rétorqua-t-il en se penchant vers son subordonné, mais tout le monde raconte partout que mon fils – *mon fils !* – a assassiné cette fille avant de se donner la mort.

Il abattit sa main sur le bureau de Jennings, si brusquement que ce dernier sursauta. Le bruit fit tourner la tête aux officiers réunis dans la pièce voisine.

— Et je ne le tolérerai pas. Me suis-je bien fait comprendre ?

Harry acquiesça d'un air misérable.

— Oui, commissaire.

— Très bien. Dans ce cas, poursuivez votre enquête sur l'affaire Carmody. Que rien ni personne ne vienne interférer avec ça. Continuez de considérer mon fils comme suspect s'il le faut. Mais n'empêchez pas votre brillante policière et le coroner de flairer toute piste suspecte. Compris ? insista Finch en se mettant debout.

— Compris, marmonna Harry en se levant à son tour.

C'était on ne peut plus clair. Cela dit, quand bien même il lui faudrait marcher sur des œufs – au moins pour le moment –, il ne serait pas forcément toujours contraint d'obéir. Surtout s'il parvenait à dénicher des preuves indiquant qui avait assassiné Iris Carmody, et pourquoi.

Il regarda son officier supérieur sortir de son bureau, puis se laissa retomber sur son siège. Cette intervention le mettait en rage – encore une affaire dans laquelle ce vieux vautour de coroner et l'unique femme agent de son poste de police, d'une efficacité insupportable, iraient fourrer leur nez.

Comme s'il n'avait pas déjà assez d'ennuis !

2

Le Dr Clement Ryder, coroner de la ville d'Oxford, rangeait son bureau avant de rentrer chez lui. À l'instar de ses collègues policiers, il travaillait souvent le samedi et, même s'il n'était pas un obsédé de l'organisation, il n'aimait pas commencer sa journée dans le désordre.

Dehors, le jour déclinait déjà, et il lui tardait de retrouver sa belle maison victorienne qui dominait South Park pour y savourer un petit cognac. Veuf depuis quelque temps, père de deux enfants désormais adultes et volant de leurs propres ailes, il se satisfaisait de sa vie de célibataire. Néanmoins, il était ravi d'avoir pu trouver une femme de ménage consciencieuse, qui non seulement entretenait son intérieur, mais lui laissait aussi tous les soirs un savoureux repas à réchauffer au four.

Le coroner était un homme assez grand, nanti d'une épaisse chevelure blanc argenté et d'yeux gris délavés. Bien que loin d'être gras, il commençait à bedonner un peu, ce qui ne l'empêcherait pas de profiter au mieux de la recette de sa gouvernante !

Il se saisit d'une pile de dossiers, comptant les enfermer pour la nuit dans le fond du tiroir près de sa jambe droite, mais alors qu'il les attrapait sur le sous-main en cuir protégeant le plateau en chêne, son bras fut pris d'un soubresaut involontaire. Il dut relâcher son fardeau et retenir la chemise au sommet de la pile pour ne pas la voir glisser au sol.

Il fulminait encore contre sa main tremblante quand sa secrétaire frappa à la porte. S'empressant de faire disparaître son bras sous son bureau, il redressa la tête et plaqua sur son visage un sourire poli et interrogateur.

Sa secrétaire, une femme entre deux âges de fort belle allure, lui sourit à son tour.

— Docteur Ryder, vous avez de la visite. Monsieur n'a pas pris de rendez-vous, mais je pense que vous voudrez le recevoir. Le capitaine Jennings ?

Clement Ryder cilla, espérant ne pas laisser paraître son étonnement. Depuis cinq ans qu'il avait pris son poste, il ne se rappelait pas avoir reçu une visite spontanée de la part du capitaine. Généralement, c'était lui qui allait affronter le policier sur son territoire.

— Naturellement, faites-le entrer, je vous prie, répondit-il, bien trop conscient de sa main qui tremblait toujours.

Il entreprit de masser discrètement sa paume fragile. Clement avait travaillé en tant que chirurgien durant des années, jusqu'à ce qu'il remarque, près de six ans plus tôt, le léger tremblement qui s'emparait parfois de sa main. Ses pires craintes s'étaient confirmées lorsqu'il avait subi une série d'examens – à l'étranger, et sous un nom d'emprunt – confirmant un début de maladie de Parkinson.

Cela l'avait contraint à prendre aussitôt sa retraite, non seulement de chirurgien, mais aussi de médecin, car il refusait de faire courir le moindre risque à ses patients. Une décision qui avait déconcerté et abasourdi ses amis et collègues, car il ne l'avait jamais vraiment justifiée. Il savait toutefois qu'il ne pourrait pas dissimuler son état trop longtemps à des personnes observatrices possédant quelques connaissances médicales et, ne voulant pas subir l'apitoiement des autres, il veillait à dissimuler tant qu'il le pouvait le moindre symptôme.

Pourtant, il n'avait pu se résoudre à ne rien faire et avait donc adopté le métier de coroner, étudiant le droit et réussissant haut la main les concours nécessaires. Ici, au moins, ses connaissances médicales et sa faculté à observer et comprendre la nature humaine ne seraient pas gâchées. Il avait en outre l'honnêteté de s'avouer que sa nouvelle carrière lui permettait de conserver son statut d'homme influent.

Clement fréquentait nombre de présidents d'université, de conseillers municipaux, de politiciens et de capitaines d'industrie. Il lui était arrivé, au fil des ans, de se servir de ce réseau pour approfondir certaines des affaires parfois traitées dans sa salle d'audience. Un jury constitué de braves citoyens britanniques s'avérait presque toujours fiable dans son analyse, mais Clement estimait – et son avis était le seul qui comptait réellement à ses yeux – que ce n'était pas *toujours* le cas.

D'ailleurs, la police n'était pas non plus infaillible ! Cela l'avait poussé à enquêter sur un ou deux accidents ou suicides présumés, avant de les requalifier en meurtres.

Ainsi, même s'il maudissait sa main de faire des siennes au moment où un représentant des forces de police venait lui rendre visite, il restait très intrigué. Harry Jennings faisait sans doute partie des nombreuses personnes qui seraient ravies d'apprendre que le coroner était malade – une faille dont ses détracteurs pourraient se servir pour le pousser à prendre sa retraite –, mais Clement était convaincu de pouvoir encore faire illusion. À ce jour, son élocution demeurait impeccable.

Néanmoins, lorsque sa secrétaire introduisit le capitaine de police, il prit une profonde inspiration pour se calmer et fit bien attention à ne pas remuer les mains.

— Capitaine Jennings, quelle bonne surprise, l'accueillit-il d'un ton aimable. Je vous en prie, asseyez-vous.

Il désigna d'un signe de tête le confortable fauteuil en cuir installé de l'autre côté de son bureau.

— Merci, coroner, répondit le policier.

Clement le vit contempler les bibliothèques bien remplies, la moquette épaisse et les hautes lampes sur pied ; les yeux du capitaine s'arrondirent de surprise quand il avisa les huiles accrochées aux murs. Celles-ci constituaient la contribution personnelle de Clement à la décoration, d'assez jolis paysages de la campagne anglaise. Un feu ronflait dans l'âtre, car, pour un mois de mai, les journées demeuraient fraîches. Toujours sans dire un mot, le policier considéra le vaste bureau majestueusement positionné devant les deux fenêtres à guillotine qui dominaient la cour pavée de Floyds Row, où se trouvaient la morgue et les locaux du coroner.

— C'est un beau bureau que vous avez là, commenta-t-il en prenant place dans le fauteuil.

Jennings, qui venait de fêter son quarantième anniversaire, était un homme élancé aux cheveux blonds clairsemés et au nez assez imposant ; son regard noisette semblait pour l'heure assez ennuyé. Il ne cessait de jeter des coups d'œil en tous sens, rechignant à se concentrer sur un point précis. Clement ne put réprimer un sourire amusé.

— Que puis-je pour vous, capitaine ? demanda-t-il pour abréger les souffrances de son visiteur.

— Euh, eh bien voilà. C'est au sujet de l'affaire que vous allez traiter lundi, déclara Jennings avant de s'éclaircir la gorge.

Clement posa aussitôt les yeux sur la pile de dossiers restée sur son bureau.

— Oh ? L'affaire David… euh…

Le nom du défunt ne lui revint pas aussitôt, et il maudit une fois encore silencieusement ce mal qui grignotait peu à peu ses facultés.

— Finch, compléta Harry Jennings, trop agacé d'avoir à demander un service à cet homme pour se rendre compte du trou de mémoire momentané du vieux vautour.

— Ah oui, ce jeune homme qu'on a retrouvé pendu dans la grange d'un ami, fit Clement. J'ai parcouru les notes préliminaires plus tôt dans la matinée.

Il marqua une pause, scrutant le capitaine avec une telle intensité que le policier remua sur son siège, mal à l'aise. Clement avait déjà relevé que le corps du garçon avait été retrouvé dans le même village que celui où Iris Carmody avait été assassinée moins d'une semaine plus tôt, et il soupçonnait un lien entre les deux affaires.

— Y a-t-il certaines données de l'enquête dont vous souhaiteriez me faire part ? s'enquit-il.

Harry Jennings rougit un peu.

— Le, euh… défunt est le fils du commissaire Keith Finch, répondit-il d'un ton impassible en faisant glisser un doigt sous sa cravate, qui lui paraissait subitement trop serrée.

— Je suis navré, dit Clement. Le père du garçon est donc l'un de vos amis ?

Harry Jennings hésita, avant de concéder d'un ton prudent :

— Je connais le commissaire depuis longtemps. C'est un homme bien. Un bon officier. Évidemment, l'histoire de son fils lui a porté un coup sévère.

— Capitaine, répondit froidement le coroner, si vous êtes venu me demander d'influencer le verdict du jury...

— Jamais de la vie !

— Je comprends combien cela peut être contrariant pour les familles d'être confrontées à un suicide potentiel, reprit Clement, d'une voix radoucie. Nous essayons toujours de les épargner autant que possible, mais...

— Vous pensez donc qu'il s'agit d'un suicide ? intervint Harry Jennings.

— Certainement pas, répartit Clement d'un air choqué. Je n'ai pas encore pris connaissance des preuves ni entendu les différents témoignages. Comme vous le savez, jamais, au grand jamais, je ne préjuge d'une affaire.

Le capitaine dissimula un sourire en hochant la tête avec gravité. Comme prévu, l'atteinte sous-entendue à l'impartialité du Dr Ryder l'avait efficacement détourné du sermon à venir.

— Non, bien sûr que non, docteur Ryder. Mais d'une certaine manière, je suis ici au nom de la famille.

Clement se pencha en avant. Ses prunelles gris clair se trouvaient désormais rivées à l'homme qui lui faisait face.

— Une fois de plus, si vous me demandez autre chose qu'une enquête judiciaire juste et minutieuse...

— Pas du tout, docteur Ryder. Je ne suis pas bête à ce point, répondit Harry Jennings en toute sincérité. En réalité, le père du garçon aimerait formuler une requête pour ce qui se passera *après* l'enquête judiciaire, se dépêcha-t-il d'ajouter pour ne pas se trouver définitivement inscrit sur la liste noire du coroner.

— *Après ?* répéta Clement.

— Oui, docteur Ryder. Je présume que vous avez eu vent du meurtre d'Iris Carmody à Middle Fenton, survenu il y a près de deux semaines. La presse appelle ça « le meurtre de la reine de mai ».

— Oui, je lis les journaux. Il m'a d'ailleurs semblé qu'en exposant de la sorte le corps de cette pauvre fille, le tueur avait cherché à transmettre un message. Peut-être pour ridiculiser son statut de « reine » ? Il ne s'agit toutefois pas de mon affaire. L'un de mes collègues a mené l'enquête, qui a, me semble-t-il, été aussitôt ajournée pour permettre à la police de récolter davantage de preuves…

— C'est exact. Nous – c'est-à-dire mes officiers et moi-même – avons été chargés d'y veiller. Mais ainsi que vous le découvrirez lundi, si vous ne l'avez pas encore lu dans vos dossiers, le jeune David Finch était le petit ami d'Iris Carmody.

Clement grommela à peine.

— Bien sûr, maintenant que le garçon est mort – surtout en de telles circonstances, poursuivit Harry d'un air grave, les rumeurs vont bon train, tant au village que dans la presse, et l'on raconte que le jeune homme aurait tué Iris avant de s'ôter la vie, pris de remords.

Clement soupira.

— On ne peut empêcher les gens de spéculer sans preuves, capitaine. Quoi que l'on fasse, ils continueront !

— À qui le dites-vous ? acquiesça le policier avec amertume. Il s'avère que nous n'avons jusqu'à présent découvert aucun élément suggérant que David Finch soit effectivement le tueur. Évidemment, cela pourrait changer, se sentit-il contraint d'ajouter.

Pour être honnête, ils n'avaient jusqu'alors presque rien trouvé du tout, même s'il ne risquait pas de l'admettre. En dehors du résultat de l'autopsie, qui avait démontré que la reine de mai avait été étranglée manuellement et n'était plus vierge, ils ne savaient à peu près rien de plus que le matin de la découverte de son corps ligoté au mât enrubanné du village.

— Il va sans dire que le père du garçon ne pense pas que son fils ait commis aucun de ces deux actes, enchaîna Jennings. Et il m'a chargé, avec l'accord du préfet, de vous demander, une fois l'enquête judiciaire achevée, et quel qu'en soit le résultat... de vous pencher de plus près sur l'affaire.

Harry Jennings se crispa en attendant l'orage.

D'un côté, Ryder ne pouvait pas se satisfaire d'apprendre que, quoi que son jury décidât dans l'affaire David Finch, cela ne conviendrait pas à la police. Cela heurterait grandement sa fierté et sa vanité, car l'ancien chirurgien aimait à croire que sa parole faisait loi.

De l'autre, Jennings savait à quel point l'homme aimait jouer aux enquêteurs. Et il espérait que lui demander son aide représenterait pour le coroner une tentation irrésistible.

Sans compter que, tout bien considéré, il serait ravi de voir le Dr Ryder se mêler de son enquête. Si le vieux schnock venait à mettre au jour un indice corroborant la culpabilité de David Finch, ruinant ainsi la vie et la carrière du commissaire Finch, Jennings serait ravi d'en laisser la responsabilité à Clement Ryder.

Le jeune quadragénaire observa avec amusement la fureur et la curiosité s'affronter chez son aîné. Il avait presque l'impression d'entendre les rouages de son cerveau tourner.

Puis il décida de mettre à profit le silence momentané du coroner pour établir quelques règles de base.

— Il va de soi que cette enquête devra demeurer strictement officieuse, comme les fois précédentes. Vous devrez veiller à ne pas éveiller les soupçons des médias, et donc éviter tout contact avec les journalistes.

— Je n'ai aucune affection pour la presse de caniveau, capitaine, vous devriez le savoir, répliqua Clement Ryder d'un ton peu amène.

Harry hocha la tête – au moins, sur ce point-là, ils étaient du même avis.

— Ces satanés reporters me gâchent l'existence, dit-il. Je suppose que vous avez lu les gros titres. « La tragédie de la reine de mai assassinée » est peut-être le moins racoleur d'entre tous. Je n'ose imaginer l'épreuve que traversent les parents de cette pauvre fille...

Il se tut un instant, soupira, puis secoua la tête.

— Encore une chose : vous n'empiéterez pas sur *mon* affaire. La mort d'Iris Carmody ne relève en aucun cas de votre périmètre. Vous vous contenterez de découvrir ce que vous pourrez sur David Finch, son état d'esprit, tout ce qui pourrait aider sa famille à comprendre les faits. Et si vous découvrez un indice suggérant que... eh bien, qu'il ne s'est pas suicidé, ou qu'il n'a aucun lien avec l'assassinat d'Iris, je compte sur vous pour m'en faire part immédiatement. J'espère m'être bien fait comprendre ?

— Je n'ai pas encore accepté votre proposition, capitaine. L'enquête judiciaire n'a même pas eu lieu. Ne pensez-vous pas aller un peu vite en besogne ?

— C'est effectivement un peu prématuré, mais j'ai préféré vous en entretenir maintenant, afin que vous portiez une attention particulière à tous les éléments qui seront versés au dossier durant l'audience. Vous pourriez entendre quelque chose qui vous semblera particulièrement intéressant ou pertinent. Je dois reconnaître que vous savez vous montrer très... perspicace, et qu'il vous arrive de voir des choses qui nous échappent à tous.

Il remua sur son siège, mal à l'aise, maudissant intérieurement sa hiérarchie de l'avoir placé dans une position aussi intenable.

Se retrouver contraint de couvrir de louanges cet envahissant personnage lui donnait la migraine.

Conscient de la fâcheuse situation dans laquelle se trouvait son interlocuteur, Clement Ryder retint un sourire carnassier.

— Je ne pensais pas que vous l'aviez remarqué, capitaine, ne put-il s'empêcher de le taquiner. J'en déduis que vous m'offrirez une nouvelle fois les services de l'agent Loveday ? s'empressa-t-il de glisser avant que Jennings pût prendre ombrage de sa pique. Sera-t-elle encore mon officier de liaison ?

Le policier poussa un long soupir.

— Oui, coroner. Je vais m'entretenir avec son responsable avant la fin de son service ce soir. Notez qu'elle agira en civil, car je voudrais éviter que les journalistes découvrent son implication avant que cela s'avère strictement nécessaire.

Lors d'une précédente collaboration avec le coroner, la photo de l'agent Trudy Loveday recevant une récompense de la main d'un pair du royaume reconnaissant avait fait le tour des journaux. À l'évidence, son apparition dans l'affaire du meurtre de la reine de mai ne manquerait pas de causer quelques remous.

— Nous ne voudrions surtout pas que la presse se mette en tête que, sous prétexte qu'il était le fils d'un haut gradé de la police, David Finch ou sa famille se voient octroyer un quelconque traitement de faveur.

Même si c'est effectivement le cas, songea Jennings avec amertume.

— Ce jeune homme est mort, capitaine, et sa famille toujours en deuil, répliqua le Dr Ryder.

— Ça n'empêchera pas ces pisse-copies d'essayer de déterrer une chose susceptible de le réduire en lambeaux, prédit le policier d'un air sinistre.

3

Les paroles prophétiques du capitaine revinrent à l'esprit de Clement le lundi matin suivant, quand il ouvrit officiellement l'enquête judiciaire concernant la mort de David Peter Finch. Car la tribune de presse était effectivement remplie de journalistes – essentiellement des hommes, ainsi que deux femmes – qui patientaient avec l'avidité caractéristique de leur profession, carnets ouverts et crayons sortis.

Il s'en trouvait un parmi eux dont il avait déjà fait la connaissance.

Duncan Gillingham croisa le regard du coroner et lui décocha un sourire insolent. Clement fronça les sourcils, mais ne s'attarda pas sur le fin visage du jeune homme, refusant de lui offrir le plaisir de le saluer en retour. Il avait eu l'infortune de rencontrer ce journaliste dans un passé récent, et celui-ci ne lui avait pas fait grande impression.

Les bancs réservés au public étaient eux aussi bondés, comme pour toutes les affaires teintées de sexe, de scandale ou de complot. Il laissa échapper un soupir, désormais trop âgé et résigné pour déplorer encore les facettes les plus déprimantes de la nature humaine. Il chercha plutôt dans l'assemblée une personne qu'il finit par repérer dans les dernières rangées – une jeune femme svelte dotée d'une abondante chevelure brune et bouclée, ainsi que de grands et beaux yeux marron.

Trudy Loveday lui sourit discrètement, en réponse à son très léger hochement de tête.

Elle était presque sortie du commissariat, la veille au soir, quand le capitaine Jennings l'avait rappelée pour l'informer qu'elle collaborerait avec le Dr Clement Ryder sur une nouvelle affaire. Cette nouvelle inattendue l'avait ravie en même temps que surprise. D'habitude, ce n'étaient pas ses officiers supérieurs qui les convoquaient pour leur confier une mission, mais plutôt le Dr Ryder qui leur forçait plus ou moins la main.

Elle avait compris que le commissaire Finch espérait désespérément voir son fils lavé de tout soupçon dans le cadre de l'assassinat de sa petite amie, mais elle avait aussi deviné que la situation ne plaisait guère au capitaine Jennings, si elle en croyait son comportement.

Cela la contrariait de savoir que son chef la jugeait seulement bonne à faire le thé, à classer les dossiers et à effectuer les patrouilles les plus mornes et inintéressantes qui soient. En d'autres termes, à se charger des tâches que personne d'autre ne voulait accomplir !

Elle se redressa sur son siège lorsque le coroner exigea le silence dans la salle pour entamer les débats. Conformément aux consignes de l'inspecteur Jennings, elle avait revêtu des habits civils : une longue jupe vert sombre, un corsage bleu et blanc, ainsi qu'un cardigan à motifs blanc et vert. Elle avait volontairement laissé ses longs cheveux détachés, sachant que cela contribuerait à masquer sa fonction, ce signe distinctif étant habituellement dissimulé sous sa casquette de police. Malgré tout, elle espérait que personne ne la remarquerait quand elle sortit discrètement un carnet de son sac pour coucher ses notes en sténo.

De toutes leurs collaborations, c'était la première fois qu'on l'avisait en avance de l'affaire sur laquelle le coroner et elle allaient devoir enquêter, et elle entendait bien ne rien laisser passer. Même si elle se fiait totalement à l'œil acéré et observateur du Dr Ryder.

Elle l'écouta balayer rapidement les informations liminaires, à savoir que le jury était présent pour établir l'identité du défunt et, si possible, les causes de la mort. Les jurés n'étaient en revanche pas là, les avertit-il en dardant sur eux un regard lourd de sens, pour avancer des hypothèses sur autre chose que l'affaire en question et les preuves qui leur seraient présentées.

Cette dernière consigne fit rosir un peu les deux femmes du jury, comme s'il les avait personnellement réprimandées, tandis que quelques-uns des hommes remuaient, mal à l'aise. Ils avaient manifestement tous lu des articles concernant le meurtre brutal de la reine de mai, ainsi que les conjectures de la presse au sujet des proches de la défunte – y compris son petit ami, désormais décédé. Cependant, s'ils espéraient que leur qualité de membres du jury leur offrirait les coudées franches pour assouvir leur curiosité, le coroner avait eu tôt fait de les décevoir.

Trudy dissimula un sourire en voyant son mentor discipliner ses jurés, même si elle éprouva un vague élan de compassion à leur égard.

Enfin, quand la partie la plus routinière des débats s'acheva, elle sentit l'excitation croître autour d'elle. Alors qu'elle étudiait l'assemblée, un homme dans la tribune de presse attira son attention. Ce furent ses cheveux noir corbeau qui l'alertèrent d'abord sur la présence de Duncan Gillingham.

Puis, comme si celui-ci sentait qu'on l'observait, il tourna vers elle son regard vert, et Trudy se ratatina sur son banc. Par chance, elle était assise entre une femme assez corpulente coiffée d'un large chapeau et un homme tout aussi volumineux à la veste en pied-de-poule criarde.

Elle retint son souffle un moment, à peu près convaincue qu'il ne l'avait pas repérée : elle ne devait surtout pas attirer son attention avant même d'avoir eu l'occasion de commencer son enquête. Cependant, elle ne doutait pas que le reporter finirait par saisir que le Dr Ryder et elle flairaient une piste ; les choses risquaient alors de se tendre considérablement. Étant donné leur passé commun, Trudy appréhendait d'avoir une fois de plus affaire à cet homme aussi séduisant et ambitieux que retors, travaillant pour l'un des plus gros quotidiens d'Oxford.

— Bien. Commençons par écouter la personne qui a découvert le corps, ordonna le Dr Ryder de sa voix claire et calme.

L'habituel murmure parcourut l'assemblée quand un homme se dirigea vers la petite estrade pour y être interrogé.

Grâce aux dossiers qu'elle avait compulsés ce matin-là à la première heure, Trudy savait qu'il mesurait environ un mètre soixante-quinze et avait dans les quarante-cinq ans, même si ses traits tirés lui en faisaient paraître davantage. Il était solidement charpenté mais tout en muscles, et avait les cheveux couleur sable et les yeux clairs – sans doute gris ou bleus, mais Trudy ne parvenait pas à le déterminer de si loin.

— Vous êtes bien Mr Raymond Colin Dewberry ? demanda le Dr Ryder.

— Oui, m'sieur, répondit l'homme d'une voix basse, mais claire.

— Vous êtes, me semble-t-il, fermier, et vos terres sont situées dans le village de Middle Fenton ?

— Oui, m'sieur, c'est exact. J'ai travaillé là pour ainsi dire toute ma vie.

Trudy consigna mentalement cette information. Voilà qui expliquait sans doute sa stature. Malgré l'avènement des tracteurs et autres machines agricoles, être fermier demeurait un métier nécessitant une condition physique certaine.

— Vous possédez également la grange dans laquelle le défunt a été retrouvé ?

— Oui, m'sieur, pour sûr.

— Dans ce cas, veuillez expliquer à votre façon ce qui s'est passé ce jour-là.

Ray Dewberry inspira un grand coup, mais sa tête s'abaissa, comme souvent chez les personnes timides se retrouvant subitement au cœur de l'attention.

— Ben, j'dirais qu'y devait être dans les 6 heures du matin, déclara-t-il avec son grasseyement oxfordien bien prononcé. J'venais d'aider mon bouvier à ramener ces dames dans l'étable pour la traite, et j'ai dû monter dans la grange sur la colline pour jeter un œil aux batteuses. L'un de mes gars m'avait dit la veille qu'y en avait une qu'avait besoin d'être réparée. Alors je suis entré là-bas d'dans, et j'ai trouvé le petit David, pendu aux chevrons.

Cette affirmation lapidaire provoqua un hoquet de stupeur générale ; le témoin tressaillit visiblement, comme s'il s'en voulait.

— Ça m'a fichu un coup, pour sûr, ajouta-t-il d'un ton désespéré.

— Je comprends que cela vous ait fait un choc, Mr Dewberry, intervint Clement d'une voix douce et ferme. Avez-vous aussitôt reconnu le défunt ?

— Ça oui, je le connaissais depuis qu'il était môme. C'était le meilleur ami de mon garçon Ronnie. Gamins, y couraient toujours partout tous les deux, y passaient leur temps à jouer. La plupart du temps, David finissait par rester goûter à la ferme. Ma femme lui trouvait toujours une bricole à grignoter.

Il darda un rapide coup d'œil sur le public, comme pour défier l'assistance de le contredire. Clement sentit la salle compatir avec le fermier, et à raison : cela avait dû être horrible pour lui de découvrir le corps d'un jeune homme qu'il avait connu toute sa courte existence.

— Je comprends que ce soit difficile, Mr Dewberry, mais si vous pouviez nous en dire un peu plus sur ce que vous avez observé, cela nous serait très utile.

— Eh ben... je sais pas trop. Pendant une seconde ou deux, je dirais que je suis resté planté là, à contempler le pauvre gosse. Puis je me suis avancé et j'ai vu qu'y pendait à la plus grosse traverse. Y avait un morceau de vieille corde jeté par-dessus. Et un escabeau renversé à côté de ses jambes. L'autre bout de la corde avait été attaché à une charrue qui traînait là depuis des lustres. Trop rouillée pour servir encore, mais on se débarrasse pas comme ça des vieux outils, hein ?

L'homme marqua une pause et déglutit bruyamment.

— Je l'ai mieux regardé, au cas où... ben, au cas où qu'y serait encore avec nous... mais j'ai vu sur sa figure... j'ai bien vu que non. Alors je suis sorti vomir dans les orties. Pardon, ajouta-t-il, contrit.

Clement le considéra d'un air pensif. Il avait lu dans les rapports de police que ce témoin était un gros propriétaire. L'essentiel de son domaine était constitué de terres arables exploitées par sa famille depuis plusieurs générations, mais il occupait une ferme importante et louait plusieurs cottages à ses ouvriers. Selon les critères de l'Anglais moyen, il avait tout d'un homme riche, mais était à mille lieues de l'idée qu'on se faisait d'un homme d'affaires couronné de succès. Il travaillait sans doute à la ferme depuis qu'il avait quitté l'école à l'âge de quinze ans, comme son père avant lui, et de nombreux aïeuls encore avant.

Clement savait toutefois que son absence de raffinement ne faisait pas de lui une personne dépourvue d'intelligence.

— Vous dites avoir connu le défunt toute sa vie. Que pensiez-vous de lui ? l'interrogea Clement.

— C'était un bon gars, répondit aussitôt Ray Dewberry. Et malin avec ça. L'était à l'université, non ? Bien élevé, toujours souriant. Ma femme l'a toujours beaucoup aimé – elle l'a vu grandir, comme je dis. Lui et notre Ronnie étaient toujours dans ses pattes. Dès qu'il a eu l'âge, y nous aidait à la ferme pendant les grandes vacances, pour se faire un peu d'argent de poche. Fiable. Gentil avec les bêtes. Bon ouvrier.

— Vous devez bien connaître le contenu de la grange où David Finch a été retrouvé, reprit le coroner en changeant d'approche. L'escabeau tombé près du défunt en faisait-il partie ?

— Ah, je dirais que oui, répondit Ray après un moment de réflexion. Y devait être appuyé contre le mur du fond depuis un bout de temps. Quand le matériel est vieux, mais encore en bon état, ça finit en général dans la grange, au cas où.

— Votre fils et le défunt se rendaient-ils souvent dans cette grange ?

— Pour sûr. Les mioches, ça cherche toujours un endroit où jouer, ça veut tout explorer. Je parie qu'en son temps cette grange a été un vaisseau pirate, un repaire de voleurs ou un champ de bataille entre cow-boys et Indiens.

Une onde de bons sentiments parcourut l'auditoire attentif ; quelqu'un laissa même échapper un sanglot étouffé. Sans doute la mère de David, songea Clement, voire l'épouse de Ray Dewberry. Il consulta alors ses notes et découvrit que le fermier était veuf depuis plusieurs années.

— Vous pensez donc que David était au courant de la présence de cet escabeau, clarifia Clement – un commentaire qui n'échappa ni aux journalistes ni aux spectateurs, et une tension subite parcourut la salle. Conserviez-vous beaucoup de corde dans cette grange ?

Ray haussa les épaules.

— Y a toujours de la vieille corde sur une ferme, m'sieur. Des bouts de machine, des bâches, du fil barbelé. Je jette jamais rien, comme mon père avant moi. On sait jamais quand est-ce qu'on en aura besoin, comme je dis.

— Oui, je comprends. Et donc, qu'avez-vous fait après avoir découvert l'ami de votre fils dans votre grange ce matin-là, Mr Dewberry ?

— C'est-à-dire, je savais pas trop comment le descendre de là, alors j'ai couru jusqu'à la maison pour prévenir la police. On a fait installer le téléphone il y a quelques années, quand ma femme était malade.

— Vous n'avez pas songé à utiliser l'escabeau pour le décrocher vous-même ?

— Non, j'étais pas sûr qu'y supporterait mon poids. C'est un vieux machin branlant, et je suis plus costaud que le petit David. Et puis, j'avais rien d'autre que mon vieil opinel pour couper la corde, j'étais pas sûr que ça suffise. Et… pour être honnête, j'avais besoin de prendre l'air, avoua-t-il. J'ai pas encore remis les pieds dans cette grange, mais je suppose que je vais devoir le faire tôt ou tard…

Pour éviter de sombrer dans une déclaration trop émotive, Clement l'encouragea ensuite à passer en revue les autres événements de la matinée – l'arrivée de la police et de l'ambulance, celle du médecin du coin.

La foule montra quelques signes d'impatience, cette partie du récit s'avérant moins passionnante que la précédente, mais il y eut un murmure d'intérêt renouvelé alors que le coroner s'apprêtait à conclure son interrogatoire.

— Quand vous vous êtes approché de la grange ce matin-là, vous n'avez vu personne dans les environs ?

Le fermier sembla surpris.

— Non, m'sieur. Qui passerait par là à cette heure-ci du matin ?

— Et la veille au soir, vous n'avez vu personne traîner dans le coin, ni aperçu de voiture inconnue stationnée près de la grange ?

— Non, m'sieur. D'un autre côté, quand la nuit tombe, je prends mon thé à la maison avant d'aller au lit. C'est que je suis un couche-tôt.

— Je vois. Et lorsque vous avez découvert l'ami de votre fils, n'avez-vous rien aperçu d'autre sur le sol ou quelque part non loin de lui ? Un morceau de papier, une lettre, un message quelconque ?

— Non, monsieur, rien de tout ça ! s'exclama Ray Dewberry avec véhémence.

À l'évidence, il n'aimait pas qu'on lui suggère que ce garçon qu'il connaissait depuis l'enfance ait pu laisser une lettre de suicide.

— D'un autre côté, j'ai pas trop fait attention, se sentit-il malgré tout contraint de préciser.

— Avez-vous la moindre idée de ce qui a pu pousser David Finch à se rendre dans votre grange ?

— Non. Ça faisait bien longtemps qu'on s'était pas vus, quand il était encore gamin et nous donnait le coup de main pour se faire de l'argent de poche, ajouta le fermier avec tristesse.

— Savez-vous si la grange était un lieu de rendez-vous prisé des, euh… des amoureux ? demanda Clement avec tact.

Un nouveau frisson d'excitation traversa l'assistance ; Ray Dewberry y sembla toutefois insensible. Il regarda simplement le coroner et secoua la tête.

— Non, m'sieur, répondit-il en affichant pour la première fois une esquisse de sourire. Je dirais que les jeunes gens doivent connaître des endroits plus confortables qu'une vieille grange pleine de courants d'air perdue au milieu de nulle part. C'est pas comme si elle était remplie de foin ni rien.

Un petit rire sot échappa alors à quelques spectateurs.

— Mr Finch ne vous avait pas contactés, vous ou votre fils, pour vous donner rendez-vous dans cette grange la veille de votre découverte ? insista Clement.

— Non, m'sieur, du tout, répondit Ray, l'air étonné. Pourquoi qu'y m'aurait donné rendez-vous ? Il a cessé de venir travailler l'été à la ferme quand il est entré à l'université. Et mon Ronnie était pas là ce soir-là – il était au pub avec ses copains. Tout le monde le sait, ajouta-t-il en jetant un nouveau coup d'œil à l'assistance, comme pour la défier de le contredire.

— Merci, Mr Dewberry. Ça sera tout, lui dit Clement d'un ton affable. Nous allons maintenant entendre le rapport médical. Faites entrer le Dr Martin Breakspeare.

4

Le médecin local, qui avait été appelé sur la scène de crime, semblait nerveux, et à juste titre. Il n'exerçait pas depuis longtemps, mais assez pour connaître la formidable réputation de l'homme qui présidait la séance. Même s'il n'avait pas fait ses études dans l'hôpital où exerçait alors le Dr Clement Ryder, nombre de ses amis dans le milieu avaient eu cet honneur – et la légende entourant le chirurgien d'antan dépassait largement le cadre de l'établissement de santé.

Il jeta ainsi un coup d'œil plein d'appréhension au coroner en prenant place à la barre. Une personnalité pareille ne laisserait pas passer la moindre approximation dans un témoignage médical !

Le Dr Breakspeare inspira un grand coup en espérant ne rien dire de stupide.

— À quelle heure, précisément, avez-vous été appelé sur place, docteur Breakspeare ?

Même si la première question de Clement visait à le mettre en confiance, le jeune médecin préféra consulter ses notes. Grand, brun et très mince, il était doté d'une moustache fournie dont il n'était pas peu fier, d'un long cou et d'une pomme d'Adam proéminente.

— Euh, je suis arrivé à la grange à 7 h 10.

— L'endroit était-il difficile d'accès ?

— Pas vraiment. La grange n'est pas visible depuis la ferme, mais un chemin de terre assez raide y monte directement, ce qui n'est pas problématique pour une bonne voiture comme la mienne. L'agent de police de faction dans le corps de ferme m'a indiqué la route.

— Pouvez-vous expliquer au jury, en termes simples, ce que vous avez trouvé, et les résultats des tests ou examens pratiqués sur le corps ?

Le médecin se racla la gorge avant de se tourner vers les jurés.

— Sous l'œil des policiers présents, j'ai découvert le corps d'un jeune homme allongé sur le sol. L'un des officiers m'a informé que la victime avait été trouvée pendue à l'un des chevrons de la grange, une corde autour du cou. Celle-ci avait été desserrée, retirée et écartée. J'ai pu observer une brûlure due à la corde sur les côtés du cou du défunt, compatible avec ce témoignage.

Il s'interrompit le temps de boire une gorgée d'eau, puis reprit avec assurance :

— J'ai pu établir que la victime était effectivement morte – c'est-à-dire que je n'ai perçu ni pouls ni battement de cœur, et que la peau était froide au toucher. Selon les critères habituels – à savoir la température du corps et la rigidité cadavérique –, j'ai indiqué à l'officier en charge de l'enquête que la mort avait dû survenir six à douze heures plus tôt.

Clement opina du chef.

— En d'autres termes, vous pensez probable que la victime soit morte la veille entre la fin d'après-midi et la fin de soirée ?

— C'est en effet mon opinion, euh, docteur Ryder, mais comme vous le savez, ce genre d'estimation présente de multiples difficultés. La température ambiante dans la grange, l'état de santé préexistant de la victime et nombre de facteurs empêchent une trop grande précision.

— Connaissiez-vous la victime ?

— Non, monsieur, pas personnellement.

— Merci. Veuillez faire entrer maintenant le médecin légiste, je vous prie.

Alors que le généraliste quittait la barre avec soulagement, un homme plus âgé et plus rond, aux cheveux très blancs, vint lui succéder. Celui-ci ne montrait aucun signe d'appréhension à l'idée de devoir témoigner, et son jeune confrère supposa qu'il y était habitué.

— Vous êtes bien le docteur Giles Vantham ? s'enquit Clement.

En réalité, il connaissait Giles depuis des années, et les deux hommes jouaient régulièrement au golf ensemble. Ils étaient en outre tous deux membres du *gentlemen's club* de Little Clarendon Street, et chacun avait maintes fois dépouillé l'autre au poker. Toutefois, aucun regard ni aucun sourire ne vint trahir l'existence de cette amitié.

— En effet.

— Et vous avez mené à bien l'autopsie de Mr David Finch ?

— C'est bien cela.

— Pouvez-vous faire part au jury de vos découvertes ?

— Oui. Le défunt a succombé à une strangulation, compatible avec une mort par pendaison.

Quelques murmures parcoururent alors l'assemblée, que les deux hommes jugèrent sans pertinence.

— J'ai aussi établi la présence en quantité non négligeable de barbituriques et d'alcool dans l'organisme de la victime, poursuivit le spécialiste d'un ton neutre.

À cette annonce, l'émotion fut encore plus palpable, car c'était la première fois que cette information était livrée au grand public. Clement Ryder, qui avait minutieusement lu le dossier, ne manifesta aucune surprise.

— Selon votre avis d'expert, ces produits peuvent-ils avoir le moindre rapport avec les causes de la mort ? questionna le coroner.

— Non, les doses en elles-mêmes n'auraient pas suffi à causer le décès. Le taux d'alcoolémie n'était pas assez élevé pour frapper le défunt d'incapacité – on ne l'aurait pas jugé en état d'ivresse avancée –, mais suffisamment pour qu'il en ressente les effets. Le médicament (le médecin cita alors une marque de somnifères bien connue, disponible dans toutes les pharmacies du territoire) était aussi assez présent pour avoir eu une influence sur le comportement de la victime – il l'aurait plongée dans un profond sommeil quand il aurait fait effet, mais le dosage n'était pas suffisant pour provoquer ce que nous appellerions une surdose.

— Pour résumer en termes parfaitement clairs, vous diriez donc que, même si le défunt était sans doute grisé par l'alcool et étourdi par les médicaments, ces produits n'ont en aucun cas contribué au décès ?

— Tout à fait.

— Avez-vous découvert d'autres blessures sur la victime ? Des hématomes, des marques sur les mains, n'importe quel signe de lutte ?

Une fois de plus, la question du Dr Ryder tint en haleine l'assistance tout entière, et en particulier les représentants de la presse.

— Non, répondit le Dr Vantham.

Il hésita cependant légèrement, et la manière dont il laissa traîner cette syllabe attira aussitôt l'attention du coroner, ainsi que son ami avait dû s'en douter.

Alerté, Clement consigna mentalement ce détail et demanda d'un ton posé :

— Avez-vous remarqué *quoi que ce soit* qui vous ait semblé étrange, docteur Vantham ?

Le coroner vit Giles lui jeter un coup d'œil reconnaissant, car cette invite lui permettrait plus facilement de communiquer tout ce qu'il souhaitait – selon sa propre interprétation – sans crainte de déborder de son rôle.

— En effet. D'après mon expérience, les personnes qui se pendent finissent toujours par paniquer pendant le passage à l'acte, développa-t-il. L'instinct de survie est très puissant, et la plupart des gens, lorsqu'ils se retrouvent incapables de respirer, ont tendance à vouloir revenir en arrière en essayant d'attraper ou d'ôter ce qui les entrave. Or, je n'ai retrouvé aucune griffure sur le cou de la victime, ni aucun lambeau de peau sous ses ongles.

Cette description explicite provoqua un frisson dans l'assistance ; une ou deux femmes laissèrent même échapper un hoquet d'horreur, tandis qu'un homme âgé du jury blêmit légèrement.

— Je vois. En dehors des blessures causées par sa mort, la victime était-elle en bonne santé et en bonne condition physique ? enchaîna rapidement le coroner.

— Oui.

— Y avait-il des signes de consommation fréquente d'alcool ou de médicaments ? Diriez-vous que la présence de ces produits dans son organisme était la norme ?

— Non, c'était un jeune homme athlétique et vigoureux de tout juste vingt ans, affirma Giles Vantham d'un air grave.

À l'instar de Clement, il devait être habitué à voir de jeunes gens mourir – mais cela lui semblait toujours aussi choquant.

Percevant le changement d'humeur de son collègue, Clement le remercia et lui accorda congé, non sans lui avoir adressé un dernier regard interrogateur. Toutefois, son vieil ami quitta la barre sans rien ajouter.

— Bien, je crois qu'il est temps désormais d'entendre le compte rendu de la police, annonça Clement après un rapide coup d'œil à l'horloge. Qui doit venir s'exprimer au nom des forces de police ?

Trudy Loveday observa avec intérêt le sergent de son commissariat se diriger vers l'estrade.

— Vous êtes ? l'interrogea le Dr Ryder d'un ton aimable, même s'il connaissait parfaitement l'identité du policier.

— Le sergent Michael O'Grady, coroner.

Le supérieur de Trudy était un homme bien en chair, d'un mètre soixante-quinze environ. Une mèche de cheveux épais couleur sable surmontait ses yeux bleu clair. Quoique d'origine irlandaise, il était né à Cowley et y avait vécu toute sa vie.

Trudy savait qu'il avait épousé une femme de Birmingham, une auxiliaire de l'armée de l'air britannique basée à Upper Heyford durant la guerre, et qu'ils avaient eu deux enfants ensemble.

Même s'il traitait toujours à peu près convenablement sa jeune subordonnée – et ne la considérait pas, contrairement à leur capitaine, comme une indécrottable bonne à rien –, Trudy se doutait qu'il n'appréciait guère de savoir qu'elle travaillait avec le coroner. De son point de vue, les agents au plus bas de l'échelle – notamment ceux qui terminaient à peine leur période probatoire – étaient censés s'occuper des plus basses besognes pendant au moins trois ou quatre ans avant de se voir confier la moindre responsabilité.

Elle se ratatina instinctivement sur son siège, en espérant qu'il ne remarquerait pas sa présence dans la salle – même si le capitaine Jennings avait bien dû l'informer de la situation.

Néanmoins, elle était aussi impatiente que n'importe qui d'entendre ce que la police pensait de la mort de David Finch, et se tenait prête à prendre des notes, crayon à la main.

— Sergent O'Grady, avez-vous été appelé sur place, à la ferme de Mr Dewberry, au matin de la découverte ?

— Oui, monsieur, tout à fait.

O'Grady se saisit de son calepin et, en professionnel aguerri, entreprit de livrer sa version des faits avant même que le vieux vautour l'y encourage.

— Ayant été notifiés par un appel téléphonique d'une mort suspecte survenue à la ferme Dewberry de Middle Fenton, deux agents de police et moi-même nous sommes rendus au village, où un homme promenant son chien m'a indiqué le chemin de la ferme. J'ai rencontré Mr Raymond Dewberry dans sa résidence, et dans un état de détresse prononcée. J'ai rapidement recueilli son témoignage avant de me rendre dans la grange concernée, surveillée par le policier municipal qui m'avait prévenu. J'ai alors entrepris de couper la corde pour descendre le défunt.

— Attendez un instant, l'interrompit Clement. Décrivez-nous précisément de quelle manière vous avez procédé.

Le sergent O'Grady releva la tête de ses notes et soutint le regard du coroner.

— Avant de me mettre en route, j'ai réquisitionné au commissariat un couteau affûté et un grand escabeau, que nous avons accroché sur le toit du fourgon de police. Il s'avère que je n'en ai pas eu besoin. Pour descendre la victime, il nous a suffi de trancher la corde où elle était attachée, à la base de la charrue, et de l'abaisser lentement.

Son ton indiquait très clairement que les policiers se préparaient toujours à toutes les éventualités, comme le savait sans doute n'importe quelle personne dotée d'une quelconque lueur d'intelligence. Plusieurs spectateurs gloussèrent nerveusement en remarquant cette première passe d'armes.

— Et vous avez fait preuve d'une grande sagacité, sergent, rétorqua Clement du tac au tac, convaincu que son interlocuteur n'avait aucune idée de la signification de ce mot.

Le sergent, décidant magnifiquement de partir du principe qu'on venait de le complimenter, inclina la tête.

— Je me suis ensuite attelé à préserver les preuves. Peu après, le médecin est arrivé pour confirmer la mort.

Clement hocha la tête.

— Avez-vous trouvé une lettre de suicide sur les lieux ?

— Non, monsieur. Aucun papier visible dans la grange.

— Vous avez dû fouiller les poches du défunt, je présume ?

— Oui, monsieur. C'est la procédure, précisa le sergent.

— Et j'imagine que vous avez établi la liste de leur contenu ? insista Clement sans céder à la provocation.

— Oui, monsieur.

Le sergent O'Grady s'autorisa alors un sourire.

— Nous y avons découvert un portefeuille contenant une livre, deux shillings et six pence, un mouchoir, un petit trousseau de clés, des pastilles à la menthe et une lettre.

Cette déclaration engendra un vrombissement d'intérêt au sein de l'audience captivée.

Clement, qui en savait autant que le policier, entra dans son jeu et récita la réplique attendue.

— Et à qui cette lettre était-elle adressée ?

— Au défunt.

— Avait-elle été ouverte ?

— Oui, confirma O'Grady.

— Nous pouvons donc supposer que le défunt en avait eu connaissance, précisa Clement à l'intention des jurés.

Parfois, mieux valait ne laisser planer aucun doute.

— Avez-vous pu confirmer la nature du contenu de cette lettre, et l'identité de son expéditeur ?

— Oui, monsieur, répondit O'Grady avant de ménager une pause, sachant l'effet dramatique que cela produirait. Il s'agissait d'une lettre d'amour adressée au défunt par Iris Carmody.

5

Clement attendit patiemment que la clameur retombe avant de fixer le sergent d'un regard impassible.

— Êtes-vous certain de l'authenticité de cette lettre ?

— Oui, monsieur.

Clement hocha la tête. Il jeta alors un coup d'œil vers la tribune de presse, où les journalistes se tortillaient sur leur siège en espérant d'autres informations croustillantes. Il savait que la missive en question avait été rédigée sur du papier à lettres parfumé à la rose, qu'elle datait de moins de trois mois et que son contenu n'avait rien d'inhabituel pour une jolie jeune fille, qui vouait en l'espèce un amour éternel à David Finch.

Ni la police ni le bureau du coroner ne souhaitaient rendre ces détails publics pour le moment. Cependant, un certain nombre de faits nécessitaient d'être établis sans tarder, car ils pourraient aider le jury à délivrer son verdict.

— J'en déduis que vous avez par la suite conduit un certain nombre de recherches relatives à cette lettre. Qu'avez-vous découvert ? demanda-t-il d'un ton posé, avant de foudroyer l'assistance des yeux pour l'intimer au silence.

Le tohu-bohu retomba ; à la barre des témoins, le sergent O'Grady peinait à dissimuler son sourire. Essuyer un regard méprisant du vieux vautour était tout sauf agréable, et il n'était une fois de plus pas mécontent que le Dr Ryder parvienne à si bien tenir sa salle d'audience. Si certains de ses collègues détestaient témoigner sous sa présidence, le sergent avait compris depuis longtemps que, tant que l'on faisait preuve de respect envers cet homme, il n'y avait en réalité rien à craindre. Ou presque…

— Nous avons découvert que le défunt et la jeune femme en question se fréquentaient depuis quatre ou cinq mois environ.

— Je vois.

Clement se tourna vers les jurés, mais préféra ne pas les orienter. Ils étaient sans doute déjà en train de laisser se déployer leur imagination fertile – certains d'entre eux décrétant que David Finch avait dû assassiner sa petite amie avant de se donner la mort, par remords ou par peur. Les esprits les plus généreux ou romantiques étaient peut-être enclins à accorder au garçon le bénéfice du doute et à le penser innocent du meurtre, justifiant son suicide par son profond chagrin.

Mesurant déjà la gravité de la situation, et n'ayant aucun doute que le jury validerait l'hypothèse du suicide dans son verdict, il ne voyait pas l'intérêt, à ce stade, d'essayer de le guider vers une décision plus ouverte.

— Je vous remercie, sergent. Je pense qu'il est temps, désormais, d'entendre les témoignages des proches du défunt.

Cette décision suscita certains gémissements déçus, mais un nouveau regard glacial de la part du coroner convainquit rapidement l'assistance de se replonger dans un silence quelque peu contrarié.

Clement pouvait les comprendre, bien sûr. La majorité des personnes présentes étaient venues en quête de réponses et d'informations, et le policier en avait livré aussi peu que possible.

— J'appelle à la barre le commissaire Keith Finch, lança-t-il.

Les dernières bribes de ressentiment se dissipèrent alors, et les têtes se tournèrent pour apercevoir le père du défunt. Le fait qu'il s'agisse d'un haut gradé des forces de l'ordre et que son fils soit devenu le principal suspect dans l'affaire du meurtre de la reine de mai apportait une quantité considérable d'eau à leur moulin.

Le coroner surprit l'expression légèrement ironique de Duncan Gillingham quand le témoin vint se mettre en place. En temps normal, surtout dans les cas de suicide présumé, la presse s'efforçait de faire montre d'une certaine compassion envers les parents endeuillés ; tout comme les jurés, du reste, qui tentaient souvent d'amoindrir le choc en ajoutant la précision « dans un accès de folie passagère » au verdict de suicide.

Cependant, Clement remarqua à la raideur de sa colonne vertébrale et à ses mâchoires serrées que l'homme qui venait de se présenter à la barre ne s'attendait pas à bénéficier d'une telle courtoisie.

Le coroner observa Keith Finch, un homme de haute taille aux cheveux châtains, avec une bonne dose de sympathie, mais aussi avec une intensité froide et analytique. Bien sûr, aucun père ne voudrait croire son fils capable d'étrangler une jeune femme avant de se pendre, il n'y avait donc rien de surprenant à ce que cet homme ait insisté pour obtenir une seconde enquête en toute discrétion.

Mais il s'agissait là d'un officier de police chevronné, habitué à passer les preuves au crible, toujours observateur et vigilant. Son désir de voir la réputation de son fils lavée reposait-il sur autre chose qu'un vœu pieux ? Eh bien, ils le découvriraient bientôt. Clement s'éclaircit la voix et demanda :

— Vous êtes le père de la victime ?

— C'est exact.

Finch dévisageait le coroner avec curiosité. Bien qu'il eût demandé spécifiquement à ce que le Dr Ryder fût employé pour l'affaire de son fils, il n'avait encore jamais eu l'occasion de s'entretenir avec lui, ni même de le rencontrer. Et alors qu'il croisait pour la première fois le regard du vieux vautour, il espéra ne pas l'avoir méjugé. Il lui en coûtait énormément de ne pouvoir jouer un rôle actif dans l'enquête sur la mort d'Iris Carmody afin de laver son fils de tout soupçon.

Il allait donc devoir s'en remettre à cet ancien chirurgien devenu coroner et à une jeune femme tout juste sortie de l'école de police pour accomplir un nouveau miracle.

Et il n'avait plus qu'à prier pour être exaucé.

À présent qu'il se retrouvait confronté aux prunelles grises et intransigeantes du coroner, il n'y voyait rien d'autre qu'une expression observatrice, sans la moindre lueur qui évoquerait leur secret partagé.

Cela renforça sa conviction d'avoir pris la bonne décision.

— Vous avez été appelé par vos collègues afin d'identifier formellement votre défunt fils, David Finch, c'est bien cela ? s'enquit d'entrée de jeu Clement Ryder.

Le commissaire se crispa, puis hocha sèchement la tête.

— En effet, répondit-il posément. Je ne pouvais pas imposer cela à mon épouse. Elle était dans tous ses états.

Il y eut quelques mouvements gênés dans l'assemblée, et une vague de compassion et de pitié mêlées remplaça en partie l'atmosphère de curiosité malsaine qui régnait dans la salle. Enfin l'auditoire commençait à le percevoir comme un père endeuillé, et non comme un officier de police plongé en plein scandale.

— Je comprends. J'aimerais d'ailleurs vous transmettre à tous deux les condoléances de la cour, reprit Clement. Avant la mort de votre fils, aviez-vous remarqué le moindre changement dans son attitude ?

Le policier acquiesça lentement. Il s'était préparé à cette question, et voyait là une opportunité en or de remettre les pendules à l'heure au profit de son enfant. Pourtant, même s'il avait passé des heures tristes et silencieuses, la nuit précédente, à répéter de nombreuses fois sa déclaration, il redouta soudain d'échouer dans la tâche qu'il s'était fixée. De toute façon, il ne pouvait que dire la vérité sans fard, en espérant que les jurés la croiraient.

— Évidemment. La jeune femme qu'il fréquentait venait d'être sauvagement assassinée, David était profondément perturbé.

Des murmures d'excitation s'élevèrent aussitôt dans la salle, mais Clement ne les laissa pas se prolonger.

— Silence ! gronda-t-il. Si certains membres de l'assistance sont incapables de se conduire avec la décence et le respect qui s'imposent, je vais devoir évacuer la salle.

Le brouhaha retomba aussitôt. Depuis sa place, Duncan Gillingham afficha un sourire entendu. Au cours de sa carrière, il avait vu d'autres coroners proférer des avertissements similaires, mais ils étaient la plupart du temps vides de sens et ne visaient qu'à rétablir le calme. Clement Ryder, lui, avait déjà demandé aux huissiers de faire sortir tout le monde sauf le personnel et les témoins indispensables, se souciant comme d'une guigne de l'animosité que cela pouvait susciter chez les personnes exclues. Mais si l'autorité et le flegme de Ryder étaient indubitables à ses yeux, Duncan n'avait pas encore digéré la manière dont le vieux coroner avait saboté sa relation naissante avec une certaine policière, charmante et tout en courbes.

Clement détourna son regard noir de l'assemblée pour le rediriger vers son témoin.

— Vous dites que David était perturbé. Vous a-t-il fait savoir qu'il était désespéré au point d'envisager de mettre fin à ses jours ?

Le commissaire Finch tressaillit.

— Non, jamais. Et je pense que j'aurais décelé des signes avant-coureurs, s'il avait songé à un acte aussi terrible.

Clement s'abstint de tout commentaire, mais ne put s'empêcher de se demander combien de parents d'enfants suicidaires avaient déclaré la même chose. Était-il possible de connaître son fils ou sa fille au point d'être absolument certain de ses intentions ?

Il pensa alors à ses propres enfants – désormais adultes, et qui vivaient leur vie loin de la maison. Il ne les voyait pas si souvent, mais pensait qu'il saurait si quelque chose de grave leur arrivait. Ou ne s'agissait-il que d'un espoir vain de sa part ?

— Les premiers jours, il était effondré, reprit Keith Finch, mais ces derniers temps, il paraissait plus furieux que désespéré.

Il coula alors un regard plein de défi vers la tribune de presse. Certains des journalistes ayant publié des articles suggérant autre chose se détournèrent aussitôt, mais les reporters plus âgés et aguerris n'eurent pas cette décence.

Trudy éprouva un élan de compassion pour cet homme. Devoir rester droit et digne devant l'assistance, sachant que presque tout le monde alentour soupçonnait votre enfant décédé d'avoir commis le plus atroce de tous les crimes… Et tenter de le défendre grâce à sa seule force de conviction… Car, en tant qu'agent de police, Trudy avait conscience que seules la confiance et la foi de Finch envers son fils lui permettaient de croire que David était innocent du meurtre d'Iris Carmody. Si le commissaire avait disposé de la moindre preuve tangible, ou même d'une simple présomption étayée, il s'en serait aussitôt ouvert au capitaine Jennings.

Quand l'annonce du meurtre avait retenti au commissariat de façon si spectaculaire en ce premier matin du mois de mai, Trudy avait été aussi fascinée et épouvantée par la nouvelle que ses collègues. Le capitaine Jennings avait pour sa part semblé satisfait, bien qu'un peu anxieux, de se voir confier une affaire d'une telle importance, et il n'avait pas tardé à constituer son équipe. Trudy n'en avait évidemment pas fait partie, ce qui ne l'avait pas empêchée de rester attentive aux moindres bruits susceptibles de lui parvenir dans le cadre de l'affaire Iris Carmody. Elle avait ainsi surpris nombre de conversations dans le bureau, qui lui avaient permis de saisir au moins les grandes lignes de l'histoire.

Elle savait, par exemple, que les analyses médicales avaient confirmé que la jeune fille était sans doute morte peu de temps avant sa découverte – son assassinat avait donc très probablement eu lieu à l'aube. Elle n'était plus vierge, mais n'était pas enceinte. Et la cause de la mort était la strangulation manuelle. Quelqu'un – sans doute un homme – l'avait saisie par le cou, serrant jusqu'à ce que mort s'ensuive.

Elle savait aussi que David Finch était vite devenu, en sa qualité de petit ami de la victime, un suspect potentiel. Il avait expliqué au capitaine Jennings qu'il avait passé la soirée et la nuit précédentes avec ses parents, et qu'au moment présumé du meurtre, il dormait dans son lit. Un alibi qui ne garantissait rien car il avait pu s'éclipser à tout instant.

Bien qu'inscrit à l'université, il était rentré chez lui pour quelques jours, sans doute pour participer au couronnement de sa petite amie. Au village de Middle Fenton, le 1er Mai n'était apparemment pas une journée comme les autres.

En d'autres circonstances, la parole d'un commissaire de police et de son épouse respectable n'aurait jamais été remise en doute.

Mais ces circonstances n'avaient rien de normal. Et la plupart des gens – surtout ceux dont le métier était de rédiger des articles de presse – eurent tôt fait de signaler que même les mères des criminels les plus endurcis attesteraient que leur cher petit était bien sagement assis devant la radio au moment où la bijouterie avait été cambriolée ou la malheureuse victime passée à tabac.

— Vous dites qu'il semblait furieux ?

La voix de Clement interrompit les sinistres réflexions de Trudy, qui se reconcentra sur l'instant présent. Elle se replongea, contrite, dans sa sténographie.

— Oui. Après trois ou quatre jours sans arrestation, il est devenu très amer. Je lui ai expliqué que ce genre d'affaires pouvait prendre du temps, mais il a commencé à... pas tout à fait à douter des officiers chargés de l'affaire, mais à s'impatienter, expliqua le commissaire avec un haussement d'épaules résigné. C'était compréhensible, bien sûr. Il venait de perdre celle dont il était épris, et il tenait à ce que justice soit rendue. Il était jeune et impatient.

— Et quelle forme prenait cette impatience ? demanda Clement, désormais curieux.

Parfois, il avait l'impression que mener une enquête judiciaire était comme diriger une symphonie : tous les protagonistes connaissaient la partition à l'avance, et il lui incombait de veiller à ce que le morceau se déroule de façon fluide et sans surprise. D'autres fois, il préférait s'éloigner des sentiers battus – comme à présent.

Du coin de l'œil, il vit que le sergent O'Grady, qui avait regagné sa place au premier rang, paraissait clairement mal à l'aise et essayait de capter son attention – peut-être dans l'espoir de suggérer à Clement de remettre son témoin dans le bon tempo.

Le coroner veilla à rester concentré sur Keith Finch, qui prit son temps avant de répondre :

— Il disait qu'il connaissait sans doute Iris mieux que personne, au moins autant que les amis de la malheureuse, et beaucoup plus que n'importe quel policier. Il s'estimait capable de découvrir ce qu'il lui était arrivé. J'ai appris qu'il avait décidé d'interroger les proches d'Iris, ainsi que d'autres villageois. J'ai dû lui dire de laisser la police faire son travail.

Bien sûr, songea Clement, l'attitude du garçon pouvait être analysée de deux manières : soit David Finch tentait sincèrement de découvrir qui avait assassiné Iris, soit il essayait d'apprendre où la police en était de son enquête et si elle risquait de mettre au jour des preuves de son implication. Jouer le rôle du petit ami avide de vengeance constituait une bonne couverture.

— Et vous a-t-il écouté ? se renseigna Clement.

L'homme à la barre hésita un instant ; le coroner le scruta de près, se demandant si son témoin risquait, peut-être pour la première fois, de lui servir un mensonge. Puis les épaules du commissaire Finch s'affaissèrent imperceptiblement.

— Il a fait comme si. Mais j'avais le sentiment qu'il menait toujours ses propres investigations, quoique beaucoup plus discrètement.

— Je vois. Quand vous avez appris la terrible nouvelle de la mort de votre fils, avez-vous fouillé sa chambre en quête d'une lettre de suicide ?

La question était brutale, mais Finch, en dehors d'un rapide clignement d'yeux, ne sembla pas affecté par ce soudain changement d'approche.

— Oui, avec le capitaine Jennings, venu m'informer du drame. Nous n'avons rien trouvé. Et…

Il se tourna alors face au jury.

— Je pense solennellement que mon fils ne se serait jamais suicidé, quelles que soient les circonstances. Il n'aurait jamais infligé cela à sa mère, ajouta-t-il d'une voix rauque avant de déglutir avec peine.

Plusieurs jurés se détournèrent pour se dérober au regard appuyé du père éploré. Clement estima que c'était le bon moment pour donner congé au témoin.

Après de nouveaux débats indispensables, mais – au grand désarroi du public – pas particulièrement intéressants, Clement adressa son discours habituel aux membres du jury. Il leur expliqua qu'ils devraient établir l'identité du défunt, la cause de sa mort (que toutes les preuves médicales indiquaient être la pendaison) ainsi que, si possible, la manière selon laquelle celle-ci était survenue.

Il souligna que, en l'absence de lettre d'adieu, et faute de preuves scientifiques irréfutables, leur décision ne devait pas être précipitée – et qu'un verdict constatant le décès sans cause déterminée serait tout à fait recevable s'il devait subsister le moindre doute.

Toutefois, il ne se faisait aucune illusion en les envoyant délibérer ; sans grande surprise, ils revinrent dix minutes plus tard en concluant à un suicide dans un accès de folie passagère.

Le coroner croisa brièvement le regard du commissaire Finch avant de remercier le jury et de congédier la cour. Il adressa à l'officier un hochement de tête, qui, l'espérait-il, suffirait à rassurer le père endeuillé sur le fait qu'un complément d'enquête serait apporté à cette affaire.

6

— Eh bien, c'était plus ou moins conforme à ce que nous attendions, dit Clement à Trudy une vingtaine de minutes plus tard.

Ils avaient pris place dans le bureau du coroner pour siroter du thé et grignoter de délicieux biscuits au gingembre que sa secrétaire avait gentiment apportés, après avoir avalé des sandwichs bricolés à la hâte en guise de déjeuner tardif.

— Oui... Mais j'ai eu de la peine pour le commissaire Finch, répondit Trudy.

Ryder grommela son assentiment.

— Bon, nous devons établir un plan d'action. Par où suggérez-vous que nous commencions ?

Trudy soupira.

— Quoi que nous fassions, cela risque d'être délicat. Nous ne pouvons pas marcher sur les plates-bandes de la police en nous renseignant trop ouvertement sur Iris Carmody, puisque l'enquête est toujours en cours et que le capitaine vous a bien fait savoir qu'il s'agissait de *son* pré carré. D'un autre côté, nous aurons du mal à découvrir ce qui est arrivé à David Finch sans en apprendre un peu plus sur elle. Dans tous les cas, leurs morts sont forcément liées, vous ne pensez pas ?

Clement acquiesça prudemment.

— Cela me semble en effet assez probable.

— Bien. Alors soit il l'a effectivement tuée, auquel cas il s'est très vraisemblablement suicidé après coup, dans un accès de remords, de désespoir ou que sais-je. Si cette hypothèse est validée, nous risquons de tourner en rond en essayant de trouver des indices qui ne mènent dans aucune autre direction. Soit il n'a rien à voir avec sa mort, ce qui n'empêcherait pas qu'il ait mis fin à ses jours à cause du chagrin provoqué par cette perte...

— D'expérience, intervint Clement tandis que Trudy marquait une pause bien méritée pour reprendre son souffle, les jeunes amants qui se donnent la mort parce qu'ils ont eu le cœur brisé se trouvent davantage dans la poésie, la fiction ou les mauvais films que dans la vie réelle.

Trudy ne put réprimer une moue empreinte d'ironie.

— C'est une façon plutôt cynique de voir les choses.

— Je roule ma bosse depuis plus longtemps que vous, rétorqua-t-il avec un sourire pincé. Mais reprenez ; pardonnez-moi de vous avoir interrompue.

Trudy secoua la tête.

— Cela ne me dérange pas.

Elle le pensait sincèrement. Ce n'était pas la même chose que lorsque le capitaine Jennings ou le sergent lui coupaient la parole au travail : le Dr Ryder avait pour sa part toujours quelque chose d'utile ou d'encourageant à ajouter. Elle ne pouvait pas en dire autant de ses officiers supérieurs !

— Bref, où en étais-je... ? Ah oui, si David n'a pas tué Iris, et s'il ne s'est pas suicidé non plus, cela signifie que quelqu'un les a éliminés tous les deux. Comme l'a suggéré le commissaire, David, en menant son enquête officieuse, a pu découvrir quelque chose qui aura fait paniquer le meurtrier d'Iris.

— Ce qui aurait poussé ce dernier à se débarrasser aussi de David, abonda Clement.

— Ainsi, quel que soit notre angle d'attaque, la mort d'Iris Carmody va forcément jouer un rôle déterminant dans notre réflexion. Mais le capitaine Jennings va me dépecer si j'empiète sur son territoire, gémit-elle.

— Eh bien… nous ferons de notre mieux, trancha sèchement Clement.

L'idée de croiser le fer avec Harry Jennings ne semblait pas le déranger ; d'un autre côté, le capitaine n'avait aucun pouvoir sur lui, le coroner pouvait donc se permettre de prendre quelques libertés, songea Trudy avec une pointe d'amertume.

Sensible à son changement d'humeur, Clement lui décocha un large sourire.

— Haut les cœurs ! Et n'oubliez pas : il est possible que nous trouvions une preuve aidant Jennings à résoudre son affaire de meurtre, auquel cas il sera ravi de tout vous pardonner.

Tentant d'imaginer un capitaine Jennings fou de joie, Trudy frissonna légèrement avant de pousser un soupir.

— Bon, je suppose que le mieux est de commencer par le commencement, suggéra-t-elle. À savoir la grange de Mr Dewberry. Vous y êtes-vous déjà rendu ?

— Non, admit le coroner, qui n'avait pas jugé opportun d'inspecter les lieux en personne avant qu'on lui demande de s'intéresser plus en profondeur à l'affaire.

— Au moins, le temps est beau et sec, commenta Trudy en jetant un coup d'œil par la fenêtre pour s'assurer qu'aucune averse ne menaçait. Nous n'aurons pas besoin de bottes.

— En d'autres circonstances, ce serait même une belle journée pour une balade, convint Clement.

7

Comme le coroner avait commencé à donner des leçons de conduite à Trudy, il attendit d'être sorti de la ville pour ranger sa Rover P4 sur le bas-côté d'une route de campagne, afin de changer de place avec elle. La policière, encore novice, allait ainsi pouvoir parcourir la dizaine de kilomètres les séparant encore du village de Middle Fenton, sans trop de difficultés ni de risques liés à la circulation. Il constata avec fierté qu'elle s'en tirait très bien – elle faisait rarement grincer les vitesses et ne cala qu'une fois, à un carrefour désert.

Elle se gara avec soin dans une partie ombragée de l'avant-cour pavée de la ferme des Dewberry. Il ne semblait pas y avoir âme qui vive, pas même un chien de berger aboyant pour donner l'alerte ; Clement supposa que le père et le fils devaient tous deux être aux champs.

La ferme, une robuste bâtisse carrée en pierre locale dotée d'un grand toit en ardoise, était typique de la région. Elle devait se dresser là depuis près de deux siècles.

— Nous devrons avoir une longue conversation avec Ronnie Dewberry, déclara Trudy en descendant de la voiture, dont elle veilla à bien verrouiller la portière avant d'en rendre les clés à son collègue. Ils ont grandi ensemble et étaient meilleurs amis pendant toute leur scolarité. Et David a choisi cet endroit pour se donner la mort – ou son assassin a estimé que cela représentait un endroit sûr où l'éliminer. Cela ne signifie certes pas grand-chose, car les gens du coin connaissent l'existence de cette grange, et n'importe quelle personne se promenant dans la campagne a aussi pu tomber dessus. Mais si quelqu'un savait ce que David avait en tête, c'est sans doute son meilleur ami.

Clement acquiesça, même s'il ne se sentait pas aussi convaincu que sa partenaire. L'expérience lui avait appris que la relation entre ces deux jeunes gens n'aurait probablement pas perduré à l'âge adulte, d'autant que David Finch était inscrit à l'université à Londres alors que Ronnie était voué à prendre la succession de son père. Les amitiés d'enfance, il le savait, peuvent être intenses, mais résistent rarement à l'épreuve du temps. En réalité, il n'aurait pas été surpris que ce processus d'éloignement ait déjà commencé.

— Rappelez-moi ce que le défunt comptait faire dans la vie ?

— Il étudiait le génie civil, répondit Trudy du tac au tac.

En effet, Clement se souvenait à présent de l'avoir lu dans le dossier. Naguère, il n'aurait jamais eu à demander à Trudy qu'elle lui rappelle ce genre de détail. Depuis qu'il avait obtenu confirmation de cette maladie autodiagnostiquée, il s'attelait à effectuer chaque jour des exercices mentaux, tant pour stimuler son activité cérébrale que pour surveiller un brusque déclin de ses facultés cognitives. Jusqu'à présent, la maladie progressait très lentement, et il espérait avoir la chance de profiter encore de plusieurs bonnes années. À condition de pouvoir tenir le secret assez longtemps.

— La grange se trouve sans doute par là ? suggéra Trudy, l'arrachant à ses sombres pensées pour lui désigner un chemin d'herbe et de pierre gravissant une colline sur leur gauche.

Des années de passages de tracteurs avaient enfoncé la voie sur plusieurs centimètres, y creusant des ornières rendant la progression quelque peu épineuse.

Clement haussa les épaules et lui emboîta le pas – non sans être allé nonchalamment récupérer une canne dans la malle de sa voiture. Il s'agissait d'un bâton de noisetier noueux, qu'il avait lui-même prélevé dans une haie et façonné au cours des semaines précédentes. À présent, l'objet paraissait à la fois rustique et anodin. Pas le genre d'équipement hospitalier qui aurait suggéré des difficultés à marcher.

Difficultés qu'il n'avait d'ailleurs pas. Du moins c'est ce qu'il lui semblait, même s'il avait récemment pris conscience de sa tendance à traîner les pieds sans s'en rendre compte ; s'il n'y prenait pas garde, cela lui vaudrait un jour une mauvaise chute.

Il admira autour de lui les champs d'orge verdoyants, ornés de leur coiffe plumeuse, et s'emplit les poumons d'air frais. Une alouette, surprise par leur présence, s'éleva vers les nuages sans cesser de chanter – un défi auquel répondit bientôt sa rivale du champ voisin.

Quelques proyers, juchés au sommet des plus hautes haies – souvent des sureaux –, les observèrent en pépiant nerveusement. Le long des buissons, le cerfeuil sauvage déployait son écume blanche, véritable aimant à aurores. Clement prenait un plaisir sincère à observer les environs. Rien ne valait l'Angleterre au printemps !

L'inclinaison de la colline était l'un de ces faux plats, si progressifs qu'ils ne tirent même pas sur les genoux, mais si longs qu'ils vous offrent la surprise, une fois au sommet, de dominer un impressionnant panorama. Malheureusement, l'éminence se dressait du côté opposé au village, ce qui signifiait que la police n'avait probablement aucune chance de mettre la main sur des témoins potentiels. L'un des habitants avait certes pu voir le garçon entreprendre son dernier voyage, mais nul n'aurait pu suivre son parcours jusqu'ici.

Il ne repéra pas la moindre habitation alentour – seulement des terres arables, des haies, la trace chatoyante d'une rivière lointaine et quelques cochons dans un champ si lointain qu'ils ressemblaient à de minuscules coussins roses.

Sur leur droite, en revanche, s'élevait la carcasse austère de la grange de bois et de fer noir. La bâtisse était nantie de deux grands vantaux de bois, qui semblaient constitués de chutes clouées ensemble avec davantage d'enthousiasme que de précision. Il émanait de l'édifice une allure triste et délaissée, comme s'il avait honte de ce qu'il était advenu de son intérieur mal éclairé.

Bien entendu, la police avait établi autour un périmètre de sécurité, la rendant de toute façon inutilisable. En la découvrant, solitaire et accusatrice, Trudy se sentit soudain déprimée. Même si elle ne croyait pas vraiment au surnaturel, elle n'avait aucun mal à imaginer l'invisible fantôme de David Finch rôdant dans les parages, questionnant la capacité de ces deux personnages mal assortis à éclaircir le mystère de sa mort.

Trudy se demanda tristement si le spectre serait plutôt confiant ou méprisant.

Elle chassa cette question idiote d'un haussement d'épaules et se retourna plutôt vers les champs déserts.

— Pas étonnant que personne n'ait rien vu, commenta-t-elle d'un ton abattu, faisant sans le savoir écho aux pensées de son compagnon. À moins d'un promeneur inattendu, qui aurait pu voir David monter ici ?

Clement opina.

— Cet isolement soulève toutefois une question évidente, n'est-ce pas ? S'il n'est pas venu ici exprès pour se tuer, alors pourquoi ?

— Pour réfléchir ? suggéra Trudy du bout des lèvres. Pour trouver un peu de calme et de tranquillité ? Ronnie et lui devaient jouer ici sans arrêt, quand ils étaient petits. Peut-être cherchait-il un endroit où il se sentait autrefois heureux et en sécurité ? Il devait savoir que tous les villageois se demandaient s'il était responsable de la mort d'Iris Carmody. Ça ne devait pas être facile pour lui.

— Possible. À moins qu'il ait prévu de retrouver quelqu'un ? proposa Clement bien plus prosaïquement.

Trudy, malgré le soleil de mai, se sentit parcourue d'un frisson glacial.

— Vous voulez dire la personne qui serait devenue son assassin ?

— Pas nécessairement. Il a très bien pu convenir d'un rendez-vous avec un individu quelconque, qui serait parti avant qu'une autre personne n'arrive. Un tiers qui le surveillait peut-être de loin, et a saisi l'occasion de le découvrir seul ici pour l'éliminer.

Trudy y réfléchit quelques instants, puis fronça le nez.

— C'est un peu tiré par les cheveux, non ?

Clement sourit.

— Certes. Mais il ne faut jamais rien exclure, si incroyable que cela puisse paraître. Mieux vaut garder toutes les idées en tête, plutôt que de se focaliser sur une seule. Penser savoir ce qui s'est produit alors qu'on l'ignore peut vous attirer des tas d'ennuis. En l'occurrence, il me semble assez vraisemblable que ce garçon ait été assassiné. Mais si je finis par m'en convaincre, je risque de laisser échapper des indices ou de rejeter certains témoignages étayant le suicide, car j'aurai sans m'en rendre compte perdu mon objectivité.

— D'accord, je tâcherai de m'en souvenir, promit Trudy. J'imagine que nous ferions aussi bien d'entrer, à présent.

Quoique ravie de cette nouvelle occasion de faire équipe avec son mentor – ce qui lui permettait, en outre, d'oublier provisoirement les plaintes pour cambriolage et la visite des monts-de-piété dans l'espoir d'y retrouver des objets volés –, elle devait bien reconnaître que pénétrer dans cette grange ne lui inspirait rien qui vaille.

Tout était tellement silencieux alentour. Même les alouettes avaient cessé de chanter.

Clement, percevant peut-être son malaise, dissimula un sourire et brandit son vulgaire bâton de noisetier.

— Après vous !

Trudy s'approcha des portes entrebâillées. Elle imagina que l'officier ayant scellé la zone n'avait sans doute pas réussi à les maintenir fermées ; les vantaux semblaient gauchis, peu coopératifs. Elle poussa l'un des battants, juste assez pour que Clement et elle puissent se faufiler tous deux à l'intérieur, et observa pour la première fois l'endroit où David Finch était mort.

Les premières choses qui la frappèrent furent l'odeur de renfermé et le mouvement envoûtant des grains de poussière flottant dans l'air. La paille séchée et le parfum plus doux du foin faisaient valoir leurs effluves musqués. Elle savait que la ferme partageait ses activités entre la culture et l'élevage, et se demanda si, un jour ou l'autre, des pommes de terre avaient été entreposées ici.

Pour l'heure, la moitié de la grange était encombrée de vestiges de balles de paille. Deux batteuses étaient rangées le long d'une longue cloison en tôle ondulée. Des sacs colorés, contenant sans doute de l'engrais ou de l'herbicide, étaient empilés à l'entrée. Des chevrons de bois grossièrement équarris servaient de charpente au toit cintré. Une longueur de corde pendait toujours à la poutre principale, plus au moins au centre de la construction.

— Je vois qu'ils se sont contentés de détacher le corps sans nettoyer le reste, commenta Clement en allant se placer à l'aplomb de la poutre. D'après le rapport de police, de la vieille corde traînait toujours un peu partout, j'imagine qu'il – ou quelqu'un d'autre – n'a eu qu'à se servir. En tout cas, celle-ci n'était pas neuve ni achetée spécialement pour l'occasion.

Une piste potentielle se refermait donc, songea Trudy. Après un rapide coup d'œil à ce sinistre vestige de la mort de David Finch, elle entreprit d'explorer le bâtiment. Des instruments d'allure hétéroclite reposaient çà et là, entassés les uns sur les autres ; sans doute de vieux râteaux ou d'anciens semoirs hors d'usage. Elle n'était cependant pas experte en outils agricoles. Étonnamment, elle repéra aussi une grosse baignoire en étain au fond perforé, ainsi que diverses marmites ou casseroles brûlées. À l'évidence, les Dewberry ne jetaient jamais rien de métallique. Peut-être comptaient-ils tout revendre à un ferrailleur tôt ou tard ?

Un escabeau en bois de bonne taille, le seul qu'elle pût voir dans toute la grange, attira son attention. Elle s'en approcha, ignorant hardiment les palpitations de son cœur.

L'objet portait encore les traces de la poudre à empreintes apposée par les enquêteurs, mais un coup d'œil lui suffit à déterminer que le bois était trop rugueux et éclaté pour avoir été d'une quelconque utilité : aucune empreinte digitale ne pourrait confirmer – ou infirmer – que la victime l'avait manipulé.

C'était pourtant sans doute le cas, car il s'agissait bien des marches que David Finch avait gravies pour se passer une corde autour du cou. Quelles avaient été ses pensées lorsqu'il avait trouvé l'escabeau, avant de le déplier pour le placer soigneusement en dessous de la poutre ? Il avait certainement dû s'interroger sur la vie après la mort – se demander si Dieu lui pardonnerait l'acte qu'il s'apprêtait à commettre ?

Elle hésita, surprise de se rendre compte qu'elle partait si naturellement du principe que David s'était suicidé.

Peut-être que…

Malgré la pénombre – la seule lumière provenait des rayons du soleil filtrant entre les planches mal ajustées ou par la porte entrouverte –, un détail attira l'attention de Trudy, qui se pencha aussitôt pour examiner le quatrième échelon de l'escabeau. Son cœur battait désormais la chamade, mais l'inquiétude avait cédé le pas à l'excitation.

Oui, elle avait vu juste ! Il lui avait bien semblé reconnaître les signes caractéristiques !

— Docteur Ryder, par ici ! l'appela-t-elle par-dessus son épaule. Venez voir ! Est-ce bien ce qu'il me semble ?

— Le bois est pourri, constata le coroner quelques instants plus tard. Complètement vermoulu.

Tous deux contemplèrent les minuscules trous qui piquetaient le bois. Le coroner emporta l'escabeau dehors pour mieux voir, mais cela ne faisait aucun doute.

— Mais c'est surtout abîmé ici… vous voyez, juste au niveau de cette marche.

Elle tendit un doigt hésitant pour toucher le barreau.

— C'est spongieux ! découvrit-elle. Docteur, vous pensez que ce marchepied aurait pu soutenir le poids de David ?

Clement étudia le bois pensivement.

— Je n'en suis pas certain, admit-il. Nous allons devoir faire une analyse plus poussée.

— Je vais prévenir le capitaine Jennings. Il enverra quelqu'un le récupérer.

Elle espérait qu'il dépêcherait l'agent Rodney Broadstairs. Rodney aimait se montrer arrogant avec Trudy. Grand, blond et plutôt bien de sa personne, il se prenait pour le jeune prodige du commissariat. Le plus agaçant était qu'il n'avait sans doute pas tort. Le sergent et le capitaine devaient très certainement lui confier des tâches bien plus intéressantes qu'à elle ; Trudy avait des raisons de lui en vouloir, c'était humain. Aussi, le voir exceptionnellement rabaissé au rang de simple coursier lui ferait très plaisir !

— Le commissaire Finch serait sans doute content d'apprendre que l'escabeau est effectivement trop abîmé pour avoir soutenu le poids de David, convint Clement. Cela réduirait les probabilités que son fils se soit donné la mort.

— Sauf s'il a grimpé sur autre chose, souligna Trudy. Mais je ne vois pas sur quoi, objecta-t-elle aussitôt.

Clement, qui avait étudié les clichés de la scène de crime, était du même avis. David aurait pu empiler des bottes de foin, mais aucune n'avait été retrouvée près de lui. Seulement cet escabeau renversé.

— S'il n'est pas monté dessus… si *personne* n'est monté dessus, reprit doucement Trudy en contemplant tour à tour le marchepied et la corde encore accrochée au chevron, cela signifie sans doute…

— Que quelqu'un lui a passé la corde autour du cou avant de le hisser, puis d'attacher l'autre extrémité à la base de la charrue.

Trudy frissonna.

— Ce devait être quelqu'un de costaud, pour soulever un tel poids.

Clement fronça les sourcils d'un air pensif.

— Pas nécessairement. Une femme en bonne condition physique – ou une femme pesant suffisamment lourd – aurait sans doute pu y parvenir.

8

Ils quittèrent la grange dans une humeur taciturne. De retour à la ferme, ils aperçurent cette fois du mouvement : celui de quelques poules rousses qui picoraient près d'une remise en caquetant sans conviction.

Trudy frappa à la porte mais, comme elle le présageait, le bruit résonna sinistrement à l'intérieur, sans que personne ne vienne leur ouvrir.

Elle se retourna en haussant les épaules et vit le coroner se glisser derrière le volant. Allant prendre place du côté passager, elle demanda :

— Direction le village ?

Clement acquiesça.

La ferme Dewberry était l'une des trois exploitations entourant le bourg, dont ils gagnèrent le centre en une minute à peine. Celui-ci était constitué d'une rue principale baptisée Freehold Street, d'où plusieurs allées s'en allaient tracer leurs méandres, avant, à n'en pas douter, de la rejoindre plus loin.

On y trouvait les édifices habituels : une église normande au clocher carré ; l'école primaire du village, dont une plaque indiquait qu'elle avait été fondée par un lord local au milieu des années 1880 ; et un unique pub, qu'ils trouvèrent en suivant la route principale jusqu'au point où elle divergeait pour former une petite place. Trois de ses côtés étaient bordés de maisons au toit de chaume ou de tuiles ; le quatrième accueillait le pub, *The Horse and Groom*, ainsi qu'un bâtiment long et bas qui faisait sans doute office de salle des fêtes. Le pub était une belle construction aux murs de roche ferrugineuse parcourus de vigne vierge ; une pancarte joyeusement décorée montrait un homme tout sourire au côté d'un gros cheval alezan. La bâtisse voisine était constituée de briques rouges ; ses gouttières auraient mérité d'être réparées, et ses trop nombreuses fenêtres étaient tristement uniformes. Tout compte fait, l'endroit semblait fort peu attrayant pour accueillir des festivités.

— Je me demande où se trouvent l'épicerie et la poste, s'interrogea Trudy en tournant sur elle-même. On devrait peut-être commencer par là.

D'après son expérience, la plupart des villageois avaient tendance à se réunir toujours aux mêmes endroits pour y échanger leurs ragots – et si le pub était le cadre idéal pour une clientèle masculine, il lui semblait que les femmes se retrouveraient sans doute plutôt dans un commerce.

Clement se retourna, repéra le clocher et brandit sa canne de noisetier dans cette direction.

— Peut-être sur Church Lane ? suggéra-t-il en se mettant en route.

Church Lane n'était qu'une impasse sans l'ombre d'une boutique. Ils rebroussèrent chemin et repartirent sur Freehold Street pour y emprunter la première rue perpendiculaire. La chance leur sourit une centaine de mètres plus loin.

L'épicerie – sans doute l'ancienne demeure d'une famille pas forcément riche, mais qui devait sembler cossue au village – se dressait fièrement au milieu de cette ruelle. Les deux larges panneaux de sa vitrine exhibaient des bocaux remplis de douceurs et de confiseries d'un côté, et d'une sélection plus classique de journaux, de paquets de lessive ou de conserves de l'autre. À n'en pas douter, l'étage avait dû être transformé en un confortable appartement pour les gérants.

— J'ai justement besoin de tabac pour ma pipe, déclara Clement.

Trudy, pour sa part, faisait mine de ne pas avoir remarqué la poudre acidulée. Elle adorait cela, mais ne pouvait tout de même pas en acheter en présence du Dr Ryder !

Ils poussèrent la porte de la boutique, et les voix féminines qu'ils entendirent en franchissant le seuil se turent. Trois paires d'yeux, au mieux inquisiteurs, au pire hostiles, se tournèrent vers eux ; les paupières se plissèrent pour mieux les étudier.

Trudy, peu habituée à ne pas porter son uniforme – et donc à ne pas recevoir les marques de déférence ou de belligérance que celui-ci suscitait –, fut d'abord prise au dépourvu. Le Dr Ryder, en revanche, assumait parfaitement son rôle de bel érudit d'âge mûr venu avec un but précis en tête. Il s'avança avec assurance entre deux allées contenant essentiellement des articles de toilette, des boîtes de céréales, des paquets de thé et du pain tranché, tout en adressant un sourire courtois aux trois femmes debout au comptoir.

— Mesdames, lança-t-il en regrettant de ne pas porter son trilby et de ne point pouvoir l'ôter.

La plus âgée des trois, une femme corpulente postée devant la caisse, était indubitablement la propriétaire. Elle arborait un tablier floral noué au cou et à la taille ; une multitude de taches le recouvraient. Ses cheveux courts et gris étaient bouclés (très certainement permanentés), ses lèvres maquillées d'un rouge écarlate étonnamment vif. Elle pouvait avoir aussi bien cinquante que soixante-dix ans et dévisageait Clement d'un œil inquisiteur.

La femme devant elle, légèrement sur sa gauche, était plus jeune – peut-être quarante-cinq ans –, moins replète, et avait des cheveux courts, blonds et bouclés (très certainement permanentés). À sa droite, une femme d'une trentaine d'années, plus grande et plus fine, aux cheveux bruns et bouclés (probablement *non* permanentés), était dotée d'yeux marron globuleux.

— Pardonnez-moi de vous interrompre, je me demandais si vous aviez du tabac ? s'enquit Clement en posant son regard sur l'épicière.

Cette ouverture lui valut un sourire engageant ; la matrone se retourna alors pour descendre plusieurs boîtes colorées des étagères derrière elle, qui prétendaient toutes fournir au fumeur la meilleure expérience qu'il eût jamais connue.

— Certainement, monsieur. L'un de ceux-ci vous conviendrait-il ?

Trudy, qui faisait mine d'étudier un bocal de chicorée, observait du coin de l'œil le maître en action en tentant de dissimuler un sourire.

Clement sollicita alors les conseils de la propriétaire, qui, naturellement, recommanda chaudement le tabac le plus cher. Par chance, il s'agissait d'une marque que le coroner connaissait et appréciait, et il plongea rapidement la main dans la poche de son pantalon pour en ressortir une poignée de pièces, qu'il déposa sur le comptoir.

— Je vous connais, non ? l'interrogea brusquement la grande femme fine.

Clement, surpris, se tourna pour l'étudier. Il avait dû rencontrer des milliers de personnes au cours de sa vie – mais ce visage en particulier ne lui évoquait rien. Il n'eut cependant pas le temps de répondre qu'elle reprit la parole en hochant la tête.

— Oui, je vous ai vu une fois. À l'hôpital Radcliffe. Vous êtes médecin, non ? Chirurgien ?

Clement hocha la tête, sans pour l'instant tenter d'expliquer son changement de carrière. La femme se tourna alors vers sa voisine blonde pour lui glisser :

— Tu te souviens des soucis de notre Brenda, il y a toutes ces années ?

Trudy constata que les trois femmes le considéraient désormais avec un intérêt renouvelé – en plus de recevoir un bel inconnu, celui-ci s'avérait être chirurgien, rien de moins ! Elle se demanda combien de temps l'une d'elles mettrait à lui arracher des détails croustillants – son statut marital, par exemple. Il ne restait plus qu'à espérer que le Dr Ryder ne commettrait pas l'imprudence d'admettre qu'il était veuf.

— Puis-je vous proposer des allumettes, monsieur ? Ou de l'essence pour votre briquet ? le cajola l'épicière.

Clement acheta obligeamment une boîte d'allumettes.

— Nous sommes venus saluer Keith. Pardon, le commissaire Finch, ajouta-t-il, même s'il savait que ce n'était pas nécessaire. C'est un ami.

Il ne déformait qu'à peine la vérité, convaincu que l'officier viendrait effectivement à le considérer comme tel s'il parvenait à prouver que son fils ne s'était pas suicidé – et n'était en rien coupable de l'assassinat de sa petite amie.

Les dames eurent alors une expression surprise et échangèrent de rapides regards interrogateurs, comme pour déterminer qui serait la première à répondre.

— Nous avons eu beaucoup d'ennuis avec les journalistes, fit alors valoir la blonde en observant Trudy, qui rougit. Nous attendons que l'affaire se tasse en espérant qu'ils nous laisseront un peu tranquilles, ajouta-t-elle d'un ton lourd de sous-entendus.

— Oh ! Trudy ne travaille pas pour la presse, précisa Clement. C'est mon assistante. Et elle connaissait David.

Il s'agissait cette fois d'un mensonge éhonté. Les trois femmes la dévisagèrent alors ouvertement – en se demandant sans doute *à quel point* elle connaissait le défunt. Leur scrutation était si intense que Trudy pouvait presque entendre les rouages de la réflexion se mettre en branle chez elles. *L'aurait-il laissée tomber pour Iris ? Iris était-elle au courant ? David trompait-il l'une avec l'autre ?*

Elle comprenait pourquoi Clement avait dû inventer une histoire pour justifier leur présence ici, mais elle aurait préféré qu'il l'en avise au préalable.

— C'est une sale affaire depuis le début, commenta Clement avec douceur. L'épouse de Keith tient-elle le choc ?

Cette sollicitude discrète eut l'effet escompté, les trois femmes reportant leur attention sur le coroner.

— Betty s'en sort tant bien que mal, admit la propriétaire d'une voix lente.

— La présence de Delia l'aide beaucoup, abonda la blonde.

— Ah oui, la sœur de David, intervint Clement. Elle aussi doit être très éprouvée par les événements.

— En effet, confirma la brune. Elle a toujours été proche de son petit frère. Et toujours affirmé qu'Iris n'était pas la bonne personne pour lui. D'ailleurs, je ne pense pas que quiconque l'aurait imaginé avec une fille comme elle.

En entendant cette déclaration aussi sévère que choquante, Trudy bloqua sa respiration. Comme à tout un chacun, on lui avait inculqué de ne pas médire des morts – et certainement pas d'une personne assassinée.

La plus grande des femmes, semblant percevoir la critique silencieuse dans la pièce, remua nerveusement.

— Tout le monde sait que c'est vrai, même si personne n'a le courage de le dire haut et fort, précisa-t-elle pour sa défense.

— Je suis sûr que vous avez raison, dit Clement avec un sourire apaisant. D'après ce que j'ai entendu dire, de nombreuses personnes estimaient que David et elle n'allaient pas bien ensemble.

— Il paraît qu'elle était très jolie, ne put s'empêcher d'intervenir Trudy.

Sans surprise, l'épicière renifla d'un air condescendant.

— Et elle en avait conscience.

— Vous la connaissiez bien ? s'enquit Clement.

— Depuis toujours. Il y a près de cinquante ans que j'habite au village, et les Carmody sont là depuis des générations. Des gens bien, ajouta-t-elle avec ce que Trudy estima cependant être une certaine réticence. Frannie fait des ménages chez les uns et les autres, tandis que son mari est charbonnier. Ils travaillent dur tous les deux. Et leurs trois garçons ont plutôt bien tourné – deux d'entre eux sont mariés et ont des enfants. Il n'y a que leur petit Bobby qui vit encore avec eux. Et je suppose que lui non plus n'appréciait pas les façons de sa sœur, conclut-elle dans une moue pincée.

— Je vois tout à fait le genre, compatit Trudy avec un soupir compréhensif. J'ai connu une fille comme ça, à l'école. Elle s'inventait toujours des histoires, se prenait systématiquement pour une autre, précisa-t-elle, feignant l'indignation.

— C'était tout Iris, confirma la grande brune. Ça, elle était jolie, et son couronnement n'a surpris personne. Mais elle en voulait encore plus, n'est-ce pas, Flo ?

La blonde opina vigoureusement du chef.

— D'après ma Jane, Iris parlait sans arrêt de sa future carrière de mannequin ou d'actrice. Elle se pavanait toujours dans de jolies toilettes. On aimerait toutes savoir où elle trouvait l'argent pour se les offrir.

Les trois femmes hochèrent la tête à l'unisson.

— Elle ne travaillait pas ? demanda Trudy candidement.

— Ah ! Pas elle, non – mademoiselle n'aurait pas daigné écailler son vernis en mettant la main à la pâte, rétorqua Flo d'un ton acerbe. Elle préférait faire la belle avec son collier de perles.

— Ah, tu as remarqué, toi aussi ? fit la grande brune.

— C'est peut-être David qui le lui avait offert ? suggéra Clement du bout des lèvres. Ils se fréquentaient, non ?

Les trois femmes portèrent sur lui des regards condescendants.

— Un jeune homme à l'université ? Où aurait-il trouvé l'argent ? rétorqua la blonde en secouant la tête. Non, croyez-moi sur parole, cette jeune femme avait plus d'une corde à son arc, et nous ne savons pas tout. Ça semble couler de source, non ? Je veux dire… avec ce qui lui est arrivé et tout ça…

Elle s'interrompit brusquement. Clement, constatant que les trois femmes se rendaient compte qu'elles avaient eu la parole bien débridée et ne voulant pas leur laisser le temps de se mettre en colère, remisa ostensiblement ses achats dans la poche de sa veste.

— Eh bien, mesdames, nous ne vous retenons pas plus longtemps. Je vous souhaite une bonne journée.

Il sourit tour à tour à chacune et prit congé, Trudy l'imitant aussitôt.

Une fois dehors, ils marquèrent un temps d'arrêt dans l'allée.

— Eh bien, voilà qui était fort instructif, commenta Clement.

— Elles n'aimaient pas beaucoup Iris, n'est-ce pas ? répondit Trudy.

— Non. Par ailleurs, je ne pense pas qu'elles soient convaincues que David l'ait tuée. J'ai eu la nette impression qu'elles soupçonnaient la malheureuse d'avoir eu d'autres hommes dans sa vie, et que l'un d'eux se cache derrière le meurtre.

Trudy acquiesça. Elle ne connaissait pas tous les détails de l'affaire Carmody, mais elle avait surpris assez de conversations au commissariat pour savoir que l'équipe travaillant sur cette enquête la pensait également infidèle. Elle supposait donc que n'importe quel homme suspecté d'avoir eu des relations intimes avec elle avait été minutieusement interrogé. Néanmoins, alors qu'une grosse semaine s'était écoulée depuis que la reine de mai avait été retrouvée si spectaculairement ligotée au mât de la fête, elle était convaincue que ses collègues n'étaient pas près de procéder à une quelconque arrestation. Dans le cas contraire, le capitaine Jennings aurait paru beaucoup plus gai.

— Nous devons demander au commissaire si David a pu, à sa connaissance, offrir de beaux bijoux à Iris, déclara Trudy. D'ailleurs, en parlant de mes officiers supérieurs, je dois trouver une cabine téléphonique pour parler au capitaine Jennings de cet escabeau vermoulu.

Clement hocha la tête, et ils descendirent vers l'autre bout de l'allée, où ils repérèrent la cabine rouge vif du village. Alors qu'ils s'en approchaient, deux fillettes jouant à la marelle sur le trottoir s'interrompirent pour les regarder passer. À l'évidence, l'endroit avait été inondé d'étrangers – journalistes et policiers – au cours de la semaine écoulée, ce qui ne devait pas être fréquent. Et si la présence des forces de l'ordre s'était probablement tarie depuis que les preuves avaient été rassemblées et les témoins interrogés, la presse serait moins prompte à laisser tomber une bonne histoire. Encore que, à présent que l'enquête autour de la mort de David Finch était terminée, les événements cesseraient peut-être de faire la une, laissant la vie reprendre normalement son cours au village.

Hormis pour les familles Carmody et Finch, bien sûr.

Trudy glissa quelques pennies dans la fente, appuya sur le bon bouton et composa le numéro du poste de police pour faire son rapport. Son officier supérieur ignorait que la victime du meurtre possédait des bijoux d'une valeur inexpliquée, mais sembla particulièrement intéressé par l'état de l'escabeau ; même si, comme d'habitude, il ne la félicita pas pour son œil acéré ou sa vivacité d'esprit. Il lui rappela plutôt d'éviter les reporters qui pourraient encore se trouver au village et de le laisser se charger de l'affaire Carmody, avant de raccrocher brusquement.

En sortant de la cabine, elle retrouva le Dr Ryder assis sur un muret de jardin, tandis que les deux petites filles coulaient des regards curieux dans sa direction.

Âgée d'environ douze ans, l'une d'elles portait deux barrettes rose vif dans ses cheveux châtain clair ; l'autre, plus petite, au teint plus mat, s'affairait avec une craie, traçant de nouveaux carrés de marelle qu'elle numérotait assidûment.

Clement sourit à la policière.

— Vous avez fini ?

Trudy acquiesça.

— Et maintenant, où allons-nous ?

— Il va être 5 heures, je pense qu'il est temps de rentrer.

Le coroner salua joyeusement les deux fillettes, qui lui adressèrent de grands signes d'adieu en réponse.

— Pouvez-vous me rejoindre au bureau autour de midi demain ? Nous viendrons déjeuner ici, au *Horse and Groom*, pour voir ce que peuvent nous apprendre les hommes du village. Leur point de vue sur Iris devrait se révéler sensiblement différent de celui de leurs épouses. En général, les jolies filles savent y faire avec les hommes, ajouta-t-il, un éclat dans les prunelles. Je suis curieux de savoir avec qui elle s'acoquinait… ou pas.

Trudy opina. En revanche, son sourire mourut subitement quand elle se demanda si elle aurait droit à un défraiement pour le repas. Si elle devait le payer de sa poche, il ne lui resterait pas grand-chose pour le week-end ! Elle se rassura alors en songeant que le Dr Ryder insisterait sans doute pour régler la note lui-même.

9

The Horse and Groom semblait plutôt animé pour une heure de déjeuner en pleine semaine et, en observant la salle, Trudy et Clement eurent tôt fait de comprendre pourquoi. Au moins trois des hommes assis au comptoir étaient des journalistes.

La policière et le coroner se faufilèrent prudemment jusqu'à une table dans le fond de la salle et gardèrent la tête basse. Par chance, le pub était de ces établissements au plafond bas et aux fenêtres étroites qui ne laissaient pas pénétrer beaucoup de lumière, et ils veillèrent à s'installer dans la partie la plus sombre.

Une fois assis, ils consultèrent l'ardoise au mur, qui proposait un assortiment de sandwichs et l'habituelle assiette de fromage et de pickles. Quand ils eurent fait leur choix, Clement se dirigea vers le comptoir et attira discrètement l'attention du patron pour passer commande. Les repas seraient accompagnés d'une demi-pinte de bière locale pour lui-même et d'un verre de limonade pour Trudy.

Même de là où il se trouvait, il pouvait voir que la plupart des journalistes avaient déjà forcé sur la bouteille, ce qui l'aiderait peut-être à demeurer inaperçu.

Il en avisa sa partenaire en revenant à leur table avec les boissons, mais ajouta dans un murmure :

— Je ne pense pas que notre chance durera éternellement. Tôt ou tard, quelqu'un va finir par nous démasquer.

Trudy soupira.

— Je sais. Espérons que cela survienne plus tard que tôt.

Elle sirota une gorgée de limonade et étudia les lieux. Ils n'auraient pas l'occasion de s'entretenir avec les gens du coin avant le départ des reporters, et elle avait le sentiment que ceux-ci n'étaient pas pressés de prendre congé ; leur tentative pour récolter des informations risquait fort de se transformer en échec. Elle se promit mentalement d'y revenir plus tard.

Quand leurs sandwichs arrivèrent, ils les grignotèrent lentement, tendant l'oreille pour surprendre la moindre bribe de conversation. À une table sur leur droite, deux hommes vêtus de pantalons élimés, de pull-overs et de grosses bottes de travail étaient plongés dans une partie de dominos, jouant avec une intensité qui révélait une rivalité de longue date.

À la table de derrière se trouvaient un homme d'âge moyen, rubicond, bien vêtu, ainsi qu'un autre, plus âgé, qui grignotait son fromage et ses pickles. Pour le plus grand bonheur de Trudy et Clement, ces deux-là se montraient bavards et ne cherchaient pas à mesurer leur volume sonore.

— J'ai hâte qu'on retrouve notre village rien qu'à nous, lança le premier en jetant au trio de bruyants reporters un regard amer. Sont juste bons à remuer la fange, ceux-là, ajouta-t-il à mi-voix.

Son compagnon avala un morceau de Red Leicester[1] avant d'acquiescer.

— Ça va retomber quand la flicaille classera l'affaire, tu verras.

— Tu penses que c'est pour bientôt ? demanda l'autre.

Le plus âgé des deux hommes soupira.

1. Fromage à pâte pressée orange, évoquant le cheddar.

— J'espère. Je pense qu'ils vont conclure que le petit Finch a fait le coup, et boucler le dossier. Qui d'autre aurait pu tuer Iris ? Ça semble logique, non ?

Son ami demeura un moment silencieux, puis déclara :

— Pas sûr d'être d'accord avec toi, Charles.

— Quand des jolies filles finissent étranglées, crois-moi sur parole, c'est généralement l'homme de leur vie qui a fait le coup. Du moins, c'est souvent le cas.

— Oui, mais Iris était charmante, pas vrai ? Et tout le monde sait que celui avec qui elle flirtait n'était pas le seul poisson pris dans ses filets.

Trudy, qui les écoutait sans vergogne, osait à peine avaler une gorgée de temps en temps, de peur qu'un mot lui échappe.

— Ça, elle papillonnait, je te l'accorde. Surtout avec des hommes qui auraient pu être son père ! La coquine, je crois que ça lui plaisait de les émoustiller. Mais ça ne veut pas forcément dire grand-chose, quoi qu'en pensent les bonnes femmes du coin. D'ailleurs, pourquoi une jeune beauté n'aurait-elle pas le droit de flirter, hein ? demanda le vieil homme d'un ton amusé. Il n'y a pas de mal à ça. Et même, ça met du baume au cœur à tout le monde.

— Ça va si ça n'est que du flirt, maugréa l'homme rubicond.

Même si elle ne pouvait pas le voir (quoi qu'en pense le sergent, elle n'avait pas des yeux derrière la tête !), Trudy l'imagina jeter un coup d'œil anxieux aux journalistes au comptoir.

— Je n'arrête pas d'entendre dire que ça allait plus loin, ajouta-t-il à mi-voix.

— De la bouche de qui ? ricana son compère – et Clement se demanda alors si la reine de mai n'avait pas notamment flirté avec l'homme qui parlait actuellement. Les bonnes femmes du coin sont toutes jalouses, tu le sais bien. Elle était jeune et jolie, et ces vieilles biques sont rongées par leur aigreur. Tout ça parce qu'elle avait l'ambition de quitter le village pour vivre sa vie.

Clement sourit dans sa bière. Oh ! oui, le vieux garçon faisait indubitablement partie des conquêtes d'Iris.

— Je sais tout ça, reprit l'autre avec une pointe d'impatience. Mais tu ne peux pas nier qu'elle causait toujours des ennuis. Je tiens de source sûre que le petit Finch a eu une prise de bec avec son meilleur ami peu avant qu'on la retrouve ligotée au mât.

— Son meilleur ami ? Tu parles de Ronnie Dewberry ?

— Chuuuuut, siffla le plus jeune. Les murs ont des oreilles.

Trudy eut alors la désagréable impression que le Dr Ryder et elle avaient été pris sur le fait. Cependant, le villageois poursuivit un ton plus bas :

— Ces foutus reporters... en un clin d'œil, tu pourrais voir ton nom mentionné en tant que « source » dans le journal de demain et tes propos déformés. Des vautours, tous autant qu'ils sont.

Cette remarque fit sourire le Dr Ryder. Il savait naturellement que la plupart des collègues de Trudy le surnommaient « le vieux vautour », et était donc ravi d'avoir un peu de compagnie ! Encore que, à bien y réfléchir, être placé dans le même panier que les membres de la presse constituait sans doute une insulte encore plus grande.

— Oh ! ils sont bien trop occupés à picoler et à se vanter de leurs conquêtes sexuelles pour nous entendre, rétorqua le plus âgé.

— Sans doute. Malgré tout, mieux vaut rester prudents. Bref, parlons de quelque chose de plus gai.

Il se mit alors à évoquer les dernières prises de son ami à la pêche à la mouche, et Trudy dut subir un traité sur les avantages d'utiliser un plomb plutôt qu'un flotteur pour attraper du chevesne.

Par un accord tacite, le coroner et la policière achevèrent leur déjeuner sans plus de cérémonie et quittèrent les lieux une vingtaine de minutes plus tard.

— Vous pensez que c'est vrai ? l'interrogea Trudy dès qu'ils se retrouvèrent à l'extérieur. Le fait que David Finch se soit brouillé avec son ami Ronnie ? À cause d'Iris ?

— C'est très possible. Je présume que vous n'en avez pas eu vent au commissariat ?

— Non, pas vraiment, répondit-elle à regret.

Tous deux étaient trop absorbés par leur conversation pour remarquer l'homme qui se trouvait sur le parking. Il venait de se garer et s'apprêtait à descendre de voiture quand il reconnut les silhouettes familières de l'agent de police Trudy Loveday et du coroner Clement Ryder.

Il se tapit aussitôt derrière le volant et se fendit d'un sourire.

Ainsi donc, Trudy et ce fouineur de Ryder étaient sur une piste ? Le sourire de Duncan Gillingham se fit carnassier. Lorsque ces deux-là se montraient quelque part, il y avait bien souvent des choses à raconter.

Il les regarda descendre l'une des rues du village, curieux de savoir où ils se rendaient. Malheureusement, il était trop risqué de les suivre – il se ferait repérer à coup sûr dans ces rues quasiment désertes.

Il attendit donc qu'ils disparaissent au coin d'une allée pour descendre de voiture. Il avait toujours voulu se voir offrir une deuxième chance de séduire l'adorable Trudy Loveday, une fois que la tension de leur dernière rencontre serait retombée – et tant mieux s'il parvenait ainsi à dénicher un scoop sur le meurtre de la reine de mai.

L'heure était peut-être bien venue de tâter le terrain…

10

La famille Finch habitait une grande maison carrée à l'angle de deux ruelles. Nantie d'un grand jardin, elle paraissait robuste et respectable – le genre d'endroit où l'on imaginait vivre la famille d'un officier de police lui-même robuste et respectable.

— Votre capitaine a-t-il interrogé le commissaire Finch au sujet d'un éventuel achat de bijoux qu'aurait pu réaliser son fils ? demanda Clement lorsqu'ils s'arrêtèrent devant le portillon pour admirer la demeure.

— En tout cas, il ne m'en a rien dit, répondit Trudy d'un ton morose. D'un autre côté, j'ai passé ma matinée à accomplir des tâches aussi essentielles que classer des dossiers et préparer du thé pour le sergent et d'autres collègues de l'acabit de l'agent Rodney Broadstairs, ajouta-t-elle. Ce n'est pas comme si l'un d'eux me jugeait digne d'être tenue informée.

Clement grommela.

— Une belle brochette d'imbéciles, hein ? commenta-t-il d'un air absent, mais le compliment indirect alla droit au cœur de Trudy.

— De toute façon, reprit la policière, sa mère aura la réponse à cette question. À mon humble avis, les mamans sont toujours plus au fait que leurs maris dès qu'il s'agit des enfants, ajouta-t-elle avec un sourire.

Elle pensait à sa propre mère, qui, à certains moments de son enfance, lui donnait l'impression d'être extralucide, en plus d'être omniprésente.

— Allons donc nous entretenir avec elle, déclara Clement sobrement. Si quelqu'un est en mesure de nous donner une idée de l'état d'esprit de David Finch peu avant sa mort, c'est sans doute elle.

Trudy se crispa. Parler à des personnes endeuillées était toujours une épreuve. Elle espérait se sentir un jour moins incompétente en la matière, à défaut de pouvoir s'y habituer complètement.

Elle inspira un grand coup avant de pousser le portillon. Celui-ci grinça bruyamment, ce qui la dérida un peu. Un vrai truc de flic : au moins, les habitants de la maison ne risquaient pas d'être surpris par l'arrivée d'un visiteur passant par-devant. Elle aurait d'ailleurs parié toutes ses économies que les autres entrées éventuelles étaient verrouillées ou condamnées.

Betty Finch était une petite femme replète, aux boucles brunes et aux grands yeux noisette qui, par moments, semblaient teintés de vert. Son visage était pâle, mais son expression posée ; à la grande surprise de Trudy, elle les identifia immédiatement lorsqu'elle ouvrit la porte.

— Oh ! docteur Ryder, bonjour. Et vous devez être l'agent Loveday ? Merci d'être passés. Je vous en prie, entrez.

Elle s'effaça pour les laisser pénétrer dans un vestibule bien ordonné, puis ajouta :

— Mon mari m'a parlé de vous et de ce que vous faisiez pour nous. Je ne saurais trouver les mots pour vous exprimer ma reconnaissance.

À la réflexion, il paraissait logique que Mr Fynch ait informé son épouse de l'enquête officieuse au sujet de leur fils. Clement et Trudy la suivirent sans un mot jusqu'au salon.

À l'évidence, cette pièce était rarement utilisée, mais la poussière y avait été faite récemment et une odeur d'encaustique embaumait l'espace. Une vase de jonquilles, sans doute cueillies le matin même dans le jardin, reposait sur un buffet, réfléchissant les rayons du soleil. L'endroit était toutefois quelque peu étouffant ; semblant lire dans les pensées de la policière, leur hôtesse s'empressa d'aller ouvrir la fenêtre pour laisser pénétrer l'air chaud, mais pur.

— Je vous sers une tasse de thé ? proposa Mrs Fynch.

Même si ses deux visiteurs n'avaient plus soif après leur visite au pub, ils acquiescèrent poliment, sachant que cela occuperait l'esprit de la mère endeuillée et l'aiderait à se préparer à l'entretien à venir. Elle ne pouvait être mariée depuis si longtemps à un officier de police et ignorer ce qu'ils espéraient d'elle.

Clement en profita également pour étudier la pièce, petite mais agréable, décorée de teintes crème et vert pomme, tout en suçotant une pastille à la menthe. Il l'avait discrètement mise dans sa bouche pendant qu'ils traversaient le chemin menant à la maison, veillant à n'en rien montrer à Trudy. Parmi les symptômes de sa maladie figurait la mauvaise haleine, et il gardait toujours sur lui de quoi remédier à ce désagrément avant de parler à quelqu'un.

— Et voilà, annonça Mrs Finch, de retour au salon. J'espère que vous aimez les sablés ? J'en ai préparé une fournée ce matin. Ce sont les préférés de ma fille, Delia. J'essaie de me tenir occupée.

Elle aligna ces phrases de façon précipitée avant de poser brusquement le plateau sur la table, faisant un peu tinter les tasses et les soucoupes. Après quoi, elle se laissa tomber lourdement dans le fauteuil en face du sofa où Clement et Trudy avaient pris place. La policière eut l'impression que leur hôtesse se retrouvait soudain vidée de toute son énergie.

— Je vais m'occuper du service, proposa aimablement Trudy, avant d'offrir à chacun de la crème et du sucre.

Elle remarqua que Mrs Finch reposa aussitôt sa tasse, sans même avoir bu une gorgée.

— J'imagine que vous êtes venus me parler de David, commença Betty Finch.

Elle redressa les épaules, s'efforçant de faire bonne figure. Trudy éprouva un élan de compassion à son égard.

— Je sais qu'il n'a pas tué Iris, et je sais qu'il ne s'est pas donné la mort, reprit Mrs Finch en scrutant un point entre ses deux visiteurs. Et oui, je sais aussi que toutes les mères doivent probablement affirmer la même chose en pareilles circonstances.

Elle haussa les épaules et contempla ses mains, qu'elle croisa sur son giron.

— Je sais par ailleurs que je n'ai aucun moyen de vous convaincre que j'ai raison. Comment le pourrais-je ? Vous n'avez jamais rencontré David. Mais moi, je le connaissais par cœur. Et je sais que je ne me trompe pas.

Elle se fendit alors d'un sourire amer et se força à les observer tour à tour – d'abord Clement, puis Trudy.

— Mon mari m'a dit que je ne devais pas me laisser duper par votre jeunesse, ma chère.

Les yeux de la policière s'écarquillèrent à cet aveu.

— Il m'a aussi dit que le Dr Ryder et vous aviez une façon mystérieuse de toujours obtenir la vérité, que c'était pour cette raison qu'il avait insisté pour que vous meniez l'enquête en toute discrétion. Et je voue une confiance aveugle à son jugement. En outre, il me semble que le capitaine Jennings et ses hommes subissent une grosse pression pour boucler au plus vite l'affaire d'Iris. La tentation pour eux de mettre le meurtre sur le dos de David pour classer le dossier doit être énorme. Je ferai donc tout mon possible pour vous aider. Que voulez-vous savoir ?

Trudy peina à déglutir, prise d'un bref sentiment de panique. Jusqu'à présent, le problème ne lui avait pas semblé tout à fait théorique, mais pas complètement réel non plus. Toutefois, maintenant qu'elle se retrouvait confrontée à cette mère qui plaçait une telle confiance en elle, elle sentit le véritable poids qui reposait sur ses épaules.

— Eh bien, il y a un ou deux points que nous souhaiterions éclaircir avec vous, commença-t-elle avant de se laisser paralyser par son manque d'assurance. Avant sa mort, Iris a été vue en possession d'un collier de valeur. Savez-vous si David aurait pu le lui offrir ?

— Je suis certaine que non, répliqua Betty du tac au tac. Il était étudiant et ne travaillait qu'à temps partiel pendant les vacances. Il n'avait pas d'économies. Et son père et moi ne lui donnions pas beaucoup d'argent de poche – juste de quoi subvenir à ses besoins essentiels. Il ne disposait pas des ressources nécessaires pour offrir à Iris ce qui la faisait rêver.

Cette dernière phrase avait été prononcée avec une certaine amertume, et Trudy rebondit aussitôt.

— Oui, nous entendons un certain nombre de rumeurs au sujet d'Iris. J'ai cru comprendre qu'elle savait apprécier les bonnes choses, ajouta-t-elle d'un air évocateur.

— On peut dire ça comme ça, confirma Betty Finch d'un ton glacial, avant de se décomposer. Oh non, je ne devrais pas… La malheureuse est morte. Et dans quelles circonstances ! Comment quiconque a-t-il pu lui infliger ça ? La ridiculiser de la sorte, en la ligotant au mât avec ces rubans ? Il fallait vraiment la détester profondément. Ses pauvres parents…

— Nous sommes navrés de vous importuner, Mrs Finch. Nous ne vous retiendrons pas très longtemps, intervint doucement Clement.

Betty déglutit et inspira un grand coup.

— Je suis désolée. Que puis-je vous dire d'autre ?

— Avez-vous eu vent d'une éventuelle dispute entre David et Ronnie Dewberry ? D'après certaines rumeurs, ils se seraient brouillés, tenta Trudy.

— Vraiment ? Eh bien, je sais que David en voulait un peu à Ronnie ces derniers temps, mais je pense que ça n'était pas grand-chose – rien de sérieux, en tout cas. Ils sont amis depuis longtemps, et ils ont toujours su surmonter leurs différends éventuels.

— Et pourquoi en voulait-il à Ronnie ? glissa Clement.

Betty agita la main d'un air vague.

— Oh ! je crois que Ronnie n'arrêtait pas de le mettre en garde contre Iris. Pour une raison ou pour une autre, ce garçon ne l'a jamais trop appréciée, et il n'hésitait pas à le faire savoir à David. J'imagine que Ronnie s'attendait à ce que David suive ses conseils et décide de rompre. Mais...

La mère du défunt haussa alors les épaules.

— Vous savez ce que c'est : quand un garçon est amoureux, vraiment amoureux, surtout pour la première fois... même les amitiés de longue date ne comptent plus, n'est-ce pas ?

Betty eut un nouveau sourire triste et interrogea les deux enquêteurs du regard.

— Donc, David a continué à la voir. Je suis surpris que Ronnie ait été remonté contre Iris, fit Clement. C'était une très jolie fille, n'est-ce pas ?

— Oh ! oui, il faut bien lui reconnaître ça, confirma aussitôt Betty. Mais je crains que cela lui soit quelque peu monté à la tête. Elle avait toutes sortes d'ambitions – il paraît qu'elle voulait devenir mannequin, ou star de cinéma... C'est idiot, vraiment. Elle tenait à quitter le village pour mener la grande vie...

Elle scella brusquement les lèvres, s'apercevant qu'elle s'apprêtait une nouvelle fois à dire du mal d'une morte.

— Tout cela n'a ni rime ni raison, conclut-elle alors en haussant les épaules. Je sais que David n'était qu'une passade pour elle, vous comprenez ? C'était évident. Oh ! mon David était beau garçon, et notre famille est très respectée dans le village. Mais...

Elle s'interrompit encore, cherchant les mots pour dire, sans paraître snob, que leur statut social était malgré tout plus élevé que celui de la morte, dont les racines étaient ouvrières.

— Les Carmody auraient considéré votre fils comme un bon parti, suggéra Trudy avec un sourire affable.

— Exactement, confirma Betty avec soulagement. Mais Iris ne voyait pas les choses du même œil. Pour elle, David n'était rien d'autre qu'un... qu'un jouet, vraiment. Ou pire : un camouflage.

— Pourriez-vous préciser votre pensée, Mrs Finch ? l'encouragea Trudy. Je sais que c'est difficile et que vous ne voudriez pas critiquer une personne qui n'est plus là pour se défendre, mais je vous promets que cela restera entre nous.

— C'est juste que... Eh bien, même si David n'avait d'yeux que pour elle, je sentais que la réciproque n'était pas vraie. Il ne l'a jamais invitée à boire le thé à la maison, mais je les ai vus quelquefois, et j'ai compris. C'est le genre de chose que sent une mère, n'est-ce pas ? Il ne représentait pas ce qu'elle recherchait – c'est-à-dire, en toute franchise, quelqu'un qui pourrait l'aider à réussir. Une personne fortunée, disons, ou suffisamment influente pour l'aider à réaliser ses rêves. Pour être honnête, je me suis même demandé pourquoi elle perdait son temps avec lui. Certes, il aurait trouvé un bon travail une fois son diplôme acquis, et pu s'offrir une jolie maison et tout le reste. Mais Iris était pressée – elle voulait tout, tout de suite. J'ai toujours eu le sentiment qu'elle avait d'autres chats à fouetter. Que fréquenter notre David ne visait qu'à satisfaire ses parents, à leur faire croire qu'elle n'aspirait à rien qu'ils réprouveraient... Pour se donner l'air respectable.

— Pensez-vous qu'elle fréquentait d'autres garçons derrière son dos ? s'enquit Trudy, qui obtint rapidement confirmation. Pensez-vous que ce soit contre ça que Ronnie tentait de mettre David en garde ? Serait-ce la raison de leur dispute ?

— C'est possible, admit Betty dans un souffle.

— Donc, contrairement à beaucoup d'autres, Ronnie voyait au-delà de la beauté et du charme d'Iris, résuma Clement. C'est étrange. Pensez-vous qu'il ait en réalité pu la désirer secrètement ?

Betty Finch y réfléchit un instant, puis se mit à sourire.

— Eh bien, il m'a toujours semblé qu'il convoitait quelqu'un d'autre... mais c'est possible. Quand j'allais à l'école, un certain Derek Parks s'était entiché de mon amie Doris. Tous les jours, il lui tirait les nattes et faisait mine de la détester.

Trudy acquiesça.

— J'ai connu ça, aussi. Tout le monde savait que si un garçon nous rabaissait, c'était qu'il était très intéressé par nous. Peut-être que Ronnie était lui aussi épris d'Iris, et qu'il prétendait ne pas l'aimer pour mieux cacher son jeu ? Qu'il a toujours été jaloux de David et voulait le voir rompre pour pouvoir tenter sa chance avec elle ?

Betty haussa les épaules.

— Qui sait ? En tout cas, mon fils se plaignait que Ronnie passe son temps à débiner Iris ; il commençait à en avoir assez.

— Mais vous ignorez s'ils se sont un jour battus à ce sujet ? intervint Clement.

Betty se redressa dans son fauteuil et cligna les paupières.

— Si vous imaginez que Ronnie pourrait avoir un lien avec la mort de David, je peux vous assurer que vous faites fausse route. Tous deux étaient comme cul et chemise. Et leur amitié aurait survécu à Iris, quand elle aurait laissé tomber David pour aller voir ailleurs. Parce que je sais sans l'ombre d'un doute que cela aurait fini par arriver si…

Sa voix se brisa, et elle secoua la tête.

— Mais quel intérêt de ressasser cela aujourd'hui ? Ils sont morts tous les deux, ajouta-t-elle, au désespoir.

— Avez-vous une idée concernant l'identité de la personne qui a pu tuer Iris ? l'interrogea Trudy.

— Non, mais j'aimerais le découvrir, rétorqua Betty Finch d'un ton acerbe. Tout ce que je sais, c'est que mon fils n'y est pour rien. La mort de cette fille l'a anéanti. Mais il était également déterminé à découvrir l'assassin. Voilà comment je sais qu'il ne s'est pas tué.

Elle rassembla tout son courage et ajouta :

— Je pense qu'il a découvert l'identité du meurtrier, et que celui-ci l'a éliminé pour le faire taire.

Pendant un instant, elle garda le silence. Puis elle se décomposa.

— Je vous en prie, supplia-t-elle, vous devez découvrir la vérité.

Trudy darda vers Clement un regard implorant. Pour la première fois, elle avait peur : et s'ils ne parvenaient pas à éclaircir l'affaire ? Si celle-ci devait demeurer éternellement ouverte, mais officieusement classée, tout le monde partant du principe que David Finch était coupable, sans pouvoir le prouver ? Comment cette pauvre femme et son époux pourraient-ils continuer à vivre avec ce nuage noir flottant en permanence au-dessus de leurs têtes ?

— Nous ferons de notre mieux, promit-elle, consciente que sa réponse était inadaptée. David vous a-t-il jamais fait part de ses soupçons au sujet du meurtre d'Iris ? enchaîna-t-elle en espérant que Betty n'ait pas remarqué ses doutes.

— Non. Il a toujours été très secret, mais ce qui est arrivé à Iris… cela l'a rendu encore plus prudent. Je pense qu'il savait, en son for intérieur, qu'elle fréquentait d'autres hommes, et que cela le poussait à se retrancher un peu plus dans le silence. Comme si… comme si le simple fait d'évoquer cette possibilité à voix haute pouvait être considéré comme impardonnable et déloyal. Il ne m'a donc jamais rien révélé de ce qu'il faisait ou pensait. À son père non plus, ajouta-t-elle en laissant finalement couler ses larmes. Je le regrette tellement.

Trudy voulait l'interroger plus avant – lui demander quand elle avait vu son fils vivant pour la dernière fois, par exemple –, mais elle sentait bien que la pauvre femme n'était plus en état de répondre à la moindre question.

Ayant sans doute tiré la même conclusion, Clement l'invita discrètement à se lever.

Trudy remercia Mrs Finch, lui assura qu'elle n'était pas obligée de les raccompagner et suivit silencieusement le coroner jusqu'à la porte d'entrée.

Dehors, un chat roux paressait sur l'allée ensoleillée. Il se leva, et trottina jusqu'à eux pour se faire caresser.

— Eh bien, c'était horrible, avoua Trudy en se penchant pour gratter rapidement les oreilles du matou.

— Ça l'est toujours, abonda Clement d'un air sombre.

En tant que coroner, il avait pourtant l'habitude de rencontrer les proches endeuillés.

— Mais c'était aussi très instructif, ajouta-t-il d'une voix presque inaudible.

11

Quand Trudy rentra chez elle ce soir-là, elle entendit le bruit de la radio émaner de la cuisine. En reconnaissant le plus grand succès des Shadows, « Wonderful Land », elle sourit. Sa mère avait beau clamer tout le mal qu'elle pensait de « cette musique pop actuelle », elle se faisait pourtant régulièrement surprendre à en écouter ! Un rapide coup d'œil à la ronde lui indiqua que son père, chauffeur de bus, n'était pas encore rentré du travail, car la petite table contre le mur demeurait déserte. Frank Loveday appréciait de rapporter le journal du soir, qu'il déployait à cet endroit et consultait en attendant son thé.

Fait étonnant, Trudy remarqua un adorable bouquet de fleurs disposé dans une carafe d'eau près de la porte de derrière.

Sa mère, Barbara, qui pelait des pommes de terre au-dessus de l'évier, se retourna.

— Oh ! coucou, ma chérie. Tu es en avance, ajouta-t-elle après un regard sur l'horloge.

Trudy acquiesça.

— Le Dr Ryder a décidé que nous avions eu une journée bien remplie. De toute façon, personne ne veut nous parler quand le soir arrive. Qu'est-ce qu'il y a pour le dîner ?

— Des beignets, des frites et des petits pois.

— Parfait.

— Tu travailles donc encore avec le Dr Ryder ? s'enquit Barbara avec une nonchalance un peu trop prononcée.

Trudy, qui cherchait toujours une façon diplomate d'échapper à l'inquisition maternelle, fut soulagée d'entendre frapper à la porte à ce moment-là.

— Oh ! c'est l'électricien, annonça Barbara en jetant un coup d'œil par la fenêtre. Tu veux bien lui ouvrir, trésor ?

Trudy fit entrer l'homme qui venait relever le compteur électrique tous les trois mois environ. Il se présentait chez eux depuis toujours, et savait pouvoir compter sur les Loveday pour discuter un moment quand il en avait l'occasion. Trudy l'accueillit avec un sourire et le regarda se diriger vers le bout du couloir sans perdre un instant.

— Bonsoir, Tom, vous avez le temps de boire le thé ? l'appela Barbara sans se retourner, tandis qu'il s'accroupissait devant la porte sous l'escalier pour consulter les cadrans.

— J'aurais adoré, mais j'ai encore presque toute la rue à faire avant de finir ma journée. La prochaine fois, peut-être ?

Trudy le raccompagna et le salua, avant d'admirer une nouvelle fois le bouquet magnifiquement coloré placé près de la porte de la cuisine.

— Maman, qui a envoyé ces fleurs ? demanda Trudy avec curiosité.

La composition avait dû coûter une fortune. Quand elle se retourna vers sa mère, elle eut la surprise de la découvrir rayonnante.

— À toi de me le dire, ma Trudy, répondit-elle avec une étincelle dans le regard. Elles sont pour toi.

Trudy sentit presque sa mâchoire se décrocher, mais elle parvint à refermer la bouche juste à temps.

— Pour moi ? Tu en es sûre ?

Dans un élan d'excitation, elle s'accroupit pour vérifier. Et en effet, son nom apparaissait sur la petite enveloppe accrochée à une baguette noire, coincée entre les tiges.

Elle se saisit du pli avec étonnement et se releva sans cesser de la contempler. La seule personne de sa connaissance susceptible de lui faire parvenir un aussi merveilleux cadeau était le Dr Clement Ryder, mais pourquoi l'aurait-il fait ? Ce n'était pas son anniversaire…

— Eh bien, ne reste pas plantée là avec cette enveloppe, ouvre-la ! l'encouragea sa mère, qui s'essuya les mains sur son tablier avant de venir rejoindre sa fille.

Barbara devait être au supplice depuis l'arrivée du présent. Dans la famille, sa curiosité était légendaire.

— Tu as bien caché ton jeu avec ton admirateur secret, gloussa-t-elle.

— Mais je n'ai pas d'admirateur, assura Trudy en glissant son doigt sous le sceau de l'enveloppe.

Elle souleva alors le minuscule rabat avant d'extraire la carte contenue à l'intérieur. Elle s'empressa de la lire.

Pour Trudy

J'espère que vous ne m'avez pas oublié ?

Duncan G.

— Qui est donc ce Duncan G. ? s'enquit Barbara, après avoir lu sans vergogne par-dessus l'épaule de sa fille.

— Personne, maman, promis, répondit Trudy laconiquement. Juste un journaliste que j'ai rencontré un jour.

— Vraiment ? Quel âge a-t-il ?

— Eh bien, il a quelques années de plus que moi, répondit Trudy à contrecœur.

— Combien ? demanda Barbara, soudain suspicieuse.

— Je ne sais pas, maman ! Peut-être cinq ou six ?

— Il est beau ?

— Très, admit Trudy sans réfléchir. Et fiancé, jugea-t-elle bon de préciser.

— Oh ! fit sa mère, déçue, avant de renifler de façon désapprobatrice. Dans ce cas, de quel droit t'envoie-t-il des fleurs, ce jeune freluquet ?

— Il n'en a aucun, reconnut Trudy.

Elle ne put toutefois se retenir de jeter au bouquet un regard prolongé. Personne ne lui avait encore jamais envoyé de fleurs. On ne pouvait pas compter les jonquilles cueillies dans le jardin que lui avait offertes son seul et unique petit ami. Alors que ces somptueux spécimens arrivaient manifestement d'une boutique luxueuse. Et les œillets étaient ses fleurs préférées, ils sentaient si bon… Les roses aussi.

— Mais ça fait un joli bouquet. Maman, tu veux bien les disposer dans le gros vase vert de tante Jane, pendant que je vais faire ma toilette ?

Sans laisser à sa mère le temps de l'assaillir d'autres questions, elle se précipita dans l'escalier et battit en retraite dans sa petite chambre à coucher. Là, elle s'assit sur le bord de son lit, retira ses chaussures avec un soulagement certain et glissa ses pieds dans des chaussons. Sans cesser de penser à Duncan Gillingham.

Elle l'avait rencontré pour la première fois lors de sa précédente affaire avec le Dr Ryder. Au début, elle avait été flattée de le croire intéressé par sa personne, mais elle s'était vite rendu compte que ce n'était pas quelqu'un de fiable. Il était animé par une ambition féroce et prêt à tout pour un bon article, mais il était surtout fiancé à la fille du propriétaire du journal qui l'embauchait.

Un fait qu'il avait sciemment omis de lui préciser.

Par chance, le Dr Ryder lui avait épargné de passer pour une idiote. Elle laissa échapper un léger soupir.

Cela faisait des mois qu'elle n'avait pas pensé à lui… enfin, pas vraiment. Pas très souvent, en tout cas. Et voilà qu'il refaisait surface en lui faisant parvenir des fleurs magnifiques… Elle ne mit évidemment qu'une fraction de seconde à comprendre pourquoi.

D'une manière ou d'une autre, il avait découvert que le coroner et elle enquêtaient sur l'affaire Carmody/Finch. Et il espérait dénicher un scoop en lui passant de la pommade.

Ha ! ricana Trudy intérieurement. S'il pensait pouvoir l'amadouer et la duper une fois de plus, il en serait pour ses frais !

12

Le matin suivant, ils se présentèrent de bon matin à la ferme Dewberry, mais Clement soupçonnait ses propriétaires d'être déjà debout depuis des heures, à s'atteler aux corvées matinales. Par chance, ils étaient rentrés prendre ce qui devait être leur second petit déjeuner – car quand Ray Dewberry vint ouvrir la porte, Clement sentit une odeur de porridge bouillonnant sur le fourneau.

L'entrée principale de la vieille bâtisse donnait directement sur la cuisine, où un vieux chat noir, assis au milieu du carrelage en damier, s'adonnait à une toilette nonchalante. Il marqua une courte pause pour étudier les nouveaux arrivants, puis reprit sa besogne. Ronnie Dewberry, installé à la grosse table de bois, une tasse vide entre les mains, les lorgnait d'un air suspicieux.

— Qui c'est, pap ? Y en a marre, de la police ! ajouta-t-il dans un ricanement. Je croyais qu'ils avaient fini de tourmenter le village avec leurs questions sur Iris.

— C'est pas la police, gamin. C'est le coroner. J'ai dû lui parler de David à l'audience, et tout ça.

Le fermier posa timidement les yeux sur Trudy, avant de se détourner aussitôt.

— Je suis l'assistante du Dr Ryder, se présenta-t-elle.

Une semi-vérité, mais pas non plus un mensonge. Elle avait du mal à définir son statut, car, d'habitude, son uniforme s'en chargeait pour elle. Se déplacer en civil était un plaisir qui n'allait pas sans inconvénient.

— Pouvons-nous entrer quelques minutes, Mr Dewberry ? J'aurais juste quelques questions complémentaires à vous poser, expliqua Clement. On s'imagine souvent qu'une affaire se termine dès que la cour a rendu son verdict, mais ce n'est hélas pas tout à fait le cas. Les enquêtes judiciaires peuvent s'avérer interminables, et nous devons veiller à bien mettre les points sur les *i*.

— Oh ! j'en doute pas ! répondit le fermier, qui n'avait probablement aucune expérience en la matière. Moi aussi, ça m'empoisonne, la paperasse, maugréa-t-il en les menant à la table. Ce que le percepteur me demande...

Il secoua tristement la tête et s'approcha de la cuisinière à bois pour remuer le porridge et éviter qu'il accroche au fond de la casserole.

— Nous espérions nous entretenir rapidement avec vous deux au sujet de David et de son triste sort, déclara Clement en fixant ostensiblement l'une des chaises repoussées sous la table, puis le plus jeune des Dewberry.

Ronnie fit la moue, puis il haussa les épaules et secoua la tête afin de signifier son accord.

Clement, gentleman devant l'éternel, recula d'abord une chaise pour Trudy, qui s'assit et considéra Ronnie d'un air pensif. Elle avait lu dans ses dossiers qu'il avait le même âge que le défunt, à savoir tout juste vingt ans. Il devait mesurer près d'un mètre quatre-vingts, même s'il était difficile de se faire une idée plus précise en le voyant assis. Il était plutôt beau garçon, avec des cheveux couleur paille et des yeux bleus magnifiques. Quelques taches de rousseur lui avaient sans doute valu certaines railleries à l'école, mais lorsqu'il se donnait la peine de sourire, il devait faire tourner la tête à bien des femmes.

Clement commença par interroger le jeune fermier.

— J'ai cru comprendre que, au soir de la mort de David, vous vous trouviez au pub du village ?

Depuis la cuisinière, le père de Ronnie émit un léger ricanement.

Son fils lui jeta un regard noir avant de prendre la parole :

— Juste histoire de boire une pinte de cidre et de jouer aux fléchettes avec les copains. Y a pas de mal à ça.

— Et vous y êtes resté jusqu'à la fermeture ?

— Non, je suis parti avant, répliqua-t-il d'un ton que Trudy estima étrangement défensif.

Clement acquiesça. Ainsi donc, l'alibi du garçon ne couvrait qu'une partie de la tranche horaire au cours de laquelle David était mort.

— Avez-vous vu David ce jour-là ? se renseigna le coroner.

— Non, répondit Ronnie d'une voix accablée. J'aurais bien aimé. Si je l'avais vu, peut-être que j'aurais deviné qu'il allait si mal et que j'aurais pu y faire un truc. Lui redonner un peu le moral. Ou au moins… je sais pas. Un truc, répéta-t-il d'un ton morose en contemplant sa tasse vide. Je comprends pas. Comment il a pu faire ça ?

— Il n'a peut-être rien fait, suggéra doucement Clement.

Trudy vit alors Ray Dewberry cesser de remuer son porridge. Le commentaire du coroner avait fait l'effet d'une bombe.

— Je croyais que le jury avait conclu au suicide ? s'étonna Ronnie.

— Les jurés ne sont pas infaillibles. Vous ne pensez donc pas qu'il était du genre à se donner la mort ?

— Non, pas du tout, admit Ronnie sans se départir de son ton agressif. Et je crois pas non plus qu'il aurait fait du mal à Iris. Mais bon...

Il lança à Clement un regard de défi, le menton tendu en avant, mais le coroner se contenta de hocher la tête avec un sourire aimable.

— J'ai appris que David et vous aviez eu une brouille au sujet d'Iris peu avant la mort de votre ami. Vous confirmez ?

Le père du garçon, n'appréciant pas le tour pris par la conversation, se remit à touiller avec davantage d'agitation ; son fils lui jeta alors une nouvelle œillade réprobatrice, ses prunelles bleues acérées cette fois clairement porteuses d'un avertissement. À l'évidence, il n'aimait pas que son paternel prenne sa défense.

Cette preuve de courage renforça les bonnes dispositions de Trudy à l'égard du malheureux garçon. Après tout, celui-ci venait de perdre son meilleur ami et semblait le pleurer sincèrement ; il cherchait en outre à préserver la réputation du défunt – à moins, bien sûr, que tout ceci ne soit qu'une mise en scène ?

— C'était pas vraiment une brouille, répondit Ronnie, mâchoires crispées, en soutenant le regard du coroner. Moi et David, on se disputait jamais sur rien. Pas méchamment en tout cas. C'était comme un frère, pour moi.

— Moi et madame, on a eu trois filles avant notre Ronnie, se sentit contraint d'intervenir Ray. Elles ont toutes des enfants, maintenant. J'aurais aimé que ma femme les connaisse... elle aurait adoré ses petits-enfants. Mais bon...

Ignorant la remarque de son père, Ronnie eut un sourire lugubre.

— J'ai grandi entouré de filles plus âgées que moi, qui prenaient un malin plaisir à me donner des ordres. David, c'était mon allié, vous comprenez ? Il m'aidait à trouver des grenouilles à mettre dans leur lit, à déterrer des vers à glisser dans leurs souliers...

Clement sourit.

— Vous êtes donc restés proches, même après son départ à l'université ?

— Il revenait pour les vacances, souligna Ronnie avec humeur.

— Mais surtout pour Iris, non ?

Après un regard noir, le garçon grommela son assentiment.

— Ouais, sans doute, admit-il tristement. Il était fou d'elle.

— De nombreux villageois ont souligné à quel point elle était belle.

Trudy estimait qu'il était temps de jeter un nouvel ingrédient dans la conversation. Elle scruta la réaction de Ronnie et le vit s'empourprer de colère quand elle chanta les louanges de la défunte reine de mai.

— Ah ouais, elle était belle à regarder, confirma le garçon. Une vraie beauté, toute pourrie à l'intérieur.

Une fois de plus, son père fit un geste nerveux vers l'avant, comme s'il avait hésité à le faire taire avant de se raviser.

— Vous ne l'aimiez donc pas, traduisit Clement non sans ironie.

— Ça non, répondit Ronnie sans se démonter. Tout le monde savait qu'elle fréquentait d'autres hommes. La moitié des couillons du village lui mangeaient dans la main ; pas que des gens de notre âge, mais aussi des hommes mariés qu'auraient dû avoir plus de jugeote. Certains auraient pu être son père ! C'était écœurant. Y a même eu une espèce d'artiste qui lui a promis de lui tirer le portrait et de la rendre célèbre. Elle adorait toute cette attention. Elle se prenait pour Gina Lollobrigida ou je sais pas qui.

Il jeta au dos raide et désapprobateur de son père un nouveau regard noir.

— Je m'en fous de dire du mal des morts ! Tout le monde l'a vue se pavaner avec ses beaux vêtements qu'elle pouvait pas s'offrir elle-même, s'asperger de parfum français et porter des bijoux en or. Où qu'elle trouvait toutes ces babioles, hein ? Chez les vieux schnocks qu'auraient dû avoir plus de cervelle, voilà où. Elle flirtait avec eux pour s'attirer leurs faveurs ! Y a que David qui restait aveugle à tout ça.

Quand il eut finalement évacué tout son fiel, il conclut, plus bas :

— Il voulait jamais rien entendre de mal à son sujet. Voyez où ça l'a mené !

Il abattit violemment sa main sur la table, faisant sursauter son père et Trudy. Seul Clement continua de l'observer, imperturbable.

— Je suis navré que vous ayez perdu votre ami, déclara le coroner avec douceur.

L'espace d'un instant, les yeux bleus de Ronnie Dewberry furent noyés de larmes. Puis il secoua la tête et se racla la gorge.

— Ouais. Bref...

— Vous n'avez donc jamais vous-même succombé aux charmes d'Iris ? osa Trudy pour rompre le silence qui s'ensuivit.

— Non. Contrairement à d'autres, j'ai un cerveau ! rétorqua Ronnie.

— Elle devait toutefois bien posséder certaines qualités, non ? insista Trudy.

— Dans ce cas, je vois pas lesquelles. C'était une peste, un point c'est tout. Elle traitait même sa meilleure amie comme une moins que rien. Ça en dit long, non ?

— Sa meilleure amie ? répéta Trudy.

— Ouais, Janet Baines. Elle, c'est une fille bien, ajouta-t-il, radouci. Elle s'habille de façon décente et se prend pas pour une princesse. Cela dit, avec la mère qu'elle a... du genre à la surprotéger, expliqua-t-il en voyant Trudy hausser les sourcils d'un air interrogateur. À l'étouffer, quoi. Janet est fille unique, et sa mère a du mal à couper le cordon. Je crois que c'est comme ça qu'Iris a réussi à lui mettre le grappin dessus – à Janet, je veux dire. Vous savez, elle l'a aidée à s'éloigner de sa mère et à s'amuser un peu. Si on peut appeler ça s'amuser... Non pas que Janet... Mais bon, ça me regarde pas, s'interrompit-il en secouant la tête. Bref, si vous avez terminé, j'ai du boulot qui m'attend.

— Mange un peu de porridge, lui dit faiblement son père, mais le jeune Dewberry fit non de la tête et sortit d'un pas décidé.

— Faut pas prendre tout ce qu'il raconte au pied de la lettre, expliqua le père, le cœur lourd. C'est plus pareil pour lui depuis que j'ai trouvé le jeune David dans... bref, depuis que je l'ai retrouvé.

— Nous sommes navrés de vous avoir importunés, Mr Dewberry, déclara Trudy. Merci d'avoir pris le temps de nous recevoir. Nous vous saurions gré de ne pas aller raconter au village que nous essayons d'éclaircir certains détails, ajouta-t-elle en songeant à Duncan Gillingham. Il reste encore quelques journalistes à l'affût...

Ray Dewberry ricana avec dédain.

— Je fraie pas avec ces gens-là ! promit-il.

Et Trudy en fut profondément soulagée.

13

Une fois dehors, Trudy et Clement se dirigèrent pensivement vers la Rover.

— Alors, qu'en pensez-vous ? demanda la policière. Sommes-nous en présence d'un cas du type « Il me semble que ce jeune homme proteste beaucoup » ?

Clement sourit.

— Difficile à dire. En tout cas, nous pouvons être certains qu'Iris ne le laissait pas indifférent. Mais nous ne saurons sans doute jamais si c'est parce qu'il la détestait ou parce qu'il la convoitait secrètement.

— Mais s'il était effectivement amoureux, insista Trudy, et s'il la fréquentait dans le dos de son ami… cela pourrait constituer un mobile pour éliminer Iris ou David, non ? Admettons qu'il se soit pris d'une grande passion pour Iris – il pourrait l'avoir tuée pour l'avoir éconduit. Ou peut-être qu'ils se fréquentaient, et qu'il a découvert qu'elle les trompait tous deux, David *et* lui ? Après tout, on n'arrête pas d'entendre que presque toute la population masculine locale avait des vues sur elle.

Trudy marqua une pause, inspira un grand coup, puis fronça les sourcils.

— Mais dans ce cas, pourquoi s'en serait-il ensuite pris à David ? se corrigea-t-elle. Ça n'a pas de sens, si ?

Elle se glissa sur le siège passager et attendit que Clement s'installe au volant avant de se remettre à réfléchir tout haut.

— Et s'il n'a pas tué Iris, mais qu'il l'aimait en secret, pourrait-il avoir soupçonné David de l'avoir éliminée et s'être vengé de lui à cause de ça ?

Clement émit un grognement, amusé par toutes ces hypothèses, et fouilla dans sa poche à la recherche de ses clés de voiture. Ce faisant, il sentit sa main se mettre à tressauter. Sachant qu'il ne parviendrait pas à démarrer sans attirer l'attention sur sa crise de « tremblote », il s'adossa pour réfléchir en attendant que cela passe. Au moins, sa jeune amie était d'humeur si bavarde qu'il n'aurait pas besoin de trouver de quoi la distraire !

— Que de spéculations, commenta-t-il lentement. Prenons les problèmes les uns après les autres, et voyons si nous pouvons en tirer quelque chose.

Il jeta un coup d'œil par la fenêtre au moment où un chien de berger noir et blanc traversait la cour pour se précipiter dans l'une des remises.

— Si – et c'est un grand « si » – nous partons du principe que Ronnie *est* le tueur, cela signifie-t-il qu'il aurait attiré David dans la grange pour l'assassiner de sang-froid ?

Trudy regarda dehors d'un air pensif.

— Eh bien, c'est une possibilité, non ? Enfin, pour quelle autre raison David se serait-il rendu là-bas ? S'il voulait se suicider, il aurait pu le faire n'importe où. Il aurait pu s'ouvrir les veines dans la baignoire de ses parents, avaler des pilules avec de l'alcool sur le pré communal, là où Iris est morte. Ou encore…

Clement ne put se retenir de sourire.

— D'accord, j'ai compris. Mais gardez à l'esprit que, s'il a effectivement décidé de se pendre, la grange était un endroit tout indiqué : n'oubliez pas qu'il la connaissait bien pour y avoir souvent joué étant enfant. Il devait savoir que les chevrons étaient faciles d'accès et qu'il trouverait sans peine de la corde.

— Oui, mais ça vaut aussi dans l'hypothèse où Ronnie est le tueur. Il a très bien pu demander à David de l'y rejoindre – peut-être pour lui expliquer qu'il a découvert quelque chose au sujet d'Iris. Une fois sur place, il lui offre de l'alcool coupé aux somnifères. Puis, quand David est suffisamment groggy, il lui passe la corde autour du cou avant de le hisser.

Elle s'interrompit alors, soudain assaillie par une horrible image.

— C'est affreux. D'être trahi et assassiné par son meilleur ami…

— Nous ignorons si cela s'est effectivement déroulé ainsi, lui rappela Clement en jetant un coup d'œil discret à sa main, qui tremblait moins à présent. Nous n'avons pas encore éliminé l'hypothèse du suicide. Le capitaine Jennings a-t-il pu faire analyser l'état de l'escabeau sur lequel il aurait grimpé ?

— Un expert en menuiserie est en train d'étudier la question. Il espère obtenir son rapport bientôt.

Clement soupira.

— Eh bien, en attendant, cela nous laisse beaucoup trop de possibilités : David a-t-il oui ou non tué Iris ? David s'est-il oui ou non suicidé ? Si la réponse est non à ces deux questions, l'assassin d'Iris est-il aussi celui de David ? Il est aussi possible – quoique peu probable, il faut le reconnaître – qu'une personne ait tué Iris et qu'une autre s'en soit prise à David ! Si nous ne faisons pas preuve de méthode, nous risquons de nous mettre à courir comme des poulets sans tête.

Trudy soupira à son tour, consciente que son mentor avait raison.

— Nous devons rester concentrés sur une seule chose : la mort de David, reprit Clement. Dans quel état d'esprit était-il ? Que faisait-il, qui fréquentait-il, comment réagissait-il par rapport à Iris ? Car si son père dit vrai et que David essayait activement de découvrir son assassin…

— Alors, en suivant ses traces, nous pourrions le démasquer nous aussi ? s'enthousiasma Trudy.

— Eh bien, c'est une possibilité, admit Clement, soulagé de constater qu'il pouvait désormais manipuler correctement ses clés. Mais rappelez-vous que nous ne sommes pas censés mener l'enquête sur la mort d'Iris, le capitaine a été très clair.

Trudy se mordit la lèvre.

— Oui. Cependant…, ajouta-t-elle en coulant vers lui un regard narquois. Si on découvrait par hasard qui l'a éliminée…

Clement éclata de rire.

— Vous voulez montrer au sergent et à Jennings de quoi vous êtes capable ? Eh bien, c'est compréhensible.

Le coroner avait, comme d'habitude, mis dans le mille. Trudy mourait d'envie de prouver à ses supérieurs qu'ils n'avaient aucune raison de la tenir à l'écart des grosses affaires.

— Quoi qu'il en soit, nous n'accomplirons rien en restant assis dans cette voiture, décréta Clement en se penchant en avant pour cacher ses gestes à Trudy.

Il parvint à introduire la clé dans le démarreur au deuxième essai, puis reprit une position plus naturelle.

— Nous devrions peut-être aller nous entretenir avec cette Janet Baines, vous ne pensez pas ? murmura-t-il. Si David essayait d'identifier l'assassin d'Iris, il s'est forcément rapproché de sa meilleure amie. Même moi, je sais que les filles se racontent entre elles des choses qu'elles ne confieraient jamais à l'homme qu'elles fréquentent.

— Bonne idée, admit Trudy.

Mais après s'être renseignés sur l'itinéraire auprès d'un jeune garçon jouant avec un diabolo sur le bord de la route, ils manquèrent de chance : Janet Baines ne se trouvait pas chez elle.

Sa mère, en revanche, si.

14

La maison des Baines s'avéra être une demeure assez grande, située sur la route du pré communal. Un vieil homme travaillait dans le jardin coloré à l'avant, tuteurant des plants de lupins. Clement soupçonna Mrs Baines d'employer des villageois à la retraite pour entretenir sa maison et son extérieur – elle ne devait pas être à court d'argent.

Si Iris possédait des racines ouvrières, sa meilleure amie était issue d'une famille située un ou deux crans plus haut sur l'échelle sociale, ce dont la défunte, au vu de ce qu'ils savaient d'elle, devait lui tenir rigueur.

— Que sait-on des Baines ? s'enquit Trudy tandis qu'ils ouvraient le portillon pour se diriger vers la porte d'entrée, sous le regard curieux du vieil homme.

— Rien du tout. Aucun n'a été cité comme témoin, ils ne figurent donc pas dans mes dossiers.

Trudy n'aimait pas se rendre quelque part sans disposer d'un minimum d'informations, mais puisqu'ils étaient limités par le caractère officieux de leur enquête, elle n'avait pas le choix. Elle frappa donc à la porte en espérant que tout se déroulerait au mieux.

La femme grande et maigre qui vint leur ouvrir quelques instants plus tard avait des cheveux châtains qui lui tombaient aux épaules et de grands yeux marron. Ses traits étaient assez communs, et elle portait un twin-set couleur pêche. Elle devait avoir une petite quarantaine d'années.

— Oui ? demanda-t-elle sèchement en plantant aussitôt son regard dans celui de Clement.

— Dr Ryder, coroner, s'annonça-t-il. Mrs Baines, je présume ?

— Oui, je suis Angela Baines. Je crains de ne pas comprendre...

Elle laissa poliment sa phrase en suspens, et Clement lui adressa son sourire le plus charmeur.

— J'ai dirigé l'enquête judiciaire concernant David Finch, et je suis venu au village pour éclaircir quelques derniers détails. J'espérais pouvoir m'entretenir avec votre fille, Janet.

— Janet ? Pourquoi ? C'est à peine si elle connaissait David.

La rudesse du ton d'Angela Baines n'échappa pas à Trudy. Ronnie Dewberry avait raison : ils avaient effectivement affaire à une mère très protectrice. Celle-ci semblait déjà prête à partir au front pour défendre sa fille, et Trudy espérait que le Dr Ryder parviendrait à l'amadouer, sous peine de se voir très vite claquer la porte au nez. Elle en avait déjà tiré la conclusion que Mrs Finch la considérait comme peu digne d'intérêt – les filles dans la tranche d'âge de Janet devaient toutes lui paraître insignifiantes.

— Oh ! j'en suis certain, Mrs Baines, répondit Clement d'un ton apaisant. Je voulais seulement lui poser quelques questions au sujet d'Iris Carmody et lui demander si David était venu l'interroger sur le sort de celle-ci. Nous aimerions déterminer l'état d'esprit du garçon à la fin de ses jours, vous comprenez ? ajouta-t-il sur le ton de la confidence.

Ce qu'il venait de lui révéler n'avait en réalité aucune importance, mais Trudy admira la psychologie de son mentor : les gens étaient toujours flattés de se voir confier des informations dont ni leurs voisins ni leurs amis n'avaient connaissance.

En entendant le nom de la reine de mai, le visage d'Angela se crispa.

— Ah, *elle*. Je vois.

Elle renifla avant de jeter des regards anxieux des deux côtés de la rue.

— Dans ce cas, reprit-elle, vous feriez bien d'entrer. Janet n'est pas là, mais mieux vaut éviter de faire jaser.

Elle s'effaça un peu à contrecœur pour les laisser passer, indiquant un petit corridor mal éclairé qui partait du vestibule.

— Je vous en prie.

— Votre mari est-il présent, Mrs Baines ? demanda Clement.

Il espérait sans doute que le maître de maison se montrerait plus loquace que son épouse.

— Je suis veuve depuis plusieurs années maintenant, répliqua-t-elle froidement en faisant signe vers une porte sur leur gauche.

Clement, qui ouvrait la marche, tourna obligeamment la poignée. Ils pénétrèrent dans une pièce extrêmement ordonnée et propre, tout en beige et rose pâle. Un ensemble canapé-fauteuils moderne dans un tissu couleur avoine trônait sur un tapis de la même teinte.

— Je suis navré de l'apprendre. Si vous préférez que quelqu'un soit présent pendant notre entretien..., demanda nonchalamment Clement.

Trudy lui décocha un coup d'œil un peu surpris. Elle était sûre qu'Angela Baines était le genre de femme à se penser en mesure de tout affronter seule, et ne fut donc pas étonnée de voir ses épaules se crisper davantage.

— Ce ne sera pas nécessaire, je vous assure, répliqua Mrs Baines avec un reniflement méprisant. Comme vous pouvez le constater, Brian ne nous a pas laissées démunies, ajouta-t-elle en embrassant d'un geste de la main la pièce autour d'eux. Alors, que voulez-vous savoir sur Iris ? Oh ! asseyez-vous. Du thé ?

Cette dernière proposition fut faite brutalement, simple politesse qu'elle espérait manifestement les voir décliner, car elle-même était déjà en train de prendre place. Clement lui donna satisfaction sans sourciller.

— Non, merci, Mrs Baines, tout va bien pour nous. Nous avons cru comprendre que Janet et Iris étaient amies ? Meilleures amies, même ?

Angela inspira brusquement.

— Paraît-il. En tout cas, je sais que c'est ainsi que Janet voyait les choses, précisa-t-elle.

— Vous n'étiez pas de son avis ? s'étonna Clement.

— Bien sûr que non. Je suis plus vieille et plus sage que ma fille, docteur…

— Ryder.

— Ah, oui. Bref. Janet lui faisait bien trop confiance à mon goût. Elle considérait Iris comme une amie, mais il était manifeste que cette fille se fichait complètement d'elle.

— C'est un jugement assez sévère, commenta Clement.

— Peut-être, mais c'est la vérité. Oh ! je voyais parfaitement clair dans le jeu de cette petite demoiselle, ça a commencé dès leur première rencontre, à l'école primaire. Même à cinq ans, Iris était déjà jalouse de Janet.

— Oh ? Et comment cela se manifestait-il ? demanda Clement, vaguement désintéressé – il savait que sa distance aiguillonnerait son hôte mieux qu'autre chose.

— C'était évident, affirma Angela. Elle était verte de jalousie parce que j'achetais à Janet des choses que sa famille ne pouvait pas s'offrir. Des vêtements, des jouets, des livres et ainsi de suite.

Dès que je donnais une poupée à ma fille, il fallait qu'Iris l'abîme d'une manière ou d'une autre. Qu'elle la fasse tomber, qu'elle la casse, qu'elle la salisse. Elle ne supportait pas que Janet possède des choses qu'elle n'avait pas.

— Les enfants ne sont pas toujours tendres, convint Clement.

— Et ce n'était qu'un début. Quand elles étaient petites, je pouvais trouver des excuses à Iris, car, comme vous le disiez, elle n'était encore qu'une enfant. Mais en vieillissant, elle est devenue pire – plus sournoise. Elle entraînait volontairement Janet dans toutes sortes d'ennuis, à l'école. Elle faisait des bêtises puis s'enfuyait, laissant ma fille payer les pots cassés. Je crois que ses professeurs ont vite saisi son petit manège, ajouta-t-elle non sans satisfaction. Ils voyaient bien qu'Iris cherchait toujours à la fragiliser.

— Et cette... rivalité... s'est poursuivie, c'est bien cela ? la pressa Clement.

Angela donna l'impression qu'elle aurait éclaté de rire si elle n'avait pas été si distinguée. Elle se contenta donc d'un splendide reniflement.

— Ça, on peut le dire ! Iris était jolie, mais ma fille l'est aussi. Si un garçon affichait le moindre intérêt pour Janet, il fallait qu'Iris le lui vole. Si Janet se coupait les cheveux à la dernière mode, Iris essayait de se coiffer encore mieux. Pareil avec les vêtements : dès que j'emmenais Janet faire du lèche-vitrines, Iris se sentait obligée de dénicher quelque chose de plus voyant. C'était vraiment pitoyable.

— Et Janet ne s'en est jamais rendu compte ? intervint Trudy timidement.

Angela Baines lui jeta un coup d'œil plein de morgue.

— Non. Chaque fois que je parlais d'Iris, elle me trouvait trop dure avec elle. Iris donnait toujours l'impression d'être plus victime que coupable. Mais je n'étais pas dupe !

— Cette jeune femme semblait particulièrement manipulatrice, souligna Clement.

— Je vous le confirme.

— Nous avons ouï dire qu'elle pouvait fréquenter d'autres hommes que David Finch, reprit Trudy.

— Évidemment ! s'exclama Angela d'un ton cinglant, comme si cela tombait sous le sens. Cet affreux Mortimer Crowley, par exemple – marchand d'art, mon œil ! C'est un escroc, ça se voit comme le nez au milieu de la figure. Il arrive dans sa belle automobile, avec ses amis bohèmes et ces prétendues « vedettes » londoniennes, pour passer le week-end dans sa maison de campagne… À mon époque, il aurait été méprisé par tout le village. Il n'y avait que des personnes respectables, dans le temps. Mais aujourd'hui…

Elle soupira à regret.

— Aujourd'hui, reprit-elle, les gens ne font que courir après l'argent et la célébrité, vous ne trouvez pas ? Oh ! Iris se pensait maligne de lui avoir mis le grappin dessus. Elle croyait sans doute qu'il lui apporterait quelque chose – qu'il l'aiderait à devenir mannequin, muse ou je ne sais quoi. Je serais surprise qu'elle n'ait jamais ôté ses vêtements…

Elle se tut brusquement et secoua la tête.

— Mais bon, je n'en ai aucune preuve. Tout ce que je sais, c'est que je n'aimais pas que ma Janet la fréquente. Qui sait dans quoi elle… ?

Comprenant qu'elle risquait d'en révéler plus qu'elle ne le souhaitait, elle s'interrompit une nouvelle fois et se rembrunit.

— Bref, je ne vois pas quel est le rapport avec le suicide de ce pauvre David, déclara-t-elle en lorgnant Clement d'un air suspicieux.

— Nous nous demandions s'il se pouvait que Janet et lui aient parlé d'Iris avant sa mort, répéta Clement. Savez-vous si David a cherché à la contacter après qu'Iris a été retrouvée dans le pré communal, Mrs Baines ?

— Pas à ma connaissance. Je ne l'aurais d'ailleurs sans doute pas laissé faire. Non, vraiment, je ne vois pas en quoi Janet pourrait vous être utile, ajouta-t-elle.

Elle se leva alors, signifiant la fin de l'entretien.

15

Trudy suivit Angela jusqu'à la porte d'entrée sans piper mot, et ne s'autorisa à souffler qu'une fois dehors.

— Pauvre Janet ! murmura-t-elle.

Clement, pour sa part, fronçait pensivement les sourcils.

— Oui, pas étonnant qu'elle se soit liée d'amitié avec une personne comme Iris.

— Ces deux-là devaient être comme l'eau et le feu. Vous la croyez – je parle de Mrs Baines – quand elle dépeint Iris ?

— Si je fais fi de son antipathie, je dirais que oui. Considérez les choses du point de vue d'Iris : Janet était aussi jolie qu'elle, en plus d'être la fille unique d'une mère qui tient à elle comme à la prunelle de ses yeux. Cela devait la faire enrager. Iris avait des frères, non ?

— Il me semble que oui – au moins trois.

— Voilà. Et j'imagine qu'ils n'avaient pas beaucoup d'argent à dépenser, tandis que chez Janet ça n'était pas un problème. Iris avait toutes les raisons de lui en vouloir.

— Comment savez-vous que Janet Baines est réellement jolie ? Sa mère ne peut pas être objective, souligna soudain Trudy, distraite.

— Il y avait des photos d'elle sur le buffet, répondit simplement Clement. Ne les avez-vous pas remarquées ?

Trudy se sentit rougir d'embarras.

— Non. J'étais trop occupée à me concentrer sur les paroles de Mrs Baines, admit-elle, s'en voulant horriblement. N'avez-vous pas eu l'impression qu'il y avait quelque chose de... disons... presque fanatique, chez cette femme ? Quand elle parlait d'Iris ?

— Oh ! si. Mais je pense que c'est parce qu'elle en avait peur.

Trudy s'arrêta soudain de marcher, surprise.

— Peur ? Pour quelle raison aurait-elle eu peur d'Iris ?

Clement s'immobilisa à son tour et haussa les épaules.

— Je pense qu'elle redoutait l'influence qu'Iris exerçait sur Janet. Et plus spécifiquement le fait qu'elle risquait d'entraîner sa fille au-devant de graves ennuis.

Trudy saisit aussitôt.

— Vous voulez dire avec les hommes... Oh ! Elle craignait que Janet... se *libère*, comme Iris ?

Clement sourit à la manière dont sa jeune amie avait baissé la voix, gênée.

— Oui. Je crois que c'était précisément ce qui lui faisait peur. Ce qui lui aurait donné une excellente raison de se débarrasser d'Iris, non ?

16

Trudy ressassa ce commentaire et finit par lancer avec à-propos :

— Certes. Mais elle n'en aurait eu aucune de se débarrasser de David.

Clement sourit.

— Sauf si celui-ci la soupçonnait d'avoir assassiné Iris et lui avait demandé des explications sur ce point.

Trudy soupira et se prit la tête à deux mains.

— Arrêtez, vous me donnez la migraine ! Mais de toute façon, je doute que… Oh ! non ! gémit-elle. Je n'avais vraiment pas besoin de ça maintenant.

— Quoi ? s'inquiéta Clement avant de suivre son regard braqué sur un jeune agent de police qui se dirigeait vers eux d'un pas décidé, un grand sourire aux lèvres.

C'était un bel homme blond à la mâchoire carrée et aux yeux bleu vif, qui avait sans doute l'habitude de faire palpiter les cœurs. Pourtant, Trudy paraissait exaspérée.

— Un ami à vous ? la taquina le coroner.

Sa jeune partenaire leva les yeux au ciel.

— Pas du tout. C'est l'agent Rodney Broadstairs – je savais qu'il travaillait sur l'affaire Carmody avec le sergent O'Grady, mais j'espérais ne pas le croiser. Cet imbécile va fiche en l'air ma couverture ! Je ne veux pas que les gens apprennent que je suis de la police pour l'instant.

Ce disant, elle s'empressa d'aller l'intercepter, la mine sombre. Elle ne lui laissa pas le temps de l'interpeller de sa voix puissante et lança :

— Bonjour, monsieur l'agent. Vous enquêtez toujours sur Miss Carmody, à ce que je vois ?

Elle lui tendit la main. Trudy se demanda un instant si ce gros ballot allait lui demander ce qui lui prenait de l'apostropher de la sorte ; elle repéra alors deux femmes entre deux âges qui les observaient avec intérêt depuis le trottoir d'en face.

À son grand soulagement, elle aperçut une lueur de compréhension dans les prunelles de Rodney, dont le sourire faiblit légèrement. À l'évidence, le capitaine avait dû prévenir son équipe de la nature confidentielle de la mission de Trudy, et le jeune prodige du commissariat n'avait pas dû être ravi de la voir elle, une « fille », décrocher une nouvelle enquête à mener conjointement avec le coroner.

Il hocha alors sèchement la tête à l'intention du Dr Ryder et répondit un ton plus bas :

— Oui, Miss, nous essayons encore de découvrir des éléments pertinents au sujet de la mort de Miss Carmody.

Il adressa un regard appuyé aux deux femmes, qui eurent la décence de paraître gênées et de poursuivre leur promenade. Quoique au ralenti.

— Je pensais que vous en aviez fini avec l'enquête de voisinage, s'étonna doucement Trudy, une fois certaine qu'elles ne pourraient plus l'entendre.

Rodney haussa indolemment les épaules.

— C'est le cas, mais le sergent tient à maintenir une présence policière au village. Pour rassurer la population, et pour qu'on puisse me trouver facilement en cas de nouvel élément.

Trudy en déduisit que Rodney traînait au pub dans l'espoir de surprendre des ragots.

— Et ça porte ses fruits ? se renseigna-t-elle.

— Pas pour l'instant, mais… Hé ! Je croyais que vous étiez censés ne pas vous mêler de notre affaire ? Vous ne devez pas vous concentrer sur David Finch ?

La façon dont il posait la question annonçait à n'en pas douter une guerre de territoires.

Trudy soupira.

— C'est vrai. Nous venons de nous entretenir avec Mrs Baines. Oh ! d'ailleurs, sais-tu où nous pouvons trouver sa fille ?

Si elle ne se trompait pas sur le compte de Rodney Broadstairs (et hélas, elle l'avait bien cerné), elle se doutait qu'il aurait trouvé le moyen de dénicher toutes les jolies filles du village et de les « interroger » personnellement. Elle se demanda avec cynisme combien d'entre elles avaient été assez idiotes pour accepter de sortir avec lui.

— Ah, l'adorable Janet. Elle doit être au travail. Enfin, quand je dis « travail », ajouta-t-il avec un sourire, ça ne correspond pas tout à fait à la définition qu'on mettrait, toi ou moi, derrière ce terme. Elle donne un coup de main dans un truc caritatif à Oxford. Tu sais, un de ces endroits qui vendent des objets pour nourrir des orphelins…

— Oui, je sais ce qu'est une boutique solidaire, Rodney. Sais-tu dans quel quartier d'Oxford elle se trouve ?

— Du côté de St Ebbes, je crois.

Trudy hocha la tête. Ils parviendraient à trouver l'endroit, elle n'avait aucun doute là-dessus.

— Bon, merci. J'imagine que tu n'as rien appris qui pourrait nous être utile ? Au sujet de David Finch, bien sûr ? Personne ne l'a vu se diriger vers la ferme Dewberry le jour de sa mort, par exemple ?

— Non, rien du tout, répondit Rodney, manifestement satisfait de ne lui être d'aucune utilité.

— Et que disent de lui les villageois ?

— La moitié d'entre eux pense qu'il s'est réglé son compte tout seul, les autres soupçonnent une espèce de marchand d'art d'être mêlé à ça.

Ce n'était pas la première fois qu'ils entendaient parler de ce pseudo-artiste, associé de près à Iris, et qui pouvait donc avoir eu une raison de tuer David. Trudy et Clement l'avaient déjà noté en tête de liste des personnes à interroger.

— D'accord. Eh bien, merci, tu m'as beaucoup aidée, conclut-elle avec ironie.

Rodney eut un petit rictus satisfait et reprit sa marche – sans doute pour trouver un endroit ombragé où paresser pour le reste de la journée.

— Quel adorable spécimen, commenta Clement en regardant le jeune agent s'éloigner.

Trudy ne put se retenir de sourire.

17

Comme Trudy s'y attendait, ils n'eurent aucun mal à trouver la boutique solidaire dans laquelle Janet Baines travaillait parfois en tant que bénévole. Sise dans l'une des nombreuses venelles médiévales (ou plus vieilles encore) d'Oxford, elle proposait effectivement tout le bric-à-brac de biens au rebut annoncé par Rodney.

Quand ils entrèrent, une femme élégamment vêtue, aux cheveux blancs et au regard gris clair acéré, leva la tête depuis le comptoir. Elle en imposait tellement que Trudy se sentit aussitôt contrainte de consulter les rayons de livres d'occasion pour trouver quelque chose à acheter – elle se serait sentie trop mal à l'aise de repartir sans avoir dépensé quelques-uns de ses pennies durement gagnés.

Par chance, elle repéra un Agatha Christie qu'elle n'avait pas encore lu, et alors que Clement se rapprochait de la vendeuse, elle s'en empara rapidement et s'empressa d'aller le payer.

— Je me demandais si vous pourriez nous aider, déclara le coroner avec un sourire charmeur, qui ne produisit malheureusement pas le moindre effet sur la gardienne des lieux. Nous cherchons une dénommée Janet Baines ?

La vieille dame lorgna Clement d'un air si ouvertement inquisiteur que Trudy faillit rougir pour lui. Puis elle posa sur la policière un regard plus intrigué encore.

— Nous n'encourageons pas nos employées à recevoir des visiteurs masculins lorsqu'elles travaillent à la boutique, annonça la dame avec un accent si prononcé que Trudy eut de la peine à comprendre ses paroles.

Clement, qui maîtrisait lui aussi assez bien l'art du regard hautain, fit étalage de son talent.

— Je suis le Dr Clement Ryder, coroner municipal. Je dois m'entretenir avec Miss Baines pour un motif professionnel. Voici mon assistante, ajouta-t-il en désignant Trudy d'un geste vague.

Celle-ci accepta d'être ainsi reléguée au second plan, comprenant ce que manigançait son compagnon et pourquoi. Les personnes comme cette femme respectaient toujours l'autorité. Sans surprise, leur interlocutrice se radoucit un peu.

— Elle est en train de trier de la vaisselle dans le bureau – nous ne vendons pas de tasses ou de soucoupes ébréchées, ici. Je vais lui faire savoir que vous requérez sa présence.

Elle ouvrit alors une porte et cria en direction de l'étage :

— Janet, veux-tu bien descendre un instant, je te prie ?

À l'évidence, elle ne comptait pas laisser sa boutique sans surveillance, et Trudy ne put s'empêcher de se demander si elle les prenait pour de potentiels voleurs à l'étalage. Peut-être en avaient-ils l'allure ? La policière avait appris, à force de patrouilles et d'expérience, que ce genre de malfaiteurs apparaissaient sous toutes sortes de déguisement. Un jour, une femme habillée en nonne…

Sa divagation s'acheva brutalement lorsqu'elle entendit des pas légers descendre les marches en bois ; l'instant suivant, Janet apparut dans l'embrasure de la porte.

— Oui, Miss Boisier ? s'enquit-elle docilement.

C'était une grande fille, à la silhouette qu'un rédacteur de mode aurait sans doute décrite comme élancée. Elle était vêtue d'une robe d'été bleu clair simple, mais élégante. Ses cheveux châtains épais ondulaient légèrement et ses grands yeux veloutés éclairaient un visage très pâle, à l'ovale parfait. Elle affichait une expression tranquille, et il fallait un instant pour mesurer l'étendue de sa beauté – rien à voir avec celle, plus classique, d'Iris Carmody. Néanmoins, Trudy comprenait en quoi la finesse des traits de Janet avait pu provoquer la jalousie de sa défunte amie.

— Voici le Dr Ryder. Il dit avoir à faire avec toi, résuma l'inimitable Miss Boisier d'une voix neutre.

— Oh ? fit Janet, contemplant Clement de ses grands yeux de biche.

— J'aimerais vous parler d'Iris et de David, expliqua le coroner, bien résolu à ne pas satisfaire plus que nécessaire la curiosité qu'il sentait bouillonner chez la vieille toupie.

Janet cilla.

— Je vois. Peut-être pourrions-nous discuter dehors ? Je ne voudrais pas déranger les clients, plaida-t-elle avec une esquisse de sourire prouvant qu'elle aussi était déterminée à priver sa patronne du plaisir d'épier leur conversation.

Une fois dehors, elle les guida jusqu'à une rue plus large, dotée d'un arrêt de bus avec un banc en bois. Par chance, celui-ci se trouvait libre. Janet s'assit au soleil avec un soupir, puis repoussa une longue mèche de cheveux derrière son oreille.

— Vous êtes vraiment le coroner ? demanda-t-elle avec apathie.

— Oui. J'ai dirigé l'enquête judiciaire de David, mais pas celle d'Iris, répondit Clement avec sincérité.

La jeune femme hocha la tête, sans toutefois exprimer la moindre curiosité. Elle semblait encore plus pâle qu'auparavant, mais toujours aussi posée.

Trudy s'assit près d'elle et décida, cette fois, de mener l'interrogatoire. Après tout, elles avaient le même âge, et il lui semblait que ce témoin se confierait plus volontiers à elle qu'à une figure d'autorité plus âgée.

— Je suis sincèrement navrée pour Iris. Je n'ose imaginer ce que ce doit être de perdre sa meilleure amie, commença-t-elle gentiment.

Janet hocha la tête, mais le sourire qu'elle parvint à afficher était tellement dépourvu d'expression qu'il en apparaissait totalement insignifiant.

— Je n'arrive toujours pas à y croire. Pas vraiment. J'ai toujours le sentiment qu'elle va m'appeler pour me proposer de sortir.

— En boîte de nuit, par exemple ? suggéra Trudy, qui prit un air complice lorsque Janet lui retourna un coup d'œil incertain. Il paraît que c'est génial. Mais je n'y suis jamais allée moi-même, ajouta-t-elle en espérant laisser transparaître une pointe de jalousie. Mon père me tuerait, s'il me trouvait là-dedans.

— Ma mère aussi, si elle apprenait que j'y suis déjà allée, avoua Janet.

— Mais Iris était courageuse.

Trudy hocha la tête pour en faire une affirmation, et Janet confirma du même geste.

— Oui, très. C'est ce que maman ne comprend pas. La vie était excitante, avec elle. Vous voyez ce que je veux dire ?

— Oui, j'imagine, confirma doucement Trudy.

— Elle me manque. Je n'arrive pas à croire que quelqu'un ait pu lui infliger ça, ajouta Janet en exprimant pour la première fois une véritable émotion. La… l'étrangler de la sorte avant de la ligoter au mât du village, à la vue de tout le monde… C'est comme si on avait voulu se moquer d'elle. C'est tellement… *horrible* !

— Oui, c'est horrible. Pensez-vous David Finch capable d'une chose pareille ? D'après ce que nous avons entendu dire, il avait l'air d'être un gentil garçon, mais nous aimerions connaître votre opinion.

Trudy parlait sans mettre de gants, encouragée par le fait d'avoir enfin percé la carapace de Janet.

Celle-ci resta coite un moment, comme si elle souhaitait accorder à cette question toute la réflexion nécessaire. Cela surprit un peu Trudy – elle avait forcément dû ruminer depuis une semaine sur l'identité du meurtrier de son amie. Et David faisait figure de principal suspect au village.

— Je n'en suis pas sûre, finit-elle par répondre. Je ne pense pas. Mais je n'en sais rien. Comment le pourrais-je ?

Elle haussa les épaules d'un air désespéré.

— J'ai toujours bien aimé David et, comme vous le disiez, il semblait être un gentil garçon. D'un autre côté, ça n'a pas toujours été facile, avec Iris. S'il a appris pour Mort… s'il a appris certains de ses écarts, il a pu… je ne sais pas… Être pris d'un accès de folie et l'assassiner avant de recouvrer son sang-froid ? Ça arrive souvent aux hommes, non ? insista-t-elle en dardant sur Trudy un regard sérieux. On lit parfois dans les journaux qu'un homme a… perdu le contrôle.

— Cela arrive, effectivement, confirma la policière.

Comme si se mettre en colère donnait à quiconque le droit de s'en prendre à l'être aimé. Et pourtant, combien de fois avait-elle entendu des maris ayant violenté leur épouse se plaindre d'avoir été poussés à bout ?

— David avait-il mauvais caractère ? s'enquit-elle alors.

— Pas que je sache. Mais quand Iris était avec lui, je ne les voyais pas beaucoup. Enfin, ce n'est jamais très agréable de tenir la chandelle, n'est-ce pas ?

Trudy la rassura d'un sourire.

— Vous disiez tout à l'heure qu'Iris avait commis certains écarts, à quoi pensiez-vous ?

À l'évidence, c'était la question de trop, car Janet se replia sur elle-même et se mordit les lèvres. Curieusement, cela ne fit qu'accroître sa beauté.

— Oh ! je ne sais pas trop, mentit-elle.

Trudy jugea bon de demeurer silencieuse et de laisser Janet contempler ses mains, le temps que la culpabilité l'envahisse. Finalement, la jeune femme finit par se lancer :

— Je sais qu'Iris tramait quelque chose, parce qu'elle n'arrêtait pas de prétendre qu'elle deviendrait bientôt mannequin à Londres. Pour de vrai, cette fois. Quand on était petites, elle menaçait toujours de s'enfuir de l'école et de quitter ce village minable pour aller à la capitale et devenir célèbre. Mais tout le monde savait que c'étaient des paroles en l'air. Même si elle avait eu de l'argent – et ce n'était clairement pas le cas –, comment aurait-elle trouvé un endroit où s'installer, toute seule, dans une grande ville ? Mais ces derniers temps, elle semblait très excitée par ce projet. Je voyais bien qu'elle s'était mise à y croire vraiment. Elle… pétillait de bonne humeur.

Trudy croisa le regard de Clement et fronça pensivement les sourcils. Si Janet disait vrai, si la défunte avait effectivement trouvé le moyen de réaliser ses rêves, avait-elle pu aller jusqu'à rompre avec David ? Elle ne devait pas vouloir l'avoir dans ses pattes à la capitale pendant qu'elle vivrait sa grande aventure. Peut-être l'avait-elle alors quitté sans y mettre les formes. Et si elle s'était montrée particulièrement brutale – en se moquant de lui, pourquoi pas ? –, il avait pu vouloir l'étrangler dans un accès de rage.

— Avait-elle précisé la nature de ses projets ? demanda Trudy d'un ton prudent.

— Oh ! non. Mais d'un autre côté, Iris aimait cultiver le mystère, précisa Janet avec un mélange d'admiration et d'amertume. Vous savez, pour faire naître une espèce de… de prestige. Elle n'arrêtait pas de faire de grandes déclarations, et quand on la mettait au défi de prouver ce qu'elle disait, elle trouvait toujours un moyen de s'en sortir. Par exemple, elle a dit un jour qu'elle porterait un collier de perles à la fête du village, mais elle ne l'a pas fait. Et quand on a commencé à la taquiner à ce sujet, elle a fini par se présenter à la boutique avec, juste pour acheter une miche de pain. Elle aimait qu'on la trouve imprévisible. Je crois que ça lui donnait de l'importance.

Trudy sourit.

— Elle devait parfois vous donner du fil à retordre.

— En effet, confirma Janet platement.

— Ça ne devait pas être facile tous les jours de l'avoir comme meilleure amie, insista la policière.

Mais elle eut confirmation qu'aucune critique de la défunte ne serait tolérée, car Janet pinça ses jolies lèvres.

— Je l'aimais bien, quoi que les autres puissent dire d'elle, rétorqua-t-elle.

Comprenant qu'elle n'obtiendrait aucun résultat tant que le souvenir de la défunte demeurerait sacré, Trudy essaya de trouver un levier susceptible de délier la langue de Janet.

— On nous a fait savoir qu'Iris avait l'habitude de séduire les petits amis des autres filles, dit-elle. David fréquentait-il quelqu'un d'autre avant elle ? Une personne qui aurait pu devenir jalouse ?

— Il est possible qu'il ait rencontré quelqu'un à l'université, et qu'il l'ait laissée tomber quand il s'est mis avec Iris, oui. En tout cas, il ne fréquentait personne d'autre au village.

Trudy acquiesça, croisa une nouvelle fois le regard aigu de Clement. À moins que Janet fût excellente actrice, elle ne sortait pas elle-même avec David Finch. Mais peut-être l'intéressait-il secrètement ? Peut-être avait-elle veillé à dissimuler ses sentiments afin de ne pas affronter une réaction violente de la part de son amie ?

Se souvenant alors de la chaleur dans la voix de Ronnie Dewberry quand il avait parlé d'elle, Trudy tenta une approche différente.

— Iris et vous êtes-vous déjà sorties à deux couples ? Avec le meilleur ami de David, peut-être ?

— Ronnie ? demanda Janet. Non, je ne l'ai jamais fréquenté, affirma-t-elle sans cesser de fixer un point invisible devant elle.

Trudy enregistra mentalement ce détail. Janet n'était en apparence jamais sortie avec le beau fermier, mais peut-être l'avait-elle désiré en cachette. À moins, une fois encore, qu'elle fût en train de se laisser manipuler par une jeune femme aussi brillante qu'elle était belle.

Cela dit, en admettant que Janet ait plutôt été amoureuse de David, Iris, qui semblait posséder un radar infaillible pour détecter l'état émotionnel de son amie, avait dû s'en rendre compte. Et à en croire la mère de Janet, elle se serait alors donné pour mission de dévoyer David avant de finir par se lasser de lui.

Dans ce cas, comment Janet aurait-elle réagi ? Peut-être que l'ultime trahison de sa prétendue meilleure amie avait été la goutte d'eau ? Il n'était pas non plus impossible qu'une femme en étrangle une autre. Janet était plus grande qu'Iris, et quoique élancée, elle ne devait pas manquer de force. Ensuite, quoi ? Après avoir assassiné Iris, et exposé son corps avec autant de mépris sur le pré communal, elle avait peut-être voulu punir David ? Qu'il ait ou non été conscient des sentiments que Janet pouvait nourrir à son égard, une personne assez déséquilibrée et fragile émotionnellement pour tuer une fois n'hésiterait probablement pas à recommencer.

Cependant, tuer un jeune homme en pleine santé devait être autrement plus difficile qu'éliminer une femme plus petite. D'où le besoin de le droguer au préalable avec l'alcool frelaté. Et quand il aurait été trop groggy pour résister efficacement... Mais après lui avoir passé la corde au cou, Janet aurait-elle eu la force de hisser son corps avant d'attacher l'autre extrémité à la charrue ? Trudy peinait à y croire.

Elle laissa échapper un léger soupir. À force de ressasser toutes ces hypothèses, elle n'avait pas enchaîné assez rapidement, et Janet en profita pour mettre un terme à la conversation.

— Écoutez, dit-elle en se levant rapidement, il faut que je retourne à la boutique. Miss Boisier n'aime pas rester seule trop longtemps, au cas où plusieurs clients arriveraient en même temps.

— Bien sûr. Merci pour votre aide, Miss Baines, répondit Clement.

Cela lui valut tout juste un sourire distrait, avant que la jeune femme disparaisse.

Même sa démarche était élégante, songea Trudy.

— Alors, qu'est-ce que cela vous inspire ? demanda-t-elle à son mentor. Elle est vraiment très belle, n'est-ce pas ?

— Oui, admit Clement d'un ton vaguement amusé. Iris et elle devaient former un duo éblouissant. Pas étonnant que la moitié des hommes du village s'en soient amourachés.

— Pensez-vous que Janet se trouve en danger également ? s'inquiéta brusquement Trudy.

Elle n'avait encore jamais imaginé que la mort d'Iris puisse être autre chose qu'un acte isolé, mais le fait que Clement les associe de si près lui faisait tout à coup redouter le pire pour Janet. Et si un fou dangereux avait décidé de massacrer les belles filles du village ? Iris n'était peut-être que sa première victime !

Clement prit tout son temps pour répondre, et sa réaction ne la réconforta qu'à moitié :

— Comment le savoir ? Tant que nous n'aurons pas découvert qui a tué Iris et pourquoi, nous ne pourrons avoir aucune certitude, n'est-ce pas ? Avez-vous eu l'impression que ces deux-là entretenaient une relation étrange ?

— Pourquoi ? Oh ! parce qu'on a du mal à déterminer si elles étaient alliées ou rivales ? Meilleures amies, ou ennemies secrètes ? Non, pas vraiment. Ça arrive parfois, entre filles. On peut aimer et détester quelqu'un en même temps, ajouta-t-elle pensivement.

Cette fois, ce fut au tour de Clement de paraître vaguement soucieux.

— Vraiment ?

Il se demanda alors si les amitiés de sa propre fille avaient pu être si alambiquées.

Trudy sourit et décida qu'elle ne ferait que le troubler – et l'inquiéter – davantage en tentant de lui expliquer le mode de fonctionnement d'une adolescente.

— En tout cas, ça ne nous éclaire pas beaucoup sur notre enquête, n'est-ce pas ?

Clement soupira.

— J'ai bien peur que non. Mais je pense que quelqu'un pourrait nous aider à dissiper un peu ce brouillard, vous ne croyez pas ? Une personne qui devait plutôt bien connaître Iris, à en croire les rumeurs.

Trudy n'eut guère besoin d'y réfléchir avant d'acquiescer.

— Vous parlez de cette espèce d'artiste qui est tantôt malhonnête, tantôt célèbre, tantôt carrément louche, en fonction de la personne qui le décrit ?

— Exactement, confirma Clement avec un sourire.

18

— Que savons-nous de ce Mortimer Crowley ? s'enquit Clement, assis dans sa voiture.

Il épiait une merlette qui fouillait le pied d'une haie, en quête de chenilles ou de scarabées.

Après avoir fait la route depuis Oxford, il s'était garé le long du pré communal de Middle Fenton. Cela lui paraissait adapté, même si tous les signes indiquant que cet endroit magnifique avait été la scène d'un crime particulièrement odieux avaient à présent disparu. Même l'herbe aplatie par les bottes de maints policiers avait recouvré sa verdeur et resplendissait de couleurs, rehaussée par l'explosion de pâquerettes provoquée par la succession d'averses et de rayons de soleil printaniers. Le mât permanent se dressait toujours fièrement, et le coroner se demanda vaguement si la tradition l'emporterait ou si un futur conseil municipal déciderait de le retirer.

Trudy soupira.

— J'ai entendu dire qu'il avait fait partie des suspects potentiels au début de l'affaire Iris Carmody, mais que son interrogatoire n'avait rien apporté de nouveau, admit-elle. J'ai surpris le sergent à en discuter avec un agent de l'équipe.

— Avez-vous eu la curiosité de fouiner un peu plus ? s'enquit Clement en veillant à ne pas quitter des yeux le paysage.

— C'est le problème, quand on se voit chargée de l'archivage de tous les dossiers, répondit la jeune policière avec un sourire pénitent. On fait toujours tomber des feuilles qu'il faut ramasser derrière.

— Et naturellement, vous ne pouvez pas empêcher vos yeux de glisser sur certains passages pendant que vous essayez d'y remettre de l'ordre.

— C'est inévitable. Pour autant que je le sache, l'affaire Iris Carmody souffre d'un manque cruel de preuves tangibles ou de témoins.

— Et maintenant que David Finch est mort, l'officier en charge de l'enquête se dit peut-être que l'affaire est de toute façon quasiment close, suggéra Clement.

Trudy y réfléchit quelques instants. Le capitaine Jennings supposait-il que David avait tué sa petite amie avant de se donner la mort, et que l'enquête finirait par s'essouffler ? Les laisser « enquêter », le Dr Ryder et elle-même, sur les circonstances de la mort du jeune homme pouvait-il n'être qu'une diversion visant à apaiser un père éploré et un officier supérieur ? Ou Jennings était-il prêt à entendre d'autres théories ?

— Eh bien, en tout cas, le capitaine ne risque pas de m'en tenir informée, répondit Trudy d'un ton empreint d'ironie.

Clement acquiesça, mais refusa de se laisser abattre.

— Et donc, que vaut notre don Juan local ? demanda-t-il. Mérite-t-il les réprobations de toutes les ménagères de Middle Fenton, ou serait-il plus coupable que victime dans cette affaire ?

— Eh bien, pour commencer, Mr Crowley jouit d'une excellente situation financière. Il possède de nombreux biens immobiliers dans la région – des terres qu'il loue aux fermiers, mais surtout des cottages dont il s'empare dès qu'ils sont sur le marché pour les placer en location. Il remet aussi en état quelques-unes des maisons les mieux situées pour les proposer en résidences secondaires à des habitants de Londres ou de Birmingham. Il en a d'ailleurs gardé une pour son usage personnel. Je crois que sa résidence principale se trouve à Londres, ce qui suffit à lui valoir l'inimitié des gens du coin.

— Mmm. Et est-ce qu'il passe beaucoup de temps ici ?

— Pas mal, oui, d'après ce que j'ai pu voir.

Clement fronça les sourcils.

— Mais dans quel but ? maugréa-t-il. On pourrait supposer qu'avec son mode de vie bohème il préférerait fréquenter les clubs de Soho, le monde du cinéma, les discothèques ou les vernissages d'avant-garde. On ne trouve rien de tout ceci par ici, et il n'a pas l'air d'être le genre d'homme à s'adonner aux plaisirs bucoliques.

Trudy haussa les épaules. Elle n'était pas certaine de la définition de « bucolique » et préférait masquer son ignorance.

— Tout ce que je peux vous dire, c'est qu'il possède des galeries d'art à Chelsea et Solihull, ainsi qu'une autre à Brighton. À ce que j'ai cru comprendre, elles sont toutes gérées par un administrateur. Il détient aussi quelques valeurs boursières, mais un courtier s'en occupe pour lui.

— Il ne se tue donc pas au travail, commenta Clement. Là encore, cela me pousse à me demander ce qu'il fait de tout son temps libre. Surtout par ici.

— En tout cas, il n'a pas de casier judiciaire. C'est l'un des premiers éléments que le sergent a demandé à vérifier. Il n'est pas non plus marié – du moins, plus maintenant. Il l'a été, à une femme nommée Alison Browne-Gore, mais elle est morte il y a environ cinq ans. Elle aussi était riche – la descendante d'une sorte d'empire du gin ou du vin. En tout cas, sa famille a fait fortune dans l'alcool. Je crois qu'il possède encore plusieurs brasseries qu'il a héritées d'elle. Ils n'ont pas eu d'enfants.

— Est-il âgé ?

— Plutôt – il a quarante et un ans.

Clement dissimula sa grimace et supposa que, pour une jeune femme de vingt ans, la quarantaine devait représenter une perspective lointaine. Auquel cas, elle le considérait sans doute comme un ancêtre. Semblant vouloir corroborer ses pensées sur le temps qui passe, sa jambe gauche se mit à trembler légèrement.

— Quelle école a-t-il fréquentée ? s'enquit-il.

— Eton, puis Oxford, répondit aussitôt Trudy.

— Vous avez dû faire tomber bien des dossiers, commenta Clement avec un sourire amusé.

Sa jeune amie rosit, mais ne nia pas.

— Avez-vous découvert à quel point il était proche de notre regrettée reine de mai ? poursuivit Clement en tournant la clé dans le démarreur. Pour qu'il ait attiré l'attention du sergent, j'imagine que ça ne se limitait pas à de simples ragots de villageois.

Trudy dut alors reconnaître une lacune.

— Je l'ignore. Les dossiers sont enfermés dans le bureau du capitaine.

— Et vous n'en possédez pas la clé ? la taquina Clement.

Trudy lui décocha un regard de reproche et ne répondit rien. Comprenant qu'il l'avait vexée, le coroner laissa son sourire s'effacer.

— Dans quel coin du village habite-t-il ?

— Près de la gentilhommière, à l'écart de Church Lane.

Clement consulta sa montre et fronça les sourcils.

— Mieux vaut peut-être remettre notre visite à demain matin, suggéra-t-il.

Trudy acquiesça, et Clement passa une vitesse pour ramener sa jeune amie à Oxford.

19

La demeure de Mortimer Crowley était une magnifique bâtisse typiquement géorgienne, carrée, aux proportions élégantes, bâtie dans la pierre des Cotswolds locale qui brillait dans la lumière matinale. Une vieille glycine avait colonisé l'essentiel de la façade sud. La maison était cernée d'un grand jardin bien entretenu, au sein duquel une ancienne écurie avait été transformée en garage.

Trudy ne s'imaginait pas vivre dans un endroit pareil.

— Espérons qu'il soit chez lui, glissa Clement, moins impressionné, tandis qu'ils remontaient l'allée en gravier.

Une fois sur le perron, il tira sur une poignée de sonnette en fer forgé noir. Derrière la robuste porte en chêne, ils n'entendirent qu'un tintement lointain.

L'homme qui vint leur ouvrir près d'une minute plus tard semblait souffrir d'une gueule de bois carabinée. Il sortait à peine de la vingtaine. Ses vêtements froissés ne détonnaient pas avec sa tignasse châtain ébouriffée, sa barbe de deux jours et ses yeux injectés de sang. Il les considéra sans grand intérêt avant de se gratter nonchalamment le menton.

— Euh ? Ouais ? Vouvlez quoi ? demanda-t-il d'une voix mal articulée.

— Nous espérions nous entretenir avec Mr Mortimer Crowley, répondit Clement en parlant lentement et intelligiblement.

Le jeune homme les dévisagea un instant supplémentaire, puis finit par acquiescer mollement.

— Oh. Morty ? Ouais… il doit être dans le coin…

Il recula alors et leur fit signe d'entrer dans un ravissant vestibule.

Si son carrelage en damier n'avait rien d'inhabituel, il avait la particularité d'accueillir une belle horloge de parquet datant de la fin du XVIIIe siècle. Égrenant pesamment les secondes, elle retardait quelque peu. Un charmant petit escalier en bois formait une courbe élégante sur la gauche, invitant les visiteurs à grimper, mais le jeune homme leur fit plutôt signe d'avancer vers un recoin sombre.

— Sans doute par là.

Puis il disparut sans rien ajouter.

Trudy et Clement eurent juste le temps de le voir s'engouffrer dans un cabinet de toilette avant que la porte se referme. Quelques instants plus tard, ils entendirent un bruyant haut-le-cœur.

— Eh bien, jusqu'à présent, notre cher fêtard semble être à la hauteur de sa réputation, commenta Clement avec un léger sourire de dégoût.

— Vous pensez qu'il reçoit souvent des amis si ivres qu'ils doivent rester pour la nuit ? s'étonna Trudy, mi-intriguée, mi-scandalisée. Vous croyez qu'ils arrivent tous de Londres ?

Elle ne s'était jamais rendue à la capitale de toute sa vie et la considérait presque comme un pays étranger – un endroit inaccessible et un peu dangereux.

Clement haussa les épaules.

— J'imagine. Bien, voyons si nous pouvons trouver notre homme.

Trudy hocha la tête et se dirigea vers l'extrémité opposée de la pièce, conformément aux indications de leur ami pas très utile.

Tout en avançant, elle observait attentivement les lieux. Comme il convenait chez un marchand d'art, nombre de toiles ornaient les murs mais, à la grande déception de la policière, aucune d'elles ne représentait un nu – masculin ou féminin, d'ailleurs. Pour l'essentiel, il s'agissait de paysages ou de portraits sombres de personnages en costume d'époque ; elle aurait cependant été incapable de déterminer s'il s'agissait de véritables œuvres ou de reproductions sans valeur. Le lycée lui avait appris à maîtriser les compétences de base, sans accorder une grande importance à la connaissance de l'art.

Elle constata que Clement contemplait lui aussi les toiles, mais ne voulut pas paraître ignorante en lui demandant son avis : elle était certaine qu'il saurait si elles étaient authentiques. Un homme de son raffinement le savait forcément. Elle préféra donc se faire sa propre idée et en vint à la conclusion qu'un individu possédant des galeries d'art n'irait probablement pas suspendre chez lui des copies.

À moins qu'un certain sens de l'humour le pousse à accrocher des barbouillages dans ses quartiers privés ?

La porte indiquée par le jeune ivrogne donnait sur une vaste et belle bibliothèque. Deux grandes fenêtres, dépassant sans doute les trois mètres de hauteur, laissaient pénétrer le soleil, qui venait illuminer le tapis persan coloré déroulé sur le parquet ciré. Des rayons entiers de livres couraient le long des murs, la plupart des ouvrages étant reliés d'un cuir brillant à la lumière. La pièce était baignée de la délicieuse odeur de poussière et de renfermé qui émanait des vieux tomes. Elle contenait également une grande table ronde en acajou fortement encaustiquée ; celle-ci était jonchée de revues haut de gamme, ainsi que d'un assortiment de quotidiens. Quatre fauteuils en cuir vert à boutons (qui évoquaient à Clement de si nombreux *gentlemen's clubs* londoniens) étaient disposés tout autour, offrant des sièges de lecture confortables.

Hélas, il n'y avait pas âme qui vive. En conséquence, ils refermèrent la porte et ouvrirent la suivante. Celle-ci donnait sur une longue véranda que d'impressionnantes baies vitrées inondaient de lumière. Un homme contemplait les jardins depuis une porte-fenêtre ; il ne se retourna même pas en entendant le bruit des gonds qui tournaient.

— Un petit rince-cochon, Froggo ? demanda-t-il d'une voix traînante.

— Tout dépend avec quoi on le rince, répondit Clement sur le même ton.

L'homme fit aussitôt volte-face.

Mortimer Crowley était d'une élégance naturelle et paresseuse. Il était mince, frôlant le mètre quatre-vingts. Ses cheveux bruns commençaient à peine à grisonner aux tempes, lui rappelant les images des héros romantiques qui ornaient les couvertures des romans à l'eau de rose que dévorait sa mère. Il était vêtu d'un pantalon vert bouteille ajusté et d'une veste plus claire qui paraissait faite de velours. Trudy n'avait encore jamais rien vu de pareil.

— Mais qui diable êtes-vous ? s'exclama-t-il en plissant les paupières.

À contrejour, Trudy ne pouvait pas déterminer la couleur de ses yeux, mais elle les supposait clairs – bleus, peut-être verts.

— Et comment êtes-vous entrés ? ajouta-t-il après coup.

— Un jeune homme nous a ouvert la porte, mais s'est révélé indisposé aussitôt après, expliqua Clement avec un sourire entendu. Il nous a signifié que vous deviez vous trouver par ici. Vous êtes Mortimer Crowley, je présume ?

— En effet. Puis-je savoir à qui j'ai affaire ?

Clement s'avança vers lui, la main tendue.

— Dr Clement Ryder, coroner de la ville d'Oxford. Et voici mon assistante, Miss Loveday.

Mortimer se détendit de façon visible – trop visible pour être honnête, de l'avis de Clement – et son beau visage carré se fendit d'un sourire affable.

— Voilà qui semble inquiétant, déclara-t-il avec douceur. J'ignorais que les coroners rendaient des visites à domicile. Je sais que mon mode de vie m'empêchera sans doute de faire de vieux os, mais je ne pensais pas que vous faisiez de la prospection.

Il ne cessait de sourire, dévoilant des dents d'une blancheur impressionnante, pour leur signifier qu'il plaisantait.

Clement consentit à retourner la pareille en une démonstration d'amusement tout aussi feinte.

— Oh ! c'est assez mal vu, en effet, répliqua-t-il. Voilà pourquoi nous ne sommes pas ici pour vous, mais pour quelqu'un d'autre au village.

Mortimer poussa un profond soupir.

— Grand Dieu, vous allez encore me parler de cette malheureuse Iris ?

Il s'éloigna de la fenêtre et les invita silencieusement à s'asseoir sur le long sofa traditionnel en chintz.

— La police locale m'a tellement passé sur le gril à son sujet que j'ai eu l'impression d'être une côtelette d'agneau. Je vous en prie, prenez place, autant nous installer confortablement.

Il était intéressant – mais peut-être compréhensible – de constater que leur hôte supposait qu'ils étaient venus évoquer Iris plutôt que David Finch, et ni Clement ni Trudy ne cherchèrent à le détromper pour le moment.

Au lieu de quoi, les deux enquêteurs s'assirent, tandis que Mortimer s'installait sur le canapé deux places en face d'eux.

Trudy constata qu'il portait, sous sa veste de velours, une cravate en soie si blanche qu'elle en était presque aveuglante.

— Pauvre Iris. J'espère sincèrement que vous retrouverez son assassin, déclara Mortimer, leur coupant l'herbe sous le pied. Je l'aimais bien. Elle avait le bon esprit, vous savez, l'ambition qu'il faut. Ce n'est pas courant, par ici, ajouta-t-il en se tournant vers la fenêtre, d'où l'on n'apercevait qu'une petite partie du village – seulement quelques toits des cottages situés de l'autre côté de la route. Et bien sûr, c'était un régal pour les yeux. En tant qu'amateur d'art, on pardonne tout face à la beauté.

— Oui, c'est effectivement l'impression que nous avions, répondit platement Clement. Rien d'étonnant, donc, à ce qu'elle ait été élue reine de mai ?

Sur ce, leur hôte ricana d'une manière méprisante.

— Ah, ces gens et leur foutue reine de mai ! Tout ça parce que les anciens ont décidé il y a des siècles de chanter et danser pour célébrer cette période de l'année ! Ça leur donne surtout une excuse pour reluquer les jeunettes. À entendre le ramdam qu'ils font autour de cette fête, on dirait que le 1er Mai a été inventé dans ce patelin. Enfin, Iris était très fière d'avoir été élue. La pauvre petite dinde, elle aurait fait une mignonne reine de mai, ça ne fait aucun doute.

Même si ses termes paraissaient atrocement déplacés, Trudy pensa détecter une compassion sincère dans la posture de leur témoin. Il avait beau essayer très fort d'adopter le genre sophistiqué et détaché, elle percevait malgré tout une forme de crainte et de nervosité, qui mettait en alerte son instinct de policière.

— Ça a dû être un choc pour tout le village, rebondit Clement.

— Ça, on peut le dire. Un vrai séisme. Il n'a rien dû se passer de tel depuis que le premier péquenaud a construit son premier taudis à l'époque de la grande peste ! Quelle excitation ! Quel drame extraordinaire ! ajouta-t-il avec un sourire sinistre. Cela dit, ça a permis à toutes ces vieilles bonnes femmes pharisaïques de hocher sagement la tête en répétant : « Je vous l'avais bien dit. » Ça me rend malade ! Sous prétexte qu'une nénette avait un peu d'entrain et de dynamisme… oh, et puis quel intérêt ? C'est toujours pareil : les vieilles moches ont toujours détesté les jeunes belles.

Il lorgna alors Trudy d'un air appréciateur.

— Vous avez de très beaux cheveux, déclara-t-il brusquement.

Prise de court par ce compliment inattendu, Trudy se sentit rougir et regretta aussitôt de ne pouvoir se défaire de cette habitude d'écolière. Elle savait que ses longs cheveux ondulés constituaient l'un de ses principaux atouts, mais elle avait l'habitude de les dissimuler sous sa casquette de policière.

— Merci, répondit-elle d'un ton glacial.

Elle n'était pas certaine d'apprécier qu'un homme pareil lui accorde ce genre d'attention. Cela la mettait très mal à l'aise.

Mortimer Crowley cilla, puis sourit.

— Pardon, ne faites pas attention à ce que je raconte. J'ai l'habitude d'observer les gens avec un œil d'artiste.

Clement vint à la rescousse de sa jeune amie en attirant l'attention à lui.

— Êtes-vous peintre vous-même ?

— Seulement pour passer le temps, et uniquement pour mon plaisir personnel. Je vends de l'art et je sais l'apprécier, mais, hélas, je ne possède pas personnellement de véritable don. Je suis surtout un facilitateur. Je trouve des acheteurs pour les artistes, je déniche et j'encourage les nouveaux talents.

— Vous êtes une sorte de mécène, en somme ?

Mortimer le jaugea d'un air un peu contrarié.

— Si vous voulez.

Clement hocha la tête. À l'instar de Trudy, il comprenait que leur témoin, malgré sa désinvolture apparente, rechignait à répondre à leur interrogatoire.

Ce qui, naturellement, lui donnait envie de le poursuivre.

— Et Iris ? Avait-elle un don particulier ?

Mortimer ricana.

— Sacristi, non ! Elle n'aurait même pas su dessiner une jonquille. En tout cas, elle n'a jamais réclamé à me montrer l'un de ses barbouillages, et c'est un soulagement, croyez-moi. Si vous saviez le nombre de personnes convaincues que leurs petites gravures m'intéressent et qui insistent pour me les montrer... une horreur !

Il frissonna de dégoût.

— Vous semblez toutefois avoir bien connu Iris ? glissa Clement, laissant l'insinuation infuser doucement.

— Ces fichues rumeurs ! s'emporta Crowley. Que racontent-elles à notre sujet ? Non, ne vous donnez pas la peine de me répondre, j'ai déjà deviné. Que je la débauchais ? Ou peut-être que c'était elle, qui me débauchait ? Forcément l'un ou l'autre. Les gens d'ici ne pensent qu'à ça. La bourgeoisie n'est pas près de s'installer ! Mais je vous assure que nous n'étions pas amants. J'aime les femmes un peu plus âgées et beaucoup plus sophistiquées. Je ne dis pas qu'Iris n'était... bref. Et elle aspirait effectivement à devenir...

Il se fendit d'un sourire contrit.

— J'essaie d'y mettre les formes, de trouver le moyen de ne pas enlaidir la situation, mais...

— Je crois que j'ai compris, répondit Clement. Disons qu'Iris était une fille qui voulait réussir et était prête à apprendre ?

— On peut dire ça, oui.

— Et elle a trouvé en vous la cible idéale pour devenir un mentor et... disons, un facilitateur ? Un homme nanti, plus âgé, sophistiqué, venu de la vilaine grande ville et susceptible de lui montrer les ficelles du métier ?

Le marchand d'art remua alors sur son siège.

— Eh bien, si vous voulez parler crûment, oui, c'est sans doute ce qu'elle avait en tête. Mais franchement, en réalité, je ne pouvais pas grand-chose pour elle. Je ne cherchais pas moi-même de maîtresse, alors je ne faisais pas un bon approvisionneur potentiel de jolies babioles et de belles toilettes. En réalité, je pense que je n'ai cessé de la décevoir. J'ai même refusé de l'inviter aux soirées que j'organisais ici. Mais voyez-vous, même si elle aspirait à grandir et à voler de ses propres ailes, j'aurais eu l'impression d'être un vrai salo... euh... un vrai sale type si je l'avais livrée à la merci de certains de mes amis. Ils l'auraient dévorée toute crue avant de la recracher aussi sec.

Il avait dit tout cela nonchalamment, comme si c'était l'évidence même, et Trudy sentit sa colère grandir. Elle se demanda si elle faisait preuve d'un excès de pudibonderie et de naïveté. Mais, en vérité, elle n'aimait tout simplement pas cet homme. Elle n'aimait ni sa façon de voir la vie ni la désinvolture avec laquelle il parlait d'une fille sauvagement assassinée. Comme si elle ne comptait pas, comme si son indifférence à son égard n'avait pas d'importance non plus.

— On la voyait pourtant souvent en votre compagnie, insista Clement.

Trudy éprouva un frisson de fierté et de plaisir en constatant que son ami ne le laisserait pas s'en tirer à si bon compte.

Mortimer haussa les épaules.

— Oui, vous avez raison, c'était une vraie casse-pieds qui me collait aux basques et que je n'avais pas le cœur de rejeter trop brutalement. Elle rêvait tant de monter à Londres. C'est comme avoir un chiot qui vous suit partout, avec ses grands yeux implorants. J'ai fini par lui présenter quelques artistes en quête d'un joli modèle et qui ne la traiteraient pas avec trop de mesquinerie. Je savais que, au moins, ils la paieraient bien. Et s'ils lui promettaient qu'elle aurait l'occasion de percer dans le mannequinat ou de lui présenter quelqu'un travaillant dans une agence… Bref, je n'allais pas lui gâcher la fête. De toute façon, cela semblait lui convenir parfaitement.

— C'était fort généreux de votre part, déclara Clement avec un grand sourire ironique, et Trudy se réjouit de voir leur hôte se rembrunir. Pourriez-vous nous indiquer les noms des artistes à qui vous l'avez… présentée par pure grandeur d'âme ?

Mortimer poussa un soupir ostentatoire et indiqua rapidement plusieurs patronymes. Trudy regretta de ne pas avoir son calepin pour les consigner, mais elle était à peu près sûre de pouvoir s'en souvenir.

— J'ignore toutefois si l'un d'eux l'a fait poser, vous comprenez ? ajouta Mortimer.

— Alors, à votre avis, qui a pu lui offrir tous ces bijoux ? s'enquit Clement de but en blanc. Vous disiez ne pas être à la recherche d'une maîtresse, mais nous savons qu'Iris possédait, entre autres, un fort joli collier de perles.

— Ah, c'est vrai. Comment voulez-vous que je le sache ? répondit Mortimer sans plus chercher à dissimuler sa lassitude.

Clement hocha la tête.

— Bien sûr, la mort d'Iris n'est pas la seule tragédie qu'ait eu à affronter le village, n'est-ce pas ?

— Comment ?

L'amateur d'art sembla un instant sincèrement dérouté, mais il finit par comprendre.

— Oh ! vous voulez parler du petit ami – celui qui s'est pendu ? Oui, un coup dur. Pauvre gars. Choisir de mourir à même pas vingt et un ans. Ou les avait-il déjà fêtés ? demanda-t-il avec nonchalance.

— Connaissiez-vous David Finch ? poursuivit Clement sans lui répondre.

— Quoi, un fils de policier ? s'exclama Mortimer, en faisant mine d'être scandalisé. Non, pas très bien, ajouta-t-il d'un ton bourru en constatant qu'aucun des deux enquêteurs ne répondait à sa provocation. Enfin, nous avons dû nous parler une fois, mais il se faisait des idées sur ce qui se passait entre Iris et moi, et on n'a jamais vraiment eu l'occasion de sympathiser.

Clement sentit presque Trudy se mettre à frétiller d'excitation – son propre intérêt venait également de faire un bond.

— Oh ? Quel genre d'idées se faisait-il exactement ?

Mais s'il avait espéré entamer la bonhomie de leur témoin, il en fut pour ses frais.

— Oh ! je suppose qu'il écoutait les ragots, expliqua Mortimer dans un bâillement avant de s'installer plus confortablement sur son canapé. Il semblait s'être mis en tête que je faisais miroiter des choses à Iris, que je lui promettais une nouvelle vie à Londres. Que je lui retournais le cerveau et que je sapais la cour qu'il lui faisait. Naturellement, ajouta-t-il dans un éclat de rire, je l'ai vite remis à sa place. Je lui ai dit tout de go qu'elle était trop jeune et trop bête pour moi.

— Vous a-t-il cru ?

Mortimer plissa légèrement ses yeux clairs (bleu clair, constata Trudy, à présent qu'elle pouvait l'étudier dans de bonnes conditions). Il n'appréciait manifestement pas l'incrédulité de son interlocuteur.

— Pas immédiatement, vous avez raison, admit-il, beau joueur. Mais j'ai réussi à le convaincre que les filles comme Iris me causaient bien plus de problèmes qu'elles n'en résolvaient, et il a fini par se faire à cette idée. Je crois qu'il est reparti plutôt rassuré. Non sans avoir griffonné quelque chose dans son petit journal ridicule.

20

Apparemment inconscient d'avoir lâché une véritable bombe, Mortimer bâilla derechef.

— Je crois qu'il voulait que je me considère comme « prévenu ». Que je sache que mes paroles étaient *consignées* ! expliqua-t-il en insistant de façon dramatique sur ce dernier terme. Même si je me soucie bien peu de l'image que je peux renvoyer. Qu'est-ce qui fait croire aux gens que leur vie a le moindre intérêt à nos yeux ? demanda-t-il en s'étirant voluptueusement.

— Quel journal ? l'interrogea Clement.

— Mmmh ? Pardon, vous disiez ? Je n'ai pas beaucoup dormi la nuit dernière.

Clement tâcha de ne pas perdre patience et répéta sur un ton cordial :

— Vous dites qu'il a écrit quelque chose dans une sorte de journal ?

— Oui. Il a sorti une espèce de calepin – ceux à la reliure de cuir noir ou marron, vous voyez le genre ? – pour y gribouiller quelque chose.

— Cela vous a-t-il mis mal à l'aise ? C'est comme s'il vous prenait pour un suspect potentiel, ne put s'empêcher de lui demander Trudy.

Cela lui valut un sourire condescendant.

— Loin de là ! Je n'ai que faire de savoir ce que les autres pensent de moi, répondit-il de façon quelque peu prévisible.

— Et c'est donc la seule fois que vous avez vu David Finch ? résuma Clement.

— Pour autant que je le sache, répondit Mortimer avec un ennui de plus en plus prononcé.

— Vous ne l'avez pas revu la veille de sa mort, par exemple ?

— Je ne crois pas.

— Pas même en regardant par la fenêtre ? Vous auriez pu l'apercevoir tandis qu'il empruntait le chemin agricole menant à la grange où il a trouvé la mort.

— Je n'ai probablement pas fait attention. Les allées et venues depuis le village ne m'intéressent pas tant que ça.

— Pourtant, vous possédez de l'immobilier, ici.

Clement fit un large geste de la main, embrassant tant la demeure que ses environs.

— Oh ! j'aime bien me retrouver au calme, parfois, expliqua Mortimer avec un large sourire.

Clement fit de son mieux pour dissimuler la colère qu'il sentait monter en lui face à cette succession de mensonges évidents. Il se demanda quel genre de soirées son témoin pouvait bien organiser ici, à Middle Fenton. Et si une jolie fille comme Iris Carmody avait pu y être invitée et accueillie à bras ouverts.

— À votre avis, quel genre de choses David pouvait-il vouloir consigner ? reprit Clement, déterminé à ne pas se laisser détourner de l'affaire en cours. Je doute qu'il se soit contenté de noter vos dénégations au sujet de sa petite amie. Après tout, on pouvait s'attendre à pareille réaction de votre part. Et d'après ce que j'ai entendu dire de lui, c'était un jeune homme brillant.

Mortimer fronça les sourcils, soupçonnant peut-être une pique ; toutefois, après un instant de réflexion, il finit par opiner.

— Je crois qu'il recherchait des informations spécifiques au sujet d'Iris. Il voulait savoir quand je l'avais vue pour la dernière fois, ce que je lui avais dit, si j'avais une idée des personnes qu'elle pouvait vouloir rencontrer – des artistes ou des photographes, par exemple. Et surtout, si elle m'avait demandé de solliciter mes contacts à Londres pour qu'ils lui rendent service et l'aident à trouver du travail. Ou si je l'avais vue discuter ou se disputer avec quelqu'un du village au cours des dernières semaines. En fait, il semblait vouloir devenir une espèce de version rurale de Sherlock Holmes, conclut-il avec un ricanement.

— Et avez-vous pu l'éclairer ?

— Pas vraiment. Comme je vous l'ai dit, cette fille était une enquiquineuse, même si je pouvais comprendre son envie de quitter cet endroit pour vivre sa vie. Mais pas au point de m'intéresser à ses faits et gestes.

Clement hocha la tête et coula un regard vers Trudy pour voir si elle avait d'autres questions à poser. Comprenant que non, il décida de se lever.

— Eh bien, merci pour votre aide, Mr Crowley, dit-il d'un ton pince-sans-rire.

— Oh ! ce n'est rien, répliqua-t-il nonchalamment. Voulez-vous que je vous raccompagne ?

— Je pense que nous retrouverons le chemin, déclina Clement.

Dès l'instant où ils quittèrent la pièce, le sourire de Mortimer Crowley s'évapora ; il se leva et s'approcha prudemment de la fenêtre. Un instant plus tard, il vit les deux enquêteurs sortir de la maison et remonter le sentier jusqu'au portillon.

Il jura dans sa barbe – dans un vocabulaire fleuri.

Jusqu'à présent, il n'avait eu affaire qu'aux flics locaux et à ce nigaud de Jennings. Cela ne l'avait pas inquiété outre mesure. En revanche, ce Dr Clement Ryder n'était clairement pas fait du même bois. Ce n'était pas un plouc ignare, mais un homme sophistiqué à l'esprit affûté et au regard acéré. De ceux que l'on ne dupe pas si facilement.

Tout en se détournant de la croisée, il envisagea un rapide retour à Londres. Cela donnerait-il l'impression qu'il cherchait à fuir ? Il ne fallait surtout pas qu'il attire les soupçons sur lui maintenant.

Il se laissa tomber sur une chaise, détestant ce sentiment de malaise qui l'habitait désormais. *Maudite soit cette fille*, songea-t-il. Il fallait toujours qu'une femme magnifique et cupide vienne tout gâcher.

Maussade, il réfléchit à ce qu'il conviendrait de faire à présent. Il allait devoir marcher sur des œufs, et ne pas commettre d'imprudence. Pour autant qu'il le sache, la police n'avait rien trouvé de compromettant à son sujet, et il espérait que les choses en resteraient là.

Si seulement il pouvait lire dans les pensées de ce satané coroner !

— Alors, qu'en dites-vous ? l'interrogea Trudy tandis qu'ils regagnaient la Rover.

— Je crois qu'il nous faudrait découvrir cette espèce de journal que David aurait eu sur lui. C'est la première fois que nous en entendons parler, et je n'accorde qu'une confiance plus que limitée à ce… ce… cet *insecte* ! Je ne serais pas étonné qu'il ait inventé cet élément juste pour nous envoyer sur une fausse piste et se payer notre tête. D'un autre côté, il me semble tenir beaucoup trop à sa petite personne pour courir le risque d'attirer notre attention inutilement. Je présume qu'aucun carnet n'a été retrouvé sur le corps ?

— Non, j'en suis certaine, répondit Trudy.

Si David avait tenu un journal intime, cela aurait été du pain bénit pour son capitaine.

Clement hocha la tête.

— C'est ce qui me semblait. Cela aurait forcément figuré parmi la liste de ses biens et été consigné dans mes dossiers. Savez-vous si d'autres témoins interrogés dans le cadre de l'enquête sur Iris ont pu évoquer l'existence de ce journal ?

— Pas que je sache, mais je n'en suis pas sûre.

Clement grommela.

— Dans ce cas, je suppose qu'il nous faudra poser la question nous-mêmes. De toute façon, nous allons devoir rappeler ses parents tôt ou tard – ils sont mieux placés que personne pour nous renseigner. Ronnie devrait aussi pouvoir nous aider à éclaircir ce point. Même s'ils n'étaient plus aussi proches qu'avant, il doit savoir si David tenait un journal.

— Janet Baines aussi, peut-être ? suggéra Trudy. Si David consignait ses pensées quelque part, Iris a dû s'en rendre compte, et elle l'a peut-être raconté à son amie. Sauf s'il ne s'y est mis que tardivement, quand il a commencé à enquêter sur la mort d'Iris, par exemple…

Clement consulta sa montre.

— Je dois rentrer au bureau. Reprenons nos investigations demain à la première heure, vous voulez bien ?

— Parfait, répondit Trudy. Est-ce un vœu pieux de ma part, ou avez-vous également l'impression que nous avançons enfin ?

Clement sourit.

— Espérons-le.

Mais elle avait raison : lui aussi avait le sentiment que l'affaire commençait à prendre forme. Et il lui apparaissait de plus en plus évident qu'ils se retrouvaient avec un double meurtre à résoudre.

21

Duncan Gillingham avait soigneusement calculé son coup. Il savait qu'il n'avait aucune chance de trouver Trudy seule au village de Middle Fenton, car, d'après ce qu'il avait pu observer jusqu'à présent, le coroner et elle se promenaient toujours ensemble. Or, il ne voulait pas subir le regard cynique du Dr Clement Ryder tandis qu'il essaierait de la convaincre de le laisser l'emmener quelque part.

À l'inverse, il pouvait difficilement passer chez elle à l'improviste – même s'il s'était donné la peine de dénicher son adresse. Une fois encore, il ne voulait pas courir le risque d'être présenté à ses parents ni d'affronter l'œil perçant du papa ! Et elle ne serait probablement pas ravie de le voir débarquer au commissariat. Le fait qu'il veuille la rencontrer parviendrait bien vite aux oreilles de ses supérieurs, et elle en prendrait pour son grade, accusée de laisser fuiter des informations vers la presse. Ce n'était pas comme ça qu'il pouvait espérer se racheter après leur dernière rencontre catastrophique.

Sa seule solution consistait donc à l'intercepter *avant* qu'elle arrive au poste de police. Il avait ainsi pris position derrière une boîte aux lettres et s'y trouvait encore en fin d'après-midi quand il vit la Rover P4 de Clement se ranger sur une place de parking à une cinquantaine de mètres de l'entrée du commissariat.

La chance lui souriait. Il s'était préparé à faire le planton pendant des heures et n'avait patienté qu'une vingtaine de minutes. Parfait !

Il la vit descendre du côté passager, se pencher pour dire quelque chose au conducteur, puis fermer la portière derrière elle. Il piqua un sprint pour traverser la route, espérant que le coroner ne l'avait pas repéré, puis rasa les murs sur le trottoir d'en face. Il avançait d'un bon pas, puisqu'il devait rejoindre Trudy avant qu'elle pénètre dans le bâtiment, mais cela ne l'empêchait pas de surveiller d'un œil la Rover, qui se fondit dans la circulation et le croisa sans ralentir.

Quand il fut certain que Ryder ne pourrait plus le repérer, il se mit à courir sans plus se cacher.

Trudy entendit derrière elle des pas précipités et s'arrêta mécaniquement pour se retourner, tendue. Depuis qu'elle patrouillait, elle se méfiait des bruits de course – surtout dans son dos ! Comme elle n'était pas en uniforme, elle n'était même pas équipée de sa matraque, et fut aussi soulagée qu'agacée de voir Duncan Gillingham se précipiter vers elle.

Au moins n'avait-elle pas affaire à une personne qu'elle aurait préalablement arrêtée, venue régler ses comptes !

Elle s'assura de conserver une expression neutre et posée quand il s'arrêta près d'elle, haletant. Il était vêtu d'une élégante chemise bleu marine, même si sa cravate rouge était de guingois. Ses cheveux noirs et tombants avaient besoin d'une bonne coupe, et les coins de ses yeux verts formèrent de charmantes pattes-d'oie quand il lui sourit.

Qu'il fût si bel homme était réellement insupportable.

— Il me semblait bien vous avoir reconnue ! déclara Duncan avec un sourire. Voilà très longtemps que j'ai envie de vous parler.

— Oh ? fit Trudy avec une moue cynique. Et le fait que vous enquêtiez sur la mort d'Iris Carmody n'a bien sûr rien à voir avec le regain d'intérêt que vous me portez ?

— Honnêtement, non, mentit-il, piqué au vif. Avez-vous bien reçu mes fleurs ?

— Elles ont beaucoup plu à ma mère, répondit-elle simplement.

Il ne put réprimer un éclat de rire.

— Au moins, ces cinq livres ont fait une heureuse.

Trudy se retint impitoyablement de sourire.

— Que voulez-vous, Duncan ? s'enquit-elle en poussant un soupir exagéré.

Lorsqu'ils s'étaient rencontrés pour la première fois, cet homme était déterminé à se faire un nom en se servant de sa plume de journaliste pour accuser la police de fermer les yeux sur une affaire de meurtre. Et il n'avait pas hésité à feindre un intérêt pour elle dans l'espoir de glaner des informations sur l'enquête en cours. Ainsi, elle lui faisait à peu près autant confiance qu'à un chat chargé de veiller sur un poisson rouge.

— Je ne peux pas vous aider, si c'est ce que vous vous imaginez, le mit-elle en garde sans lui laisser le temps de répondre. Je ne travaille pas sur l'affaire Carmody, je ne suis qu'une policière débutante, vous vous souvenez ?

Duncan acquiesça. Il était désormais curieux de découvrir pourquoi elle se baladait en civil dans Middle Fenton avec quelqu'un comme le Dr Clement Ryder.

— Oui, c'est bien ce que je me disais, répliqua-t-il d'un ton doucereux. Cela me disculpe donc, je ne peux pas être là pour le travail. On fait la paix ?

— Si vous n'êtes pas ici en votre qualité de reporter, alors quoi ?

Duncan se fendit d'un sourire engageant.

— Je m'en veux de ce qui s'est passé la dernière fois, déclara-t-il en se rendant compte qu'il le pensait sincèrement – enfin, presque sincèrement. Je ne voudrais pas que vous pensiez que… Enfin, je voulais juste vous dire que… vous me plaisiez vraiment. C'est toujours le cas, s'empressa-t-il d'ajouter. Et je vous admire beaucoup. La façon dont vous faites votre travail. Vous avez du cran. Je tiens vraiment à vous dire que ce n'était pas de la comédie. Que c'était réel.

— Réel ? répéta Trudy, pincée. Qu'est-ce qui était réel ?

Duncan bascula son poids d'un pied sur l'autre.

— Vous savez… cette étincelle entre nous.

— Une étincelle ? répéta-t-elle une nouvelle fois, sans céder un pouce de terrain.

Pris d'un sourire contrit, Duncan ne savait sincèrement pas s'il lui en voulait de lui rendre la tâche si difficile ou s'il l'admirait de ne pas tomber dans le panneau si facilement. Elle ne ressemblait en rien aux autres jeunes femmes qu'il avait rencontrées jusque-là et n'avait pas la moindre idée de la manière dont l'aborder ou de ce qu'elle pourrait lui dire ensuite. En tout cas, elle avait la faculté de le forcer à demeurer toujours en alerte, ce qu'il trouvait plutôt excitant.

Mais il ne la laisserait pas prendre le dessus. Plus que tout, il souhaitait apprendre à la connaître mieux.

— Me serais-je donc vraiment trompé sur toute la ligne ? demanda-t-il en battant des cils d'un air incertain, ainsi qu'il avait appris à le faire avant d'avoir seize ans.

Il avait alors mesuré à quel point faire étalage d'un peu de vulnérabilité facilitait l'accès au cœur des femmes.

— Il m'a semblé que… Eh bien, qu'il existait quelque chose entre nous. J'ai donc fait fausse route ?

Trudy le regarda droit dans les yeux.

— Êtes-vous toujours fiancé ? l'interrogea-t-elle sans ambages.

Il soupira.

— Comme je vous l'ai déjà expliqué, la situation est très compliquée.

Trudy hocha la tête.

— Oh ! oui, je n'ai pas oublié. Vous êtes fiancé à la fille du patron, pauvre de vous.

Duncan se crispa, sentant poindre une colère non feinte.

— Ça n'a rien d'amusant, vous savez ? Je ne veux pas lui faire de peine, parce que c'est une fille bien, alors comment rompre avec elle sans me sentir coupable ? D'un autre côté, je ne suis pas certain que nous soyons bien assortis.

— Pourquoi ne pas simplement lui dire ça ? l'interrogea Trudy, intriguée de voir quel mensonge il allait encore inventer.

Duncan était toutefois trop rusé pour recourir à un lieu commun. Il secoua donc la tête.

— Ce n'est pas si simple. Pensez-vous honnêtement que j'aurais encore un travail demain si je la plaquais sans vergogne ? Allons, j'ai grandi dans le même milieu que vous. Je ne peux pas me permettre de perdre mon emploi.

Ce qui était la vérité. Il supposait donc que cet argument avait plus de chances que tout autre de venir à bout des défenses de la policière. Bien sûr, il ne comptait pas faire carrière pour un journal local. Il ambitionnait de rejoindre Fleet Street[1]. Mais avant cela, il devait d'abord écrire quelques gros articles, s'il souhaitait attirer l'attention de l'un des grands rédacteurs en chef de la capitale.

1. Rue de Londres qui, jusqu'à la fin du XXe siècle, concentrait les principaux organes de presse de la capitale.

Trudy piétina, mal à l'aise, sur le trottoir. En toute justice, elle devait reconnaître qu'il se trouvait effectivement dans une impasse. Elle savait combien il était difficile, pour une personne issue, comme eux, de la classe ouvrière, de conserver un bon emploi.

— Eh bien, je suis navrée, j'espère que vous arriverez à résoudre ce dilemme. Mais en parlant de travail…, glissa-t-elle en désignant l'entrée du commissariat à quelques pas de là. Il faut que j'y aille.

— Acceptez au moins de prendre un café avec moi un de ces jours, demanda Duncan. Pour me prouver que vous ne m'en voulez pas. Vous savez, je n'ai pas du tout cherché à vous prendre pour une imbécile, la dernière fois, mais j'ai l'horrible sensation que c'est ce que vous pensez. Ou que je mens en prétendant que… Oh ! allons, on ne peut tout de même pas discuter ici, au milieu du trottoir.

Il observa avec insistance les badauds qui passaient autour d'eux.

— On ne pourrait pas s'installer quelque part pour bavarder de façon rationnelle ? Nous sommes entre adultes, après tout. Ne nous comportons pas comme des enfants.

Les lèvres de Trudy tressaillirent légèrement. Lequel des deux était le plus puéril ?

— Bon, d'accord, soupira-t-elle.

Autant le laisser parler et lui laisser une chance d'apaiser son ego – ainsi, elle en serait débarrassée pour de bon.

— Formidable. Je vous appelle bientôt, promit-il.

J'ai hâte d'y être, songea Trudy avec cynisme. Toutefois, elle ne put s'empêcher d'éprouver une certaine satisfaction en s'éloignant. Après tout, c'était toujours flatteur de voir un aussi beau garçon si avide de lui plaire.

Le cœur battant un peu trop fort, elle entra au poste de police et se prépara à rapporter à son capitaine ses découvertes de la journée. Même si elle se doutait que celui-ci n'en ressortirait probablement pas très impressionné.

22

Le matin suivant commença par une averse qui, fort heureusement, s'était tarie avant que Trudy et Clement ne rejoignent Middle Fenton. Cette fois, ils descendirent la rue principale jusqu'au bout, puis suivirent une allée plus étroite menant à la ferme Dewberry.

Le soleil refit son apparition, réchauffant rapidement l'air encore humide, et soulevant l'odeur printanière des fleurs et des jeunes pousses si agréable à respirer. Trudy sourit de bonheur par la fenêtre ouverte de la voiture.

Quand ils se rangèrent dans la cour dont le sol fumait légèrement, Ray Dewberry grimpait déjà sur le siège d'un vieux tracteur. Il s'interrompit toutefois en entendant le bruit de leur moteur et se tourna pour les considérer avec méfiance.

Trudy descendit de voiture et le héla.

— Votre fils est-il à l'intérieur, Mr Dewberry ?

Le fermier leur désigna la maison et, tandis qu'ils s'approchaient de la porte de la cuisine, le grondement du tracteur emplit la cour, se réverbérant doucement sur l'allée pavée.

Ronnie faisait la vaisselle quand ils passèrent devant la fenêtre ; ils le virent sursauter légèrement en avisant leur ombre, puis leur faire signe qu'il les rejoignait à la porte.

— Bonjour, les accueillit-il quelques instants plus tard en les considérant tour à tour.

Il paraissait contrarié de les revoir, et Trudy trouvait cela tout naturel : à l'instar de nombreux autres villageois, il espérait sans doute que les choses se tassent au plus vite afin qu'ils puissent reprendre une vie normale. L'existence en milieu rural se ressemblait beaucoup d'une année sur l'autre, et l'immense majorité de ceux qui faisaient ce choix de vie préférait qu'il en aille ainsi.

Toutefois, tant que son capitaine n'aurait arrêté personne pour le meurtre d'Iris Carmody, et que le Dr Ryder et elle n'auraient pas découvert ce qui était arrivé à David Finch, Ronnie Dewberry et le reste des habitants continueraient sans doute à subir ces perturbations constantes.

— Vous voulez entrer ? Je peux faire chauffer la bouilloire, proposa-t-il d'un ton mal assuré.

— Je ne serais pas contre une tasse de thé, accepta Clement.

Il ne manqua pas de remarquer alors comment les épaules du jeune homme commencèrent par se voûter avant qu'il ne fasse un effort manifeste pour se redresser.

— N'ayez pas peur de Bess, dit Ronnie en désignant le chien noir et blanc qui leur aboyait dessus tout en reculant tandis qu'ils passaient le seuil de la porte.

La chienne attendit que la voie soit libre, puis s'éclipsa dans la cour.

Ronnie entreprit de remplir la bouilloire tout en observant son père gagner les champs à bord de son tracteur. Clement eut l'impression qu'il regrettait soudain son absence.

— Nous aurions juste quelques questions supplémentaires à vous poser au sujet de David, déclara le coroner quand ils furent assis à la table de la cuisine devant une tasse fumante.

— Mmmh, mmmh, répondit Ronnie en dodelinant de la tête avant de siroter une gorgée de thé – et de grimacer quand il se brûla la langue.

— Nous avons cru comprendre qu'il tenait un journal, intervint brusquement Trudy, présentant ce nouvel élément comme un fait plutôt que comme une question afin de mieux observer sa réaction.

Il se contracta visiblement avant de froncer les sourcils.

— Un journal ? David ? C'est la première fois que j'entends parler de ça, répondit lentement Ronnie.

— Vous prétendez qu'il n'en tenait pas ? s'étonna Clement.

Son ton, à la fois sec et formel, angoissa visiblement le jeune homme. Celui-ci ouvrit la bouche, et préféra plutôt boire une nouvelle gorgée de thé trop chaud avant de répondre :

— Je dis pas qu'il avait pas de journal, juste que je savais pas qu'il en avait un. C'est pas le genre de truc qu'on raconte à un copain. Cela dit, David a toujours été plus intéressé que moi par la lecture, l'école et tous ces machins-là. Moi, j'aimais bien les romans d'aventures, mais ça me serait jamais venu à l'idée d'écrire des choses. De toute façon, qu'est-ce que j'écrirais ? 6 heures, traite des vaches. 7 heures, clôture en barbelés...

Il pouffa.

— Mais David – il y avait son départ du village, l'université...

Il hésita clairement avant d'ajouter :

— Et aussi Iris. Mais s'il écrivait, je l'ai jamais vu faire. Et il m'en a jamais parlé.

Clement opina.

— Eh bien, merci, vous nous avez été d'une aide précieuse.

Il fit mine de se lever, puis se ravisa.

— Oh... En admettant qu'il ait effectivement tenu un journal, avez-vous la moindre idée de l'endroit où il pouvait le cacher ?

Ronnie, qui avait cru sa séance de torture terminée, cligna des yeux d'un air perplexe.

— Comment ça ?

— Nous ne l'avons pas retrouvé parmi ses affaires personnelles, lui expliqua Clement patiemment.

Ils n'avaient pas encore demandé aux Finch s'ils étaient tombés sur un tel carnet à la maison, mais cela paraissait peu vraisemblable. Si le père du garçon avait mis la main dessus, il l'aurait apporté lors de l'enquête judiciaire ; surtout si, ainsi qu'ils le soupçonnaient désormais, David y renseignait le résultat de ses propres investigations.

— Il avait peut-être une cachette préférée quand vous étiez enfants ? suggéra Trudy. Un trou dans un arbre, par exemple, ou sous une large pierre, ou dans un autre lieu secret de la ferme ?

— Oh ! je vois ce que vous voulez dire, répondit Ronnie en secouant la tête. Mais pour être honnête, j'en sais rien. On avait bien nos « cabanes » dans les bois, et puis cette porcherie abandonnée qui nous servait de fort romain – mais c'est ouvert aux quatre vents, ça doit pas être bon pour le papier.

Après que les enquêteurs eurent pris congé, Ronnie regarda la voiture s'éloigner en se mordillant la lèvre nerveusement.

Était-il possible que David tînt un journal ?

Il sentit la sueur lui picoter le front et les paumes, la nausée le gagner.

S'il y avait consigné tout ce qui lui était arrivé au cours des mois écoulés… que diable avait-il bien pu y noter ?

23

Janet Baines fut à la fois surprise et inquiète quand Trudy et Clement ouvrirent le portillon du jardin et remontèrent l'allée. Par chance, elle était assise sur la banquette près de la fenêtre à l'avant de la maison et put bondir dans le couloir pour leur ouvrir la porte avant qu'ils aient eu l'occasion de sonner.

Elle avait espéré qu'ils se satisferaient de ce qu'elle leur avait révélé la dernière fois, qu'elle n'aurait pas à subir un nouvel interrogatoire, et éprouva en conséquence un accès de colère qu'elle s'empressa de réprimer.

Elle sortit et veilla à bien refermer derrière elle pour les dissuader d'entrer ; Trudy fut surprise par une telle démonstration d'hostilité.

Janet se fendit malgré tout d'un sourire incertain et déclara :

— Maman prépare le repas. J'espère que ça ne vous ennuie pas, mais je préférerais qu'on ne la dérange pas. Il lui arrive de se laisser… déborder par les émotions. Je ne voudrais pas la contrarier inutilement.

Trudy hocha la tête. Comment lui reprocher de ne pas vouloir voir sa mère se mêler de ses affaires ? La policière n'avait rencontré l'intéressée qu'une seule fois, mais cela lui avait suffi à comprendre que Mrs Baines était du genre à toujours vouloir savoir où se trouvait sa fille et ce qu'elle fabriquait. Ce qui, à n'en pas douter, devait se révéler usant.

— Très bien. Y a-t-il un endroit où nous pourrions discuter en privé ? s'enquit-elle avec un sourire conspirateur.

Janet jeta un regard nerveux par-dessus son épaule.

— Allons nous asseoir sous le pommier, de l'autre côté de la maison.

Elle leur fit traverser le grand jardin bien entretenu, orné d'ancolies et de myosotis, de pivoines lie-de-vin et d'un magnifique lilas double odoriférant en pleine floraison. Une fois sous le fruitier épanoui, Clement balaya feuilles et brindilles avant de prendre place sur le banc ; Trudy s'installa au milieu, Janet à l'autre extrémité.

— Nous venons de nous entretenir avec Ronnie Dewberry, annonça la policière.

Comme Janet rougissait et se dérobait à son regard, Trudy se demanda une fois de plus s'il pouvait exister quelque chose entre la jolie jeune femme et le fils du fermier.

— Oh ? Comment va-t-il ? demanda Janet d'un ton désinvolte.

— Eh bien, son meilleur ami lui manque, mais à part ça, il va bien. Nous voulions lui poser une question sur David.

Trudy sentit Janet se crisper légèrement contre son épaule. Peut-être consciente de ce réflexe, la jeune femme repoussa une mèche égarée derrière son oreille et voulut s'écarter de quelques centimètres. Malheureusement pour elle, le siège était étroit, et elle n'y parvint pas tout à fait.

— Ah ? finit-elle par articuler.

— Iris vous a-t-elle dit que David tenait un journal ?

Tandis que Janet essayait de s'éloigner, Trudy en avait profité pour se rapprocher imperceptiblement, si bien que le haut de leurs bras se touchait et que la réaction de stupeur fut évidente : Trudy sentit un frisson la parcourir brièvement. Quand elle se tourna pour scruter le profil de Janet, l'expression de celle-ci ne trahissait rien.

La policière était cependant certaine de ne pas se tromper.

— Iris ne parlait pas souvent de David, mentit Janet, qui fut néanmoins impressionnée d'entendre sa voix si convaincante.

Elle n'avait jusqu'alors pas conscience d'être bonne actrice, un art plutôt réservé à sa meilleure amie.

Sachant que les enquêteurs attendaient qu'elle développe, elle haussa légèrement les épaules.

— Iris aimait surtout parler d'elle et de ses projets d'avenir, de ce qu'elle faisait, de ce qu'elle désirait, ce genre de choses. Les autres ne l'intéressaient pas vraiment – sauf quand ils pouvaient lui être utiles.

Janet songea avec amusement que tout ceci était finalement assez juste.

— Elle avait l'air un peu imbue d'elle-même, commenta Trudy.

— On peut dire ça, oui, mais ce n'était pas dérangeant. C'est difficile à expliquer, mais, avec elle, tout le monde se sentait tellement plus *vivant*. On ne s'ennuyait jamais avec Iris. Elle était tellement joyeuse et… je ne sais pas… C'était une vraie force de la nature. On arrivait à croire qu'elle était capable d'affronter le monde entier et de gagner. C'est sans doute pour ça que tous les garçons la courtisaient, conclut-elle dans un sourire ironique.

— David devait les repousser à coups de bâton, non ? la taquina doucement Trudy.

— Je suppose que oui. Et Iris adorait le voir jaloux.

— Et d'après ce que nous avons pu entendre, elle lui donnait de bonnes raisons de l'être. Et pas seulement avec des hommes jeunes, célibataires et sans attaches, n'est-ce pas ? poursuivit Trudy en s'efforçant de conserver un ton badin.

— Oh ! vous parlez des types plus âgés... Ça n'avait rien de sérieux, juste des flirts sans lendemain. Les hommes de ce village...

Janet éclata d'un rire bref.

— Les hommes en général se comportent parfois de façon idiote avec les filles, vous ne trouvez pas ? Certains d'entre eux prenaient les choses un peu trop sérieusement, mais Iris les remettait toujours à leur place quand cela arrivait.

— Je présume que leurs épouses n'appréciaient pas trop.

— Non, mais Iris s'en moquait. Elle les traitait de vieilles bonnes femmes ennuyeuses. Elle disait toujours qu'elle ne se marierait jamais et n'aurait pas d'enfants... en un sens, l'avenir lui a donné raison, n'est-ce pas ?

Trudy étudia son profil, quelque peu surprise par l'absence de compassion dans son ton, mais une fois encore l'expression de Janet demeura neutre.

— Vous ne savez donc rien d'un éventuel journal que David aurait pu tenir ?

— C'est la première fois que j'en entends parler, affirma Janet.

Un nouveau mensonge éhonté, qu'elle se félicita intérieurement d'avoir rendu si crédible. Ce n'était finalement pas si difficile, de jouer la comédie. N'importe qui pouvait y parvenir, à condition de s'en donner la peine. Dire qu'Iris en faisait des tonnes sur les difficultés du métier d'actrice !

— Et s'il en avait tenu un, avez-vous la moindre idée de l'endroit où il aurait pu le cacher ?

— Pardon ? la fit répéter Janet, qui, perdue dans sa rêverie, n'avait entendu que la fin de la question.

— C'est juste que David n'aurait sans doute pas conservé son journal intime chez lui, où sa mère aurait pu tomber dessus.

Nous nous demandions donc si vous connaissiez une cachette où il aurait pu le laisser ? expliqua Trudy.

Le cœur de Janet s'emballa légèrement, mais elle répondit sans hésiter.

— Navrée, mais je n'en ai aucune idée. Même si nous étions tous à l'école ensemble, je n'étais pas très proche de David, murmura-t-elle en se détournant pour contempler un rouge-gorge, qui scrutait la pelouse en quête du moindre insecte susceptible de s'y faufiler.

Elle gagnait en confiance, mais n'estimait toujours pas très judicieux de regarder ses visiteurs en face. La fille semblait particulièrement gentille et naïve, mais le Dr Ryder, toujours calme et songeur, était doté d'yeux particulièrement pénétrants.

— Très bien, nous vous remercions pour votre temps, conclut Trudy, un peu déçue.

— Je vous en prie, répondit Janet.

Elle se leva en même temps que les enquêteurs et les raccompagna jusqu'au portillon. Ses genoux étaient un peu gourds, et elle était certaine de marcher curieusement. Elle avait la conviction de sentir leurs deux paires d'yeux rivées sur un point entre ses omoplates, mais peut-être sa mauvaise conscience lui jouait-elle des tours. Et en effet, quand elle osa jeter un coup d'œil en arrière, elle se rendit compte qu'ils avaient disparu.

Les soupçonnant de l'épier par un trou dans la haie, elle ouvrit la porte d'entrée et se réfugia à l'intérieur, avant de refermer avec un profond soulagement. Le cœur battant la chamade, elle resta adossée contre le battant à prendre de grandes inspirations apaisantes.

Même si elle avait pris un malin plaisir à leur mentir, elle avait trouvé cela épuisant. Elle se demanda avec amertume si

Iris n'avait pas eu raison de la traiter de petit modèle de vertu incapable de s'amuser.

— Ma chérie ? Il y avait quelqu'un à la porte ? s'enquit sa mère depuis la cuisine, manquant la faire sursauter.

— Non, c'était moi. J'avais cru entendre le facteur, mais je me suis trompée. Je remonte, maman.

— D'accord, trésor. Le repas sera prêt à midi.

Janet gravit les marches sans répondre, sentant ses jambes flageoler sous elle.

Elle n'avait pas divulgué son secret, s'y raccrochant tel un mendiant savourant le contact de l'or. Car, évidemment, Iris lui avait depuis longtemps parlé non seulement du journal de David, mais aussi de l'habitude qu'il avait de griffonner dans d'autres carnets, sur lesquels il couchait idées et pensées lorsqu'elles lui venaient. Ce devait être dû à l'ingénieur qui sommeillait en lui, avait suggéré Janet, mais Iris s'en amusait souvent. « Vraiment, Jan, je me demande bien ce qu'il peut trouver à écrire ! Il est tellement rasoir, sa vie est tellement rasoir, tout ici est tellement *rasoir*... »

Elle se jeta sur son lit pour contempler le plafond, entendant presque la voix de sa défunte amie dans son oreille.

Cela ressemblait bien à Iris de se moquer d'une chose aussi intime. Janet lui avait un jour demandé si elle avait déjà lu le journal de David, mais Iris avait nié – de toute manière, elle savait tout ce qu'il y avait à savoir sur lui.

Ce qui était sans doute vrai, reconnut Janet avec un sourire sinistre. Iris avait le chic pour découvrir les plus petits secrets de chacun... surtout des membres du sexe opposé.

Elle se tourna sur le côté, se demandant si Ronnie avait lui aussi des secrets... Mais cette pensée lui déplut, alors elle la repoussa pour se concentrer sur l'instant présent.

Elle resta un long moment allongée sur son lit, s'efforçant de se détendre, de se calmer, de penser de façon rationnelle. Mais ça n'était pas si facile. Elle était si excitée ! Car elle prenait peu à peu conscience que, pour une fois dans son existence si banale, elle savait une chose que tout le monde ignorait. Elle en retirait un certain sentiment de puissance.

Une sensation inédite pour elle.

Elle avait passé sa vie à faire ce qu'on lui demandait, à être obéissante, à ne jamais courir le moindre risque.

Désormais, elle trouvait merveilleusement grisant d'avoir enfin tous les atouts en main.

Peut-être.

Janet s'assit lentement, et ramena les genoux sous son menton. Elle devait réfléchir. Vraiment réfléchir. Et faire très attention à ce qu'elle allait entreprendre ensuite.

24

— C'est moi, ou Janet s'est bien vite remise de la mort d'Iris ? s'enquit Trudy.

Ils s'éloignaient du cottage des Baines et s'enfonçaient dans le village, où vivait la famille Finch.

— Non, j'ai eu l'impression qu'elle avait d'autres choses en tête, répondit Clement.

— Elle a failli sauter dans l'arbre quand j'ai évoqué le journal de David. Je suis sûre qu'elle…

— Chuuuut, l'interrompit Clement d'un ton pressant.

Il avait le sentiment qu'il était déjà trop tard. Trois enfants – deux filles et un garçon entre huit et dix ans – jaillirent du buisson où ils étaient tapis et détalèrent en gloussant.

— Oh ! mince ! pesta Trudy. Vous pensez qu'ils m'ont entendue ?

— Je le crains, soupira Clement.

Trudy se serait giflée. Elle savait comment la rumeur se répandait dans les petits villages : avant l'heure du thé, tous les habitants de Middle Fenton ne parleraient que du carnet du défunt.

— Ça n'a sans doute pas d'importance, tenta de la consoler Clement.

Toutefois, au fond de lui, il ne pouvait s'empêcher d'éprouver un certain malaise. Si ce journal existait bel et bien, il y avait fort à parier que son contenu était de nature à compromettre la personne ayant étranglé la reine de mai ; et il avait de plus en plus tendance à croire que cette personne-là n'était *pas* David Finch.

Ainsi, dès que le tueur (ou la tueuse ?) aurait vent de la possible existence de ce document, il chercherait sans doute désespérément à mettre la main dessus, et cette perspective n'avait rien de rassurant. D'autant que Clement était enclin à croire qu'un assassin capable de mettre en scène de façon si spectaculaire la mort d'Iris Carmody devait être assez instable d'un point de vue émotionnel. Laisser libre cours à ses sentiments au point de vouloir exposer le corps de sa victime ligoté au mât du pré communal témoignait d'une psychologie particulièrement dérangée. Cet acte n'avait pu être commis que par un être fou d'amour, de rage ou de désespoir – peut-être même d'un mélange des trois.

Et si la peur venait à s'ajouter à ce cocktail déjà instable, cette personne deviendrait d'autant plus imprévisible.

— Si seulement nous pouvions mettre la main sur ce maudit journal, maugréa-t-il.

Trudy acquiesça. Elle s'en voulait d'avoir été si imprudente en évoquant l'affaire au beau milieu du village. Cela lui servirait de leçon ! Elle aurait dû se douter que leur présence attiserait la curiosité des enfants du village, qui chercheraient à apprendre ce qu'ils manigançaient. Le pouvoir d'attraction que cela leur procurerait sur leurs copains serait phénoménal.

Se sentant particulièrement désespérée tandis qu'ils se dirigeaient, dans un silence tendu, vers la résidence Finch, elle cherchait encore à s'arracher à ses ruminations maussades quand Clement frappa sèchement à la porte. Se fustiger ne résoudrait rien, et elle ne pouvait s'autoriser la moindre distraction. Comme le Dr Ryder venait de le souligner, ils devaient absolument retrouver ce carnet, et les parents de David incarnaient sans doute leur meilleure chance d'y parvenir.

Elle s'attendait à ce que Mrs Finch leur ouvre cette fois encore, et fut déconcertée de se retrouver face au commissaire Finch en personne. Elle ne lui avait encore jamais été présentée personnellement, mais l'avait vu témoigner au cours de l'enquête judiciaire.

Instinctivement, elle se mit au garde-à-vous.

— Commissaire, dit-elle vivement.

Elle était préparée à ce qu'il la remarque à peine, les hommes d'autorité ayant coutume d'engager la conversation avec d'autres personnes du sexe fort. Elle fut donc profondément étonnée de voir son officier supérieur lui adresser un sourire chaleureux en lui tendant la main.

— Agent Loveday, ravi de vous voir. Félicitations ! Je suis sincèrement ravi de vos progrès. Entrez et racontez-moi tout. Je savais que j'avais raison de vous charger tous deux d'enquêter sur la mort de David !

Trudy cligna des yeux et adressa à Clement un regard déconcerté. Des félicitations ? Mais à quel titre, au juste ? Quels progrès avaient-ils accomplis ?

Clement, tout aussi interloqué, répondit d'un haussement d'épaules presque imperceptible.

Trudy pénétra avec appréhension dans le vestibule du commissaire et le suivit jusqu'au petit salon. Sa femme devait être sortie, car il leur indiqua les fauteuils d'un geste impatient et prit place sur le petit canapé.

— Vous n'imaginez pas combien j'ai été heureux de recevoir cet appel du capitaine Jennings hier soir, déclara-t-il. Vous avez fait preuve d'une grande capacité de déduction, agent Loveday.

Il se passa la main sur la figure. En dépit de sa bonne humeur, il était pâle et fatigué. Trudy éprouva un élan de compassion à son égard, en tâchant de comprendre ce que tout ceci signifiait.

— Euh, merci, commissaire, répondit-elle.

Quand elle avait pointé au bureau ce matin-là, le capitaine Jennings n'était pas présent. Elle nageait dans le brouillard le plus absolu.

— Même si la preuve n'est que circonstancielle, elle est révélatrice. Oh oui, nous pouvons l'affirmer sans risque. Et elle suffit clairement à remettre en cause le verdict du suicide.

Trudy déglutit, consciente qu'elle ne pourrait repousser l'échéance plus longtemps : elle allait devoir admettre, à sa grande honte, qu'elle n'avait pas la moindre idée de ce dont pouvait parler le commissaire, passant ainsi pour la dernière des idiotes. Et ce alors qu'elle n'avait pas fini de se morigéner pour sa bourde devant les enfants du village.

Par chance, il reprit la parole sans lui laisser le temps de l'interroger.

— Oui, faire analyser cet escabeau était un véritable coup de génie ! s'exclama Keith Finch en la gratifiant d'un nouveau regard reconnaissant.

L'escabeau !

Trudy, qui n'avait jusqu'alors pas conscience de la tension qui l'habitait, sentit ses épaules s'affaisser de soulagement lorsqu'elle comprit enfin. Les résultats d'analyses avaient dû confirmer que le bois du barreau était effectivement vermoulu – et l'expert, affirmer que l'escabeau n'aurait pas pu supporter le poids d'un homme.

— Bien sûr, Jennings a souligné que David connaissait bien la grange, et qu'il savait peut-être que le marchepied était un peu branlant. Mais je lui ai répliqué – avec la plus grande fermeté, soyez-en sûrs –, que c'était parfaitement hors de propos. Une personne ayant décidé d'en finir, surtout sous l'emprise de somnifères, n'aurait jamais eu la présence d'esprit d'éviter les barreaux d'une échelle qui risquait de ne pas soutenir son poids, vous ne croyez pas ? demanda le commissaire Finch, les observant tour à tour. Ce n'est tout simplement pas plausible, si ?

— J'ai tendance à penser comme vous, admit Clement, sentant sa jeune partenaire encore un peu tendue. J'en déduis que le capitaine Jennings…

Il fit preuve de diplomatie en laissant sa phrase en suspens.

— … doit donc revoir toute sa théorie, confirma joyeusement le commissaire. Effectivement. Enfin, disons qu'il ne doit plus être si certain que l'affaire est aussi limpide qu'elle y paraissait. Ce que je considère personnellement comme un bond de géant. Et donc… ?

Il se pencha en avant et considéra Trudy avec une impatience manifeste.

— Maintenant que les choses avancent enfin, que comptez-vous faire ?

25

Trudy avala sa salive. Ce qu'ils comptaient faire ? L'espace d'une atroce seconde, aucune idée ne lui vint, et elle se raccrocha à la première pensée qui lui traversa l'esprit.

— Eh bien, nous nous sommes entretenus avec un certain Mortimer Crowley. Je ne sais pas si le capitaine Jennings vous a parlé de lui ?

Par chance (et à sa grande stupeur), elle avait réussi à articuler ces paroles d'une voix calme et assurée.

Clement s'inclina légèrement dans son fauteuil et, semblant deviner qu'elle avait besoin de quelques instants pour recouvrer son sang-froid, il enchaîna naturellement :

— Il me semble qu'il habite au village depuis quelques années. Peut-être l'avez-vous déjà croisé, commissaire ?

Keith Finch eut une moue sinistre.

— Oui, et oui : le capitaine Jennings m'a fait savoir qu'il avait été suspecté dans le meurtre d'Iris il n'y a pas si longtemps. Apparemment, il organise des soirées extravagantes avec quelques-uns de ses amis de Londres. Le capitaine ignore si les rumeurs de drogue et de débauche qui entourent sa clique sont avérées, mais les habitants ont tendance à le considérer d'un mauvais œil. Et Iris s'était acoquinée avec lui.

— Chose qu'il conteste, grommela Clement.

— Oui, eh bien, ça n'a rien de surprenant, si ? répliqua Keith Finch laconiquement. Et oui, naturellement, je l'ai déjà croisé çà et là, et nous avons échangé certaines banalités, mais je ne peux prétendre le connaître. Ni en avoir envie. Mais depuis que j'ai appris qu'il était apparu dans l'enquête concernant Iris, j'ai déployé mes antennes ici et là, et – du point de vue de la loi, en tout cas – il semble irréprochable. Il a hérité une grosse somme d'argent de sa défunte épouse, et a investi l'essentiel dans l'immobilier ou des galeries d'art.

Le commissaire marqua une pause et joignit par habitude le bout des doigts, avant de se fendre d'un sourire ironique.

— Comme vous le savez sans doute, les batifolages ne manquent pas, dans le monde de l'art – j'en ai touché un mot à un type spécialisé dans les contrefaçons, et ce qu'il m'a raconté m'a fait dresser les cheveux sur la tête. Croyez-moi, je ne regarderai plus jamais du même œil les tableaux exposés dans les musées. Ceci étant dit, le nom de notre ami Crowley n'est jamais apparu en lien avec la moindre affaire un peu louche. Il ne semble pas intéressé par les faux Corot ou je ne sais quoi, et s'est plutôt spécialisé – de façon assez discrète – dans la découverte et la promotion de jeunes talents. Apparemment, le marché raffole des peintres de la nouvelle génération.

Il haussa les épaules.

— Cependant, que ses affaires soient en ordre ne signifie rien. Si Iris a effectivement eu des démêlés avec lui, ceux-ci ne sont pas professionnels, mais personnels.

— C'est aussi ce que je pense, acquiesça Clement. Corrigez-moi si je me trompe, mais le plus évident serait qu'elle ait rencontré quelqu'un de peu recommandable durant l'une de ces soirées et que les choses aient quelque peu dérapé, n'est-ce pas ?

Le commissaire hocha la tête en fronçant les sourcils.

— Oui, mais je ne sais pas si le capitaine Jennings prend cette piste très au sérieux. Cela impliquerait qu'Iris ait rencontré un homme qui se serait complètement épris d'elle et l'aurait étranglée dans un accès de… eh bien, comment savoir ?

Il jeta un rapide coup d'œil à Trudy, qui semblait si jeune et innocente, et dut se rappeler qu'il avait affaire à une remarquable policière. Se raclant la gorge, il reprit :

— Mais si Iris a effectivement rencontré quelqu'un d'instable ou sous l'emprise de la drogue, ou peut-être un pervers sexuel, il semble curieux que personne n'en ait trouvé la moindre trace. Nous sommes après tout dans un petit village, pas dans une grande ville. Un individu étrange aurait été aussitôt remarqué et observé.

Clement opina d'un air sombre.

Toutefois, le commissaire Finch n'en avait pas tout à fait terminé.

— Cependant, je n'ai pas envie d'innocenter ce Crowley si vite. Quand je me suis renseigné à son sujet, l'un de mes amis du club de golf m'a confié qu'il connaissait un certain Rhys Owen, qui serait apparemment assez proche de Mortimer Crowley et de ses copains artistes. D'après lui, ce Rhys est souvent soûl et d'humeur à se vanter de ses rencontres avec le sexe opposé. Il aurait notamment affirmé avoir participé à une ou deux soirées pas piquées des hannetons. J'ai voulu l'interroger pour en apprendre davantage, mais je n'ai pas réussi à mettre la main sur lui. J'ignore s'il me fuit parce que je suis de la police ou le père de David. Peut-être aurez-vous plus de chance ?

— Oui, commissaire, répondit Trudy en prenant cette question pour un ordre. Nous en ferons notre priorité.

Elle inspira alors un grand coup avant de se tourner vers Clement pour trouver du courage.

— Il y a encore une chose qui pourrait nous être très utile, monsieur, se lança-t-elle enfin. Savez-vous si David tenait un journal intime ?

Son supérieur la dévisagea brièvement en clignant les paupières.

— Je n'en suis pas certain. Qu'est-ce qui vous fait croire ça ?

— Quelqu'un nous a dit l'avoir vu griffonner dans une espèce de calepin, expliqua-t-elle évasivement, ne voulant pas donner de faux espoirs au père éploré. Bien sûr, il aurait pu commencer ce journal très récemment – après la mort d'Iris.

— Ça serait du David tout craché, répondit le commissaire en hochant la tête. Il était très méthodique, vous savez. Méticuleux. Sans doute son côté ingénieur en devenir…

Il s'interrompit et dut s'éclaircir la voix.

— Mon fils n'a pas tué cette fille, agent Loveday, j'en suis certain. Mais vous avez raison, ajouta-t-il en redressant brusquement les épaules. S'il tenait un registre quelconque, il est capital que nous mettions la main dessus. Sa mère aura peut-être une idée…

Il claqua soudain des doigts quand une illumination lui vint.

— J'irai moi-même fouiller son logement à l'université. Ses affaires sont toujours là-bas. Avec tout ce qui nous est tombé dessus, nous n'avons pas encore eu le courage de les récupérer. Je me giflerais de ne pas l'avoir fait plus tôt. Je suis certain que le capitaine Jennings a déjà envoyé quelqu'un vérifier, mais ils ont pu passer à côté. David était doué pour trouver des cachettes.

Trudy ouvrit la bouche pour protester – certaine que l'idée déplairait au capitaine Jennings –, mais préféra garder ses objections pour elle. Elle ne voulait surtout pas se retrouver prise au milieu d'une querelle intestine entre ses supérieurs.

— Oui, commissaire, répondit-elle alors docilement.

— Bien, nous ferions mieux de vous laisser tranquille, décréta Clement en se levant.

Quand elle se tourna vers lui, Trudy lui trouva la mine sinistre. Cette réaction était si inattendue que son cœur manqua un battement. Qu'est-ce qui avait pu le contrarier ainsi ? Elle essaya de se remémorer chaque instant de l'entretien, mais elle ne trouva rien qui justifiât les mâchoires serrées du coroner.

Une fois dehors, et tandis qu'ils regagnaient l'endroit où était stationnée la voiture, elle coula un nouveau regard vers Clement, dont l'expression n'avait pas changé.

— Quelque chose ne va pas ? s'inquiéta-t-elle après s'être assurée que les environs étaient déserts et que personne ne les épiait.

Clement secoua la tête en grommelant. Cela ne lui plaisait pas, mais il connaissait son devoir. Une fois la maison hors de vue, il se tourna vers Trudy pour la regarder droit dans les yeux.

— Je n'aime pas l'idée que le commissaire aille fouiller dans le journal de David, déclara-t-il. Et même s'il m'en coûte de le dire – je ne pensais pas avoir à le faire un jour –, vous devriez trouver une cabine téléphonique pour informer immédiatement le capitaine Jennings de *tout* ce que nous avons découvert. Non seulement de l'existence possible de ce carnet, mais aussi de la nécessité d'envoyer une nouvelle équipe fouiller son logement à l'université.

— Mais pourquoi ? Je doute qu'il s'y trouve de toute façon, répondit-elle, surprise par le ton sec de son partenaire. Si David consignait les faits et gestes d'Iris ou tentait de découvrir son meurtrier, il aurait sans doute plutôt gardé son journal sur lui, non ?

— Très probablement. D'un autre côté, il pourrait aussi y avoir deux carnets – son habituel, qu'il aurait pu laisser sur place, et un plus récent, qu'il aurait utilisé pour son enquête au village. N'oubliez pas qu'il n'était censé revenir que pour la célébration du 1er Mai. Il n'aurait pas forcément apporté son journal pour un séjour aussi bref.

— En ce cas, il ne doit rien y avoir de pertinent à l'intérieur ? insista Trudy.

Elle ne comprenait toujours pas où son mentor voulait en venir ni pourquoi il lui en voulait tant – car c'était manifestement le cas.

— Seulement ses réflexions concernant Iris ! aboya presque Clement. Et qui sait ce qu'il aurait pu consigner ? Ses soupçons concernant d'autres hommes qu'elle aurait pu fréquenter, des remarques sans importance sur des lapins qu'elle aurait pu lui poser ou qui sait quel autre indice. Il est capital que l'équipe qui enquête sur le meurtre d'Iris mette la main dessus. Et que le commissaire Finch ne s'en empare pas, conclut-il, catégorique.

Il la dévisageait presque avec froideur, désormais, conscient de la tension qui l'habitait. La suite ne plairait pas à son amie, il le savait, et détestait l'idée d'avoir sa première dispute avec elle, mais cela lui paraissait inévitable.

Trudy cilla.

— Que voulez-vous dire ? Pourquoi empêcher le commissaire de mettre la main sur le journal de son fils ? Son contenu pourrait bien prouver son innocence, vous l'avez dit vous-même.

— Servez-vous de votre tête, ma petite, la rabroua-t-il. Pour autant que nous le sachions, *le journal du garçon pourrait tout aussi bien nous prouver le contraire !*

Trudy se débattit un instant avec cette information – puis, dans un accès d'indignation, elle comprit.

— Vous pensez que David a bel et bien tué Iris, finalement – et qu'il l'a consigné dans son journal ? l'accusa-t-elle, se sentant, pour quelque étrange raison, curieusement trahie par son mentor.

Clement ravala un juron.

— Je n'en sais rien, et vous non plus. Et c'est précisément le problème. En réalité, je crois que si David l'a effectivement tuée, il n'aurait pas été assez stupide pour l'avouer par écrit. Mais il peut aussi l'avoir assassinée et ne rien avoir consigné sur le papier. Auquel cas, les entrées précédentes pourraient nous en apprendre plus sur son état d'esprit – sa désillusion croissante vis-à-vis d'Iris, par exemple. Il a pu rédiger certains passages sous l'effet de la colère, trahissant ainsi ses émotions. Tout cela pourrait plaider en sa défaveur. Et si son père le découvre…

Clement inspira profondément avant de conclure :

— Qu'est-ce qui l'empêcherait de détruire les preuves ?

Trudy fut tellement choquée par cette accusation qu'elle recula d'un pas. Elle considéra un moment l'expression sévère de Clement, puis fit un deuxième pas en arrière.

— Vous ne pouvez… vous ne pouvez pas affirmer ça en parlant de quelqu'un comme le commissaire Finch, souffla-t-elle. Il ne ferait jamais une chose pareille !

— Ah non ? Et pourquoi pas ? Nous parlons d'un père éploré, prêt à tout pour sauver la réputation de son fils. Et peut-être sa carrière. Il est peu vraisemblable qu'il conserve un avenir dans la police s'il s'avère que son fils est suspecté de meurtre, vous ne croyez pas ?

Les prunelles de Trudy s'embrasèrent.

— Vous ne pouvez pas dire ça ! répéta-t-elle.

Mais en dépit de la colère et de l'indignation qui l'animaient, et alors que l'effet de surprise commençait à se dissiper, elle devait reconnaître que son ami n'avait peut-être pas tort. Le commissaire Finch pourrait très bien détruire le journal s'il craignait que celui-ci n'accuse David. Ce serait humain, après tout. Pourtant… Elle savait que la réputation du commissaire était absolument irréprochable. Et à présent qu'elle l'avait rencontré, elle ne l'imaginait pas trahir tout ce pour quoi il avait travaillé, tout ce qu'il avait toujours défendu… Mais après tout…

Clement la vit blêmir, puis rougir, puis pâlir de nouveau. Il attendit patiemment qu'elle eût fait du tri dans ses idées, comprenant le trouble qui l'agitait. Sa grande implication et tout ce qu'on lui avait toujours enseigné la poussaient à croire que ses supérieurs étaient forcément honorables, dignes de confiance et incorruptibles.

Cependant, elle n'était plus cette jeune débutante innocente qu'il avait rencontrée naguère. Au cours des deux années écoulées, elle avait participé à l'arrestation de cinq meurtriers et dû gérer les conséquences tragiques de leurs crimes. Elle apprenait, et vite, que le monde n'était pas uniquement teint de noir profond et de blanc virginal, mais d'une infinité de nuances de gris.

La jeune policière se retrouvait désormais confrontée à un dilemme. Allait-elle faire « ce qui était juste » – informer le capitaine Jennings ainsi qu'il le lui avait intimé, et « trahir » le commissaire Finch ? Ou se murer dans un silence diplomatique ?

Clement sentit sa jambe gauche se mettre à trembler. Le moindre accès de stress lui provoquait désormais une crise. Il s'appuya subrepticement contre la clôture derrière lui et fit porter l'essentiel de son poids sur sa jambe droite. Au moins Trudy était-elle trop perturbée pour le remarquer, songea-t-il avec soulagement.

Il veilla à respirer lentement, posément, tout en la regardant se débattre avec sa morale, tristement conscient qu'il ne pouvait absolument rien faire pour l'aider.

26

Angela Baines commençait à s'inquiéter. Cela ne ressemblait pas à Janet de rentrer si tard à la maison. Il lui avait fallu mettre le dîner au four pour le maintenir au chaud – elle était incapable de manger seule alors que Janet, qui avait toujours été respectueuse des règles et savait à quelle heure le repas du soir était servi, aurait dû se trouver avec elle.

Angela faisait nerveusement les cent pas devant la fenêtre de l'entrée, s'arrêtant de temps à autre pour scruter le portillon dans l'espoir de voir sa fille le pousser enfin. Toutefois, le seul mouvement au jardin était celui d'un pinson solitaire en quête d'éphémères pour nourrir sa couvée.

Elle jeta un nouveau coup d'œil à l'horloge murale en forme de soleil. Cette récente acquisition aurait dû lui offrir beaucoup de satisfaction, mais, ce jour-là, elle contemplait sans émotion ce symbole de modernité résolue. Celui-ci lui répétait pourtant toujours la même chose : que sa fille n'était toujours pas rentrée, malgré les secondes qu'il égrenait.

Angela essayait de contenir un élan de panique de plus en plus incontrôlable. Après tout, Janet aurait probablement une très bonne excuse à faire valoir. Peut-être avait-elle subi une panne de bus en rentrant de la ville ? Il s'agissait forcément d'un événement de cet acabit, rien de très grave. Contrairement à d'autres filles, qui causaient sans cesse du souci à leurs parents, Janet s'était toujours montrée très sage.

Tout le contraire d'Iris.

Angela était soulagée que celle-ci soit morte et n'en éprouvait aucune honte. Cette mijaurée avait été une source intarissable d'ennuis à compter du jour où elle avait su parler et marcher, mais quand elle s'était mis en tête de fuir à Londres, elle était devenue véritablement dangereuse.

Combien de nuits d'insomnie avait pu passer Angela, à s'inquiéter que cette affreuse gamine parvienne à dévoyer sa Janet ? Qui sait ce qui aurait pu arriver. On entendait tant d'histoires horribles de jeunes filles se rendant à Londres et y disparaissant corps et biens.

Au moins ce cauchemar ne venait-il plus la hanter. Une mère avait pour devoir sacré de protéger ses enfants, non ?

Elle s'arrêta une nouvelle fois devant la fenêtre pour foudroyer du regard ce portillon qui demeurait obstinément clos.

Mais qu'est-ce qui peut bien la retenir ? Angela consulta de nouveau l'horloge qui tictaquait placidement et eut l'envie soudaine de l'arracher du mur pour briser ces rayons de soleil en bois ridicules qui en irradiaient. Elle voulut la réduire en miettes avant de tout jeter à la poubelle.

Quelle mouche l'avait piquée, le jour où elle avait acheté ce maudit bibelot ?

Elle se força à laisser pendre ses mains tremblantes le long de son corps et à prendre de grandes et profondes inspirations. Inutile d'avoir un de ses « accès », comme le lui répétait souvent sa mère quand elle était enfant.

Certes, il ne s'agissait à l'époque que de caprices de petite fille, et elle n'avait plus éprouvé un tel bouillonnement d'émotions depuis bien longtemps. Depuis la mort de son mari, en réalité. Il est vrai qu'il lui arrivait, au cours de nuits particulièrement longues ou sombres, de rester allongée pendant des heures à se faire du mouron. Chaque fois qu'elle avait vécu une journée particulièrement stressante, elle se demandait si elle avait eu un « accès », avant de basculer dans l'une de ses rêveries et de tout oublier.

Comment savoir, alors, ce qui s'était vraiment produit ?

Angela Baines secoua furieusement la tête. Quelle importance ? Janet n'était pas rentrée à la maison. Voilà ce qui comptait.

Elle recommença à arpenter la pièce en se tordant les mains. S'il arrivait quelque chose à sa fille, elle ne s'en remettrait pas. C'était impossible. Elle était toute sa vie.

Mais Janet allait bientôt rentrer. Forcément.

Bien sûr, elle n'était plus la même depuis la mort d'Iris. Cela n'inquiétait pourtant pas Angela outre mesure : sa fille avait beau insister pour dire que cette peste était sa meilleure amie, elle ne l'avait jamais réellement appréciée, pas au fond de son cœur. En tant que mère, Angela le savait. Ce deuil ne pourrait causer de dégâts trop sérieux à sa fille bien-aimée.

En revanche, quand David Finch avait été retrouvé pendu dans la ferme Dewberry, quelque chose avait réellement changé. Mais elle n'était pas certaine d'avoir identifié *quoi*, et cela la tracassait. Angela était habituée à tout savoir de sa fille – ce qu'elle pensait, ce qu'elle ressentait, ce qu'elle tramait, où elle était et ce qu'elle y faisait.

Elle serra les poings dans un mélange de peur et de rage, avant d'étouffer un cri de frustration.

Où était-elle ?

Tandis qu'Angela Baines faisait les cent pas à son domicile, son désespoir croissant à mesure que le soleil se couchait, Mortimer

Crowley était installé dans son confortable bureau, alangui sur son siège préféré, un téléphone en bakélite noire calé contre l'oreille.

Il fournissait de coûteux efforts pour ne pas perdre patience.

— Non, Reggie, je te l'ai déjà dit, je n'organiserai plus de soirées ici tant que les choses ne se seront pas un peu calmées. Et ce n'est pas la peine de gémir…

Il soupira, laissant geindre dans son oreille l'accent de la haute société. Le très honorable Reggie Arbington-Smythe semblait passer sa vie sous l'emprise de l'alcool, et cela se confirmait une fois de plus. Il articulait tellement mal que Mortimer avait l'impression de sentir son haleine chargée à travers le combiné.

Quand il se trouvait dans cet état, il convenait d'attendre qu'il dessoûle un peu, puis de lui crier dans l'oreille les informations que l'on tenait à lui communiquer et de les lui répéter pour s'assurer qu'il enregistre.

De tous ses « amis spéciaux », seul Reggie l'inquiétait réellement – et aussi, peut-être, ce vieux dépravé gallois. Reggie, parce qu'il semblait capable de toutes les indiscrétions quand il était alcoolisé ; et Rhys, parce qu'il semblait totalement dépourvu d'instinct de conservation. Pour lui, le monde n'était qu'une vaste plaisanterie, et il se fichait comme d'une guigne de tout ce qui ne concernait pas ses propres plaisirs.

Malheureusement, il n'avait pas encore réussi à contacter Rhys, mais n'avait eu aucun mal à retrouver Reggie dans l'un de ses repaires préférés de Soho.

— Écoute, Reggie, tu ne dois surtout pas ouvrir la bouche, d'accord ? tempêta Mortimer dès qu'il eut l'occasion d'en placer une.

— Pas possible, vieux – on peut pas picoler et la fermer…

L'insupportable accent snob fit grimacer Mortimer.

— Je parle des soirées, insista Mortimer d'un ton sévère. Et notamment de cette fille, Iris.

— Iris ? Iris… ? Oh ! Iris, la jolie petite trayeuse…

— Oui, elle, siffla Mortimer. Si quelqu'un vient t'interroger à son sujet, n'importe qui, tu ne sais rien de nos… petits jeux. D'accord ?

— Chuuuut, répondit Reggie tel un serpent en proie à la démence – Mortimer visualisait parfaitement son air idiot, un doigt plaqué contre ses lèvres. Pigé. Pas un mot sur la belle Iris.

— J'ai ta parole ? insista Mortimer.

— Parole d'honneur, vieux, répondit la voix pâteuse.

Puis, sans même un au revoir, la communication fut coupée. Le barman avait dû lui proposer de remplir son verre, songea Mortimer avec amertume, et Reggie avait aussitôt oublié la conversation en cours.

Il soupira en raccrochant le combiné. Il ne pouvait rien faire de plus.

Lui et ses « amis spéciaux » avaient l'habitude de se montrer discrets, mais il serait malgré tout soulagé une fois certain que le fiasco autour du meurtre de la reine de mai serait bel et bien enterré. Il était pris de sueurs froides dès lors qu'il voyait un reporter faire les poubelles au village, mais la presse n'avait pour l'instant rien relevé d'inquiétant.

Cela pouvait toutefois changer à tout moment.

Il raccrocha, puis composa une nouvelle fois le numéro du Gallois. Toujours pas de réponse. Malédiction ! Autant laisser sonner. Il écouta la tonalité ininterrompue dans son oreille, tout en regardant la nuit tomber sur le jardin. Il songea à Iris Carmody et à la dernière fois qu'il l'avait vue. Cette fille avait un corps spectaculaire. Un visage de rose Victoria, mais pas plus de morale qu'une…

Comprenant où ses pensées le menaient, il les interrompit d'un petit rire sec. Il était mal placé pour critiquer la morale de quiconque. Il souffrait de nombreux défauts, mais sûrement pas d'hypocrisie.

Il poussa un profond soupir.

Pauvre Iris. Pauvre petite Iris si cupide…

Mortimer Crowley n'était pas le seul à observer le coucher du soleil. Marchant le long d'un champ d'orge verdoyant, Ronnie Dewberry marqua une pause pour regarder deux linottes faire leur nid dans les prunelliers. Au loin, des vanneaux poussaient leurs cris plaintifs. Des papillons jaune soufre puisaient leurs dernières goulées de nectar de la journée dans les pissenlits qui poussaient dans l'herbe des accotements, tandis que le ciel virait lentement au rose.

Il ne parvenait toutefois pas à se focaliser sur la beauté de cette nature qui l'entourait. Au contraire, ses pensées étaient, comme toujours, rivées sur Iris et David.

Il s'inquiétait au sujet du vieux coroner et de sa charmante assistante qui faisaient le tour du village pour poser tant de questions. À présent que le verdict avait été rendu, leur tâche était censée être terminée, non ?

Et pourtant, ce n'était manifestement pas le cas. Alors que se passait-il ? Soupçonnaient-ils quelque chose ? Que savaient-ils que lui et le reste du village ignoraient ? Était-il possible que… Il avala sa salive. Était-il possible qu'ils en sachent plus qu'il ne l'imaginait ?

Il ne voyait pas comment ils le pourraient. À sa connaissance, personne ne savait à quel point il haïssait Iris Carmody – ni pourquoi. Mais s'ils venaient à le découvrir…

Viendraient-ils l'arrêter ?

Auquel cas, comment pourrait-il se défendre ?

Soudain, dans ce champ magnifique, surplombé par ce ciel resplendissant, Ronnie se sentit glacé, effrayé et seul au monde. Son cœur battait douloureusement contre sa poitrine, lui donnant la nausée.

Depuis qu'il était enfant, il lui arrivait parfois de « sentir » des choses. Sa grand-mère disait qu'il était un peu fée, comme sa mère avant lui. Il se moquait alors d'elle, bien sûr, mais quand même… Il y avait eu une journée où il s'était senti bizarre à l'école et, en rentrant chez lui le soir, il avait appris que son oncle préféré venait de mourir.

Comme cette autre fois, quand il était si triste qu'il avait voulu que Bunty dorme dans son lit, pour la serrer contre lui en caressant sa fourrure noir et blanc. Elle était morte peu après, après avoir reçu une violente ruade d'une brebis particulièrement mauvaise.

Voilà qu'à présent, il avait ce même genre de pressentiment – comme si un drame colossal s'apprêtait à lui tomber dessus. Et il craignait fort de savoir de quoi il s'agissait.

Il risquait bien de finir ses jours en se balançant au bout d'une corde, à l'instar de son meilleur ami.

27

Duncan Gillingham sourit à la serveuse et commanda du café et des toasts pour deux personnes. Trudy, qui n'était pas autorisée à quitter le domicile familial le matin sans avoir avalé au moins deux œufs durs et des tartines beurrées, ouvrit la bouche pour protester, avant de hausser les épaules.

Si son père et son frère étaient représentatifs de la population masculine, Duncan n'aurait aucun mal à manger une double ration !

Elle jeta un coup d'œil anxieux à sa montre. Il était encore tôt, et il lui restait du temps avant de devoir se présenter au poste de police ; malgré tout, elle se sentait mal à l'aise. Elle ne risquait pourtant pas de croiser une connaissance – du travail ou du voisinage – dans ce petit café à deux pas de St Giles.

— Vous êtes aussi belle sans uniforme qu'avec, fit remarquer Duncan d'un ton effronté en faisant mine d'admirer son ensemble somme toute banal, constitué d'une jupe bleue, d'un chemisier blanc et d'un cardigan bleu sombre.

Trudy soupira.

— Ne me prenez pas pour une andouille, Duncan, le rabroua-t-elle, sachant que ses vêtements avaient au moins trois ans. Je n'ai pas toute la journée, vous savez ?

Duncan leva les mains en un geste apaisant.

— Très bien ! Je voulais juste détendre un peu l'atmosphère.

Il se pencha en avant, et son front se trouva barré d'une mèche noire que Trudy voulut repousser en arrière.

Cette simple idée lui coupa le souffle. Elle se sentit ridicule. Qu'avait-il de si particulier pour provoquer chez elle de telles réactions ? Certes, il était beau, et il savait se montrer charmant et drôle. Elle savait toutefois que tout était minutieusement calculé. Il attendait quelque chose d'elle, elle en avait conscience. Mais cela l'intriguait plus que ça ne la dégoûtait.

— Écoutez, je suis sincèrement navré que les choses se soient mal passées entre nous la dernière fois. Ce n'est pas ce que je souhaitais.

— Je n'en doute pas, répondit Trudy avec ironie. Vous vouliez que je demeure parfaitement ignorante de l'existence de votre fiancée afin de pouvoir me mener par le bout du nez et vous servir de moi comme source policière dans vos articles.

Elle sirota une gorgée de thé, assez contente du ton froid, mais un peu amusé, qu'elle avait réussi à adopter. Elle trouvait sa façon de parler presque sophistiquée. Comme Audrey Hepburn dans *Diamants sur canapé.*

Duncan lui retourna un regard dans lequel elle crut déceler une pointe de surprise mêlée d'admiration, ce qui ne fit qu'accroître sa satisfaction.

— C'était peut-être vrai au début, admit-il avec un sourire faussement contrit. Mais ça n'a pas duré longtemps. Je vous admire sincèrement, vous savez ? D'avoir rejoint les forces de police, de faire votre métier… Ça ne doit pas être évident.

Elle haussa les épaules.

— Il paraît que les choses qui en valent la peine ne sont jamais faciles. Et si on tournait la page ? J'accepte vos excuses, sans rancune. À présent, il faut vraiment que je file.

La journée de la veille avait tourné au cauchemar. Elle avait mis un long moment à se rendre compte que le Dr Ryder avait eu raison d'insister pour qu'elle informe son supérieur de toutes leurs découvertes ; puis, après avoir livré un rapport circonstancié au capitaine Jennings, elle avait été ravie de rentrer chez elle, mais avait peiné à trouver le sommeil.

Évidemment, Jennings avait, à contrecœur, loué sa diligence, mais, pour une fois, les bonnes dispositions de son supérieur taciturne ne lui avaient procuré aucune fierté. Elle voulait simplement se replonger dans l'affaire, dans l'espoir d'accomplir de véritables progrès.

Duncan se leva en même temps qu'elle et lui tendit la main. Il savait qu'il ne pourrait pas la convaincre de rester. Il se contenta donc de dire laconiquement :

— Eh bien, à une prochaine fois, alors. Bonne chance. Passez un bon week-end.

Trudy en fut momentanément surprise : elle avait oublié qu'elle serait de repos le lendemain, samedi. Même si elle n'en profiterait sans doute pas, avec le pain qu'elle avait sur la planche !

Ils se serrèrent la main à la manière de deux inconnus, puis Trudy hocha la tête et s'éloigna avec le sentiment de s'en être plutôt bien tirée.

Elle n'aurait peut-être pas éprouvé la même chose si elle avait pu lire les pensées qui animaient l'esprit de Duncan Gillingham tandis qu'il la regardait partir.

Car après lui avoir laissé un peu d'avance, il décida de la suivre. À défaut de lui servir d'indicatrice volontaire, elle le guiderait forcément vers une bonne histoire à raconter. Tant qu'il n'aurait pas découvert ce que le vieux vautour et elle manigançaient au village de Middle Fenton, il ne la quitterait pas d'une semelle. La plupart de ses confrères supposaient que l'affaire Iris Carmody avait été classée sitôt le suicide du petit ami établi, quand la flicaille avait commencé à quitter les lieux. Mais le flair de Duncan lui intimait de continuer de fouiner. La petite demoiselle au cœur pur le conduirait à une exclusivité croustillante susceptible de réchauffer le cœur de glace de son rédacteur en chef, il en était persuadé.

Et s'il trouvait en plus le moyen de revenir dans ses petits papiers, ce ne serait que du bonus ! Il n'était pas près d'admettre qu'il avait cette Trudy Loveday dans la peau, mais force était de constater qu'elle le défiait, l'agaçait, l'intriguait et l'exaspérait plus que toute autre femme avant elle.

Angela Baines jetait sans cesse des regards énamourés à sa fille penchée sur son bol de céréales, mais son soulagement était miné par un sentiment de malaise persistant.

Quand Janet avait fini par rentrer la veille au soir, elle s'était confondue en excuses et avait entrepris de rassurer sa mère en lui expliquant qu'elle avait été retardée par une ancienne camarade d'école ayant besoin d'aide et d'une oreille compatissante ; Angela avait été si soulagée qu'elle n'avait pas mis en doute le récit de sa fille.

Toutefois, en découvrant les cernes noirs qui marquaient les yeux de Janet et ses mouvements saccadés tandis qu'elle triturait son petit déjeuner sans véritablement le manger, elle perçut de nouveaux signaux d'alarme.

— Tu as bien dormi, ma chérie ? s'enquit-elle d'une voix douce.

— Oui, maman, mentit Janet, d'un ton distant et presque mécanique.

— Tu es bien pâle.

Janet se força à sourire et à siroter une minuscule gorgée de jus d'orange. Elle craignait d'étouffer si elle avalait quoi que ce soit d'un peu consistant.

— Ne t'en fais pas, je vais très bien.

— Tu vas faire du volontariat à la boutique, aujourd'hui ?

— Oui, je pense, mentit encore Janet, dont les pensées se bousculaient à la vitesse d'un hamster tournant dans sa roue.

Si seulement sa mère voulait bien se taire un moment...

Elle avait passé la nuit à réfléchir, réfléchir et réfléchir encore, sans parvenir à élaborer le moindre plan d'action. À présent, elle se sentait dans un état second, comme si, au lieu de n'avoir pas fermé l'œil, elle s'était finalement endormie et se retrouvait en plein rêve. Rien ne lui semblait réel, mais, curieusement, elle savait que tout l'était.

Aux premières lueurs de l'aube, elle avait dû se résoudre à affronter le fait que sa vie avait changé irrévocablement, et que rien de ce qu'elle pourrait dire ou faire ne lui permettrait de revenir en arrière. Elle devrait aller de l'avant et essayer de se battre pour son avenir.

Depuis quelque temps, elle s'était sentie de plus en plus insatisfaite de son existence – sa banalité absolue, la surveillance perpétuelle de sa mère, ses choix limités, ce village scrutateur, l'ennui profond de son quotidien. Comme elle avait envié puis haï Iris, qui s'apprêtait à réaliser ce rêve idiot de devenir actrice ou mannequin à Londres ! Et à présent, Iris était morte. La belle Iris, si pétillante, pleine de vie, maligne et cruelle. Bientôt, les autorités libéreraient sa dépouille, et elle serait enterrée au cimetière du village ; puis les années passeraient, et plus personne ne songerait à elle, à l'exception de ses parents.

Et voilà qu'elle-même, Janet Baines, se sentant bien vivante, effrayée quoiqu'un peu excitée, se retrouvait au bord du gouffre, à essayer de déterminer depuis quel endroit sauter. Car elle allait bien devoir *agir.*

Courait-elle un danger quelconque ?

Cette perspective était l'une des nombreuses choses qui n'avaient cessé de lui trotter dans la tête au cours de la nuit.

Mais même si c'était le cas, pouvait-elle laisser ce risque l'empêcher d'obtenir ce qu'elle avait toujours voulu… ?

— Je crois qu'il va pleuvoir, glissa Angela Baines en scrutant nerveusement le visage de sa fille. Tu ferais peut-être mieux de ne pas trop t'éloigner de la maison. Inutile de te retrouver prise sous une averse, Janet.

Janet ne répondit pas. Pour une fois, elle n'avait pas entendu la voix de sa mère, et celle-ci s'en était rendu compte.

28

Trudy et Clement n'eurent aucun mal à trouver Rhys Owen chez lui, dans une villa mitoyenne d'Osney Mead, même s'il mit un temps certain à répondre à leurs coups de sonnette.

Il n'était pas très grand, mais avait beaucoup de présence et souffrait clairement d'une gueule de bois. Sa tignasse bouclée et broussailleuse était d'une teinte marronnasse, comme ses grands yeux de chiot, tandis que sa bouche étrangement féminine et sa mâchoire carrée évoquèrent à Trudy un cow-boy de bande dessinée.

— 'jour, qu'est-ce qu'amène une belle créature comme vous à ma porte ?

Au grand soulagement de Clement, ses premiers mots furent directement destinés à Trudy. S'il n'avait pas eu les yeux si injectés de sang, celle-ci en aurait peut-être été flattée.

Son accent chantant était très clairement gallois, mais Clement avait le sentiment qu'il avait vécu en Angleterre plus longtemps qu'au pays de Galles.

— Mr Owen ? Rhys Owen ? s'enquit Clement d'un ton sec.

L'autre se tourna vers lui à regret. Il cilla à une ou deux reprises, car regarder le coroner dans les yeux le forçait à redresser la tête. Il mesurait quelques centimètres de moins que le Dr Ryder, et les deux enquêteurs entendirent presque les rouages grincer dans la tête de leur interlocuteur tandis qu'il essayait de déterminer s'ils s'étaient déjà rencontrés.

— Oui, c'est bien moi, Mr… euh… ?

— Dr Clement Ryder. Je suis coroner municipal.

Pour une raison ou pour une autre, Rhys Owen sembla trouver cela amusant, car il éclata de rire. Peut-être s'attendait-il à la visite d'un agent de recouvrement ou d'un vendeur d'encyclopédies. En tout cas, il regretta aussitôt son accès d'hilarité, car son rire se mua en gémissement et il fit la grimace.

— Oh ! je ne devrais pas faire ça quand je ne suis pas dans mon assiette…

Owen avait quelque chose de théâtral, et Trudy se demanda s'il avait l'habitude de monter sur les planches ou s'il travaillait dans le divertissement.

— Vous avez qu'à entrer. Je peux vous proposer du café, ma gouvernante m'en tient toujours au chaud, ajouta-t-il avec un sourire engageant.

Clement, nullement surpris, se sentit contraint de lui rendre son sourire. À l'évidence, n'importe quelle femme chargée de « s'occuper » de cet homme découvrirait très vite qu'il fallait lui procurer en permanence une grande quantité de caféine.

Leur hôte leur fit traverser une très jolie bibliothèque, dont les vastes baies vitrées dominaient un assez beau jardin et où régnait un désordre sans nom. Les murs étaient tapissés de livres, mais ceux-ci n'avaient pas l'aspect usé qu'ils auraient eu chez un vrai bibliophile. L'homme avait dû hériter cette maison d'un gros lecteur, songea Clement.

— Asseyez-vous, proposa Rhys en s'affalant lui-même dans un fauteuil.

L'odeur du vin semblait suinter par tous ses pores tandis qu'il les observait par-dessous ses paupières tombantes.

Il avait manifestement oublié qu'il leur avait proposé du café, et Clement redouta un instant qu'il s'endormît en leur présence. À en juger par son pantalon et sa chemise froissés, Trudy se demanda s'il s'était couché tout habillé.

— Mr Owen, nous espérions que vous pourriez nous parler d'Iris Carmody, commença Clement, estimant que son interlocuteur avait besoin d'être secoué un peu.

— Mmmh ?

Rhys ouvrit un œil, puis l'autre, et se força à se redresser.

— Iris ? Oh ! *Iris*, répéta-t-il avec un large sourire. Ça, je peux vous en raconter, sur Iris ! C'était un sacré brin de fille, si vous voyez ce que je veux dire.

— Je crois bien. Rien de tel qu'une jolie femme délurée, pas vrai ? répliqua Clement d'un ton à la fois complice et suggestif.

Le coup d'œil qu'il adressa à Trudy lui indiqua qu'il désirait mener lui-même cet interrogatoire, convaincu de pouvoir tirer les vers du nez à ce sybarite – qui tenterait assurément de flirter avec Trudy.

Celle-ci, qui partageait ces conclusions, ne s'y opposa pas le moins du monde et s'installa confortablement dans son fauteuil pour observer et écouter.

— Nous sommes d'accord, ricana Rhys Owen quand les mots du coroner finirent par pénétrer la brume qui enveloppait son esprit. Et on peut toujours compter sur ce bon vieux Morty pour nous en trouver.

— Mortimer Crowley ? s'enquit Clement pour lever toute ambiguïté. Oui, c'est un très bon ami à moi également.

— Ah bon. Je ne me rappelle pas vous avoir déjà croisé dans ses soirées spéciales.

Rhys fronça les sourcils, puis haussa les épaules avant de se fendre d'un sourire narquois.

— Vous êtes du genre timide, hein ? le taquina-t-il.

Clement prit son temps avant de répondre, comprenant qu'Owen pourrait se révéler être un excellent informateur tant qu'il ne l'effrayait pas. Il savait d'expérience que ce genre d'individu pouvait subitement dessoûler et se montrer très récalcitrant s'il sentait qu'il mettait les pieds en terrain miné. Et puisque le coroner n'était pas certain de savoir ce que les soirées de Mortimer avaient de si « spécial », il allait devoir avancer ses pions avec beaucoup de prudence.

— Eh bien, disons qu'un homme dans ma position…

Clement laissa sa phrase en suspens et haussa les épaules de façon équivoque.

— Je vois, n'en dites pas plus, n'en dites pas plus, répondit Rhys joyeusement. Moi, je n'ai jamais eu à gagner ma croûte, alors je n'ai rien à perdre ! Et puis, je suis trop malin pour me laisser passer la bague au doigt. Pas de bonne femme pour m'attendre à la maison et me reprocher mes entourloupes, fanfaronna-t-il.

— En voilà un homme sensé, commenta Clement d'un ton approbateur. Voyez-vous, j'ai bien assisté à l'une ou l'autre des petites sauteries de Morty, mais je ne suis pas certain non plus de savoir qui s'y trouvait ou pas. Je suis plutôt discret, ajouta-t-il avec un clin d'œil entendu. Et il m'arrive d'être aussi aveugle qu'une chauve-souris.

— C'est ça ! s'exclama Rhys d'un ton approbateur. Même si je me fiche bien de ce que les gens racontent de moi. Celui qui a mauvaise réputation est… euh…

Il sembla se creuser la cervelle en quête d'une conclusion pleine d'esprit, mais finit par capituler.

— Bref, peu importe… Non, ça ne me dérange pas qu'on me considère comme un vaurien. Les dames aiment ça, pas vrai, ma belle ?

Il surprit quelque peu Trudy en lui décochant soudain un regard concupiscent. La policière, qui pour une raison ou pour une autre était justement en train de penser à Duncan Gillingham, se sentit rougir un peu.

Ravi de sa réaction, le Gallois rugit de rire avant de faire la grimace.

— J'en déduis qu'Iris aussi aimait les vauriens ? Et l'exubérance de ces soirées ? reprit Clement en forçant l'ivrogne libidineux à se reconcentrer sur lui.

— Oh ! oui, ça lui plaisait bien, même si je sais reconnaître une croqueuse de diamants à des kilomètres, confirma Rhys avec un sourire nostalgique. Je lui aurais mangé dans la main, mais je ne l'aurais pas laissée toucher à mon argent, contrairement à d'autres de ma connaissance. Elle n'avait pas sa pareille pour vous donner envie de dépenser votre fric. Et vous donner l'impression que c'était un privilège de pouvoir le faire pour elle, ajouta-t-il dans un nouvel éclat de rire. Elle aurait pu faire fondre le plus coincé d'entre tous comme du caramel dans une casserole.

— Vous la connaissiez bien, n'est-ce pas ?

— Pas aussi bien que j'aurais pu, répondit Owen d'un air contrit. Les parties à trois, ce n'est pas trop mon truc. Je préfère avoir l'attention d'une fille pour moi tout seul, si vous voyez ce que je veux dire.

Trudy mit quelques secondes à comprendre ce que ses propos signifiaient ; elle sentit alors son visage s'embraser d'embarras.

— Ce bon vieux Morty sait les dénicher, embraya Clement d'un ton de connaisseur. J'imagine que ses amis de Londres appréciaient ses efforts à leur juste valeur ?

Rhys Owen bâilla à s'en décrocher la mâchoire, peinant visiblement à tenir éveillé.

— Oh ! sans doute, marmonna-t-il.

— Et Iris a obtenu ce qu'elle voulait ? insista Clement.

— Ça, je vous le garantis. Elle a toujours su arriver à ses fins, ne vous en faites pas pour elle.

Clement aurait voulu l'interroger plus avant, pour découvrir, par exemple, qui de Morty ou des autres invités rémunérait les filles, mais cela lui était impossible – puisqu'il avait soi-disant participé à ces soirées, il était censé le savoir.

Coincé, il décida de changer légèrement d'approche.

— C'est vraiment horrible, ce qui lui est arrivé, n'est-ce pas ?

— Ça m'a fichu un choc, confirma tristement Rhys. Pourquoi la ligoter à un poteau comme ça ? Il faut franchement être tordu, si vous voulez mon avis.

— Oui, et je crois que ça a un peu mis Morty dans l'embarras, poursuivit Clement habilement.

— Hein ? ânonna Owen.

À l'évidence, il allait s'écrouler bientôt, et Clement tenait à lui arracher autant d'informations que possible avant que cela se produise. Ses lointains écarts de jeunesse lui avaient enseigné que, lorsque l'on s'effondrait après une nuit d'ivresse, c'était pour un certain temps.

— Je veux dire, il doit avoir eu peur qu'un de ses invités n'ait…

Rhys, à sa décharge, parut sincèrement consterné.

— Non ! Vous n'imaginez pas que l'un d'entre nous ait pu faire subir ça à la petite ?

Clement haussa les épaules d'un air évasif.

— Non, réaffirma Rhys en secouant la tête avec une agitation grandissante. Je n'y crois pas un instant. On aime faire la fête, mais ça reste bon enfant.

Si Clement avait tendance à croire que cet aimable poivrot pensait ce qu'il disait, il était loin d'aboutir aux mêmes conclusions.

Dans son esprit, les hommes aux mœurs légères participant à des parties fines étaient tout à fait susceptibles d'étrangler une magnifique jeune femme et d'exposer son cadavre sur le pré communal.

29

Janet Baines quitta son domicile tandis que l'horloge du vestibule sonnait 6 heures. Elle se sentait un peu malade. Depuis que le Dr Ryder et cette jeune fille avaient évoqué le journal de David, elle se morigénait d'avoir été si bête. Comment avait-elle pu à ce point négliger son importance ?

Plus elle y réfléchissait, plus cela lui apparaissait énorme et évident. À présent, alors qu'elle arpentait le village dans lequel elle avait vécu toute sa vie, Janet s'efforçait de rester calme.

Ce qui n'était pas facile. Elle avait peine à croire qu'elle s'apprêtait à faire ce qu'elle avait en tête ; pour ne plus y penser, elle choisit de se concentrer sur tout autre chose. Et s'interroger sur la personnalité de David était une alternative comme une autre.

De prime abord, le fait qu'Iris tente un coup de force avec lui l'avait étonnée. Certes, il était beau garçon, et sa famille était plus riche que celle de la jeune femme – mais c'était le cas de presque tout le monde au village. Et il ne correspondait pas aux critères habituels de son amie. Il n'était pas assez sophistiqué, peut-être trop intelligent. Trop ordinaire, aussi. Et, surtout, il ne lui serait d'absolument aucune utilité pour l'aider à accomplir son rêve de percer dans le grand monde.

Mais lorsqu'il s'était avéré qu'Iris avait surtout besoin de lui comme camouflage pour des sorties « officielles » afin de rassurer ses parents et de détourner l'attention des villageois de ses véritables activités, ce choix était apparu évident.

Cependant, ni l'une ni l'autre n'avaient réfléchi au fait que David Finch pourrait s'en rendre compte. Au début, Iris avait sans doute réussi à le duper, mais, tout amouraché qu'il pût être, il avait forcément fini par se douter de la vérité. Non content d'être intelligent, il était en outre le fils d'un haut gradé de la police. Ce n'était donc pas l'idiot du village, contrairement aux garçons naïfs auprès desquels elles avaient grandi.

Janet n'en revenait pas de s'être montrée aussi aveugle. Il était *évident* que David n'en resterait pas là après la mort d'Iris, alors qu'il était lui-même soupçonné – quoique pas officiellement accusé – de l'avoir assassinée. Et suivant l'exemple de son père, que pouvait-il faire d'autre que d'essayer de remonter la piste du meurtrier ?

David avait toujours été un garçon consciencieux et méthodique, même lorsqu'ils étaient élèves à l'école du village. Du genre à vouloir comprendre comment les choses fonctionnaient, et pourquoi – avant de tout consigner minutieusement.

Consciente d'arriver à hauteur des dernières maisons du village, elle jeta un coup d'œil alentour ; lorsqu'elle fut sûre de ne pas être observée, elle bondit hors de l'allée, contourna une haie et s'élança à travers champs.

Son cœur battait à tout rompre, et l'envie de vomir se faisait plus prégnante. Toutefois, il était hors de question de s'arrêter maintenant. Elle devait en avoir le cœur net. Bientôt, se dit-elle, tout serait terminé. D'une manière ou d'une autre, les choses rentreraient dans l'ordre.

Elle devait se raccrocher à cette conviction pour garder courage. Iris s'était montrée brave quand le besoin s'en était fait sentir – eh bien, toutes deux partageaient cette qualité, songea-t-elle avec la volonté d'en découdre, surprise de se sentir sourire. Si sa mère la voyait à cet instant, cela lui ferait un sacré choc ! Elle imaginait déjà la réaction des habitants de Middle Fenton lorsqu'ils découvriraient ce qu'elle s'apprêtait à faire. *Qui l'en aurait crue capable ?*

Décidément, le destin pouvait bouleverser votre existence en un instant infinitésimal. Car, dès que le coroner et sa belle assistante avaient évoqué le carnet, elle avait deviné avec une quasi-certitude l'endroit où il pouvait être caché.

Quand elle était petite, tous les enfants de son âge jouaient aux mêmes jeux, dans les mêmes endroits. Et les parties de cache-cache étaient l'une de leurs activités favorites. David avait alors l'habitude de se réfugier derrière l'école primaire, où se trouvait une vieille remise adjacente au terrain de sport. Elle servait essentiellement à entreposer les battes de cricket, les ballons de football, les avirons ou les raquettes de tennis, et David adorait se cacher sous les marches de bois menant à l'unique porte du local. Un jour, Janet s'était à son tour réfugiée là. Et tandis qu'elle était allongée, attendant d'être repérée et retenant son souffle, elle avait remarqué que le fond de la deuxième contremarche était légèrement entrebâillé.

Quelqu'un avait délogé un clou de façon à faire pivoter le bois à la manière d'une fenêtre et à révéler l'espace intérieur. En poussant, elle avait découvert une boîte à biscuits.

Elle l'avait bien sûr ouverte et avait été déçue de ne rien y trouver de comestible, seulement une collection disparate de « trésors » appréciés des garçons : un lance-pierre de fortune composé d'un morceau de saule et d'un élastique, quelques billes colorées, et un livre – *L'Île au trésor*. Le nom de David Finch était griffonné à l'intérieur.

Et dire qu'elle n'y repensait que maintenant. À présent, le garçon qui avait créé cette planque était mort, ainsi que la fille qu'il avait aimée si bêtement et vainement.

Elle se rappelait toutefois que David avait toujours eu un côté mystérieux. Il aurait donc très bien pu dissimuler son précieux journal à cet endroit plutôt que chez lui. Surtout s'il renfermait des notes qu'il préférait cacher à ses parents. Il ne voulait sans doute pas causer davantage de souci à sa mère, et avait peut-être de bonnes raisons de vouloir faire en sorte que ses activités les plus secrètes ne parviennent pas aux oreilles de son policier de père !

Ainsi, la veille au soir, elle avait attendu que la nuit tombe pour se rendre au local et considérer les marches pensivement. Elle savait qu'elle était désormais trop grande pour ramper dessous : quoique fine, elle n'avait plus dix ans. Toutefois, elle avait pu tâtonner derrière les marches et retrouver la même planche de bois, toujours pivotante sur son clou désormais rouillé. Une nouvelle boîte, plus grosse et plus étanche, avait remplacé la précédente – et à l'intérieur, elle avait mis la main sur un petit carnet relié de cuir.

Son cœur s'était aussitôt emballé.

Il faisait alors trop sombre pour qu'elle puisse lire, et elle avait rapporté l'objet chez elle pour le parcourir dans son lit.

Et ce qu'elle avait découvert à l'intérieur, à travers l'écriture propre et soignée de David Finch, avait changé sa vie à jamais.

Bien sûr, songea-t-elle avec colère, c'était bien son genre d'enquêter sur la mort d'Iris, avec un entêtement presque obsessionnel qui avait fini par le conduire à la vérité.

Maudit soit-il ! Maudit soit-il ! Maudit soit-il !

Janet s'arrêta un moment, le souffle court et au bord des larmes.

Son esprit s'arrêta sur cet instant, la veille, quand l'église du village avait sonné onze coups, et qu'elle était arrivée aux dernières lignes, capitales, de cet affreux journal.

Elle avait d'abord dévoré les premières pages avec impatience, sans s'appesantir sur le détail des personnes rencontrées, de leurs témoignages, ni sur la manière dont David avait mis au jour telle preuve ou corroboré tel soupçon. De toute façon, quelle importance ?

Puis elle avait commencé à comprendre, dans son état d'agitation avancée, où cette enquête avait mené le défunt. Et quelles conclusions il en avait tirées.

Elle s'était crue sur le point de défaillir d'horreur.

Et quand elle avait lu la dernière phrase, s'achevant sur l'intime conviction de David d'avoir découvert l'identité de la personne ayant assassiné Iris – qu'il citait nommément –, elle avait compris qu'elle ne serait peut-être plus jamais en sécurité et que les choses ne seraient jamais plus comme avant.

Elle avait passé la nuit à trembler de froid sur son lit, à chercher un moyen d'arranger les choses. Elle avait essayé à d'innombrables reprises de trouver une issue – de suivre tous les scénarios possibles en quête d'une échappatoire.

Mais aux premières lueurs de l'aube, elle avait dû s'avouer vaincue.

Il ne lui restait plus qu'une chose à faire si elle voulait avoir une chance de mener encore une vie décente.

Et elle devait s'en acquitter maintenant.

Elle songea que cette situation ferait beaucoup rire Iris. Elle entendait presque le ton railleur et ironique que sa meilleure amie employait chaque fois que Janet tentait de défendre ses intérêts.

Mais Iris ne rirait plus jamais, à présent.

À cette pensée, Janet marqua une nouvelle pause, se laissa tomber à genoux et vomit violemment au pied d'une aubépine.

Après quoi, elle se sentit un peu mieux.

30

Trudy parvint malgré tout à ne pas travailler le samedi, puisque le Dr Ryder n'était pas disponible non plus, et profita au mieux d'une de ses rares journées de repos.

Elle ne fut toutefois pas particulièrement surprise de recevoir un appel de son mentor et ami le soir venu, pour lui proposer de l'accompagner à l'office le matin suivant – à l'église Saint-Swithin de Middle Fenton, naturellement.

Ainsi, à 11 heures le lendemain, Trudy se retrouva – littéralement en habits du dimanche – à écouter le sermon d'une oreille distraite, tout en étudiant l'assemblée avec curiosité.

Elle aimait prendre place sur le banc d'une église. Elle y trouvait une paix intérieure difficile à atteindre ailleurs. À l'école, elle avait appris tous les cantiques, et elle aimait beaucoup chanter ; elle n'était toutefois pas certaine d'avoir une belle voix, et se contentait donc de murmurer en rythme.

Clement Ryder, en revanche, se targuait d'un timbre de baryton fort agréable, et Trudy vit une ou deux dames – sans doute célibataires – le lorgner avec une lueur inquisitrice dans les prunelles.

La policière ne fut pas surprise de constater que les femmes étaient trois fois plus nombreuses que les hommes. Keith Finch, par exemple, n'était pas présent, non plus que Ray Dewberry ou

Mortimer Crowley – qui devait de toute façon rarement mettre les pieds dans une église. En revanche, Ronnie Dewberry était là, auprès de Janet Baines, au bord de l'allée centrale. Angela Baines flanquait sa fille de l'autre côté ; Trudy la trouva agitée.

Elle le fit remarquer à Clement à mi-voix quand, une fois l'hymne terminé, ils purent se rasseoir. Le coroner coula un regard dans cette direction et vit Angela Baines assise, le dos raide, les yeux rivés sur la chaire. Les deux enquêteurs virent alors Janet tendre la main et attraper celle de Ronnie.

Trudy en prit mentalement note. Ainsi, elle avait vu juste. Elle s'était toujours dit qu'il se tramait quelque chose entre eux deux, et voilà qu'ils semblaient enfin décidés à le rendre public. Et quoi de plus efficace pour cela que de se tenir la main lors de l'office du dimanche ? Plusieurs des fidèles les plus observateurs avaient déjà remarqué ce geste équivoque et échangeaient des œillades entendues.

Auprès de sa fille, Angela Baines pinça un peu plus les lèvres.

L'esprit de Clement vagabondait, imperméable aux paroles du pasteur.

Maintenant que Trudy avait avisé son supérieur de la véritable nature des soirées de Mortimer Crowley, le coroner savait que le capitaine s'efforcerait d'interroger tous ceux qui s'étaient adonnés à ce mode de vie bohème avec Iris.

Sans grande surprise, le commissaire Finch avait aussitôt téléphoné au coroner pour le remercier. Apprendre que la défunte avait fourni un certain nombre de faveurs assez exotiques à nombre d'inconnus avait ouvert un tas de perspectives nouvelles – et lui avait donné bon espoir de parvenir à laver le nom de son fils.

Mais y parviendraient-ils ? Changeant de position sur le banc en bois peu confortable, Clement éprouva une insatisfaction grandissante. À moins d'une avancée soudaine, il redoutait d'avoir à jeter l'éponge dans cette affaire.

Et cette perspective le minait.

Depuis son domicile, Mortimer Crowley se sentait lui aussi vaguement déprimé. Enfermé dans sa chambre, il remplissait en toute hâte deux grosses valises et tentait de se convaincre qu'il s'apprêtait à effectuer une simple retraite tactique – non à fuir comme un gamin effrayé.

Tout en multipliant les allées et venues entre l'armoire et le lit pour boucler ses bagages, il tentait de lutter contre sa mauvaise humeur. Après tout, les prochains mois seraient bien plus amusants dans le sud de la France que dans ce trou perdu. Peut-être même pousserait-il jusqu'à la Toscane, en fonction du temps qu'il mettrait à se faire oublier.

Il aurait dû se douter que cet imbécile de Rhys ne la bouclerait pas. Quand il avait enfin réussi à le joindre au téléphone, il avait été atterré d'entendre ce pauvre imbécile avouer éhontément ses bavardages. Il avait même eu l'air de trouver ça drôle.

Pourtant, la mort d'une jeune femme n'avait rien d'amusant – en tout cas pas quand la police vous avait dans son viseur. Il inspira un grand coup, songeant qu'il se laissait peut-être emporter par un excès de pessimisme. Était-il possible que tout ne lui retombe pas dessus, finalement – qu'ils ne parviennent pas à prouver quoi que ce fût ?

D'un autre côté, il s'en était toujours tiré en se fiant à son instinct, et celui-ci lui hurlait actuellement de mettre les voiles tant qu'il était encore temps.

Il se saisit de son passeport et le glissa dans la poche intérieure de sa veste, mit sa montre la plus chère et ouvrit sa mallette de toilette pour s'assurer que ses brosses, ses peignes et ses lotions de rasage étaient bien en place.

Satisfait, il la referma d'un coup sec avant de boucler ses deux valises, qu'il souleva avec un grognement avant de se diriger tant bien que mal vers l'escalier. D'ici quelques heures, il survolerait la Manche, et ce fichu inspecteur Jennings et ses sales fouineurs de flics pourraient se brosser pour l'interroger de nouveau.

Tout en remplissant le coffre de sa voiture, une élégante Bentley, il jeta un rapide coup d'œil à la ronde. Son départ imminent n'affectait aucunement le village de Middle Fenton.

Lorsqu'il atteignit la rue, il se sentit profondément soulagé de quitter cet endroit.

Il veilla à ne pas accorder la moindre attention au pré communal et à son mât permanent quand il passa devant.

Assis au fond de l'église, Duncan Gillingham se demandait s'il perdait son temps. Cela ne le dérangeait pas de suivre Trudy Loveday partout, mais il n'avait jamais aimé les lieux de culte. Il s'y sentait mal à l'aise, comme épié et jugé.

À moitié dissimulé derrière une colonne de pierre, il bâilla à s'en décrocher la mâchoire, tout en se demandant ce que le vieux vautour et la ravissante Trudy étaient venus faire ici. Une chose était certaine : dès la fin du service, il devrait s'éclipser rapidement et trouver un if derrière lequel s'abriter avant de se faire repérer.

Il espérait que les deux enquêteurs le mettraient bientôt sur une bonne piste. Son rédacteur en chef commençait à lui faire clairement comprendre que l'affaire Carmody manquait de rebondissements et que Duncan ne devait plus perdre son temps avec ces peccadilles. Pourtant, si son intuition était bonne, il pourrait bientôt laisser son chef et son futur beau-père potentiel bouche bée quand il leur apporterait une exclusivité sur un plateau.

Une abeille égarée voleta près d'un bouquet à l'entrée de l'église. Duncan réprima un nouveau bâillement. Il avait toujours détesté les dimanches, si mornes et ennuyeux. Il ne se passait jamais rien, le dimanche…

Quand le pasteur conclut son sermon en leur souhaitant à tous une bonne journée, Angela Baines se leva en même temps que le reste de l'assemblée. Elle garda un sourire pincé plaqué sur les lèvres pour gagner la porte de l'église, puis serra la main au révérend.

Elle entendit Janet faire les éloges de ce sermon si édifiant, puis Ronnie Dewberry saluer poliment le pasteur. Elle fit mine de ne pas remarquer que les deux jeunes gens marchaient toujours main dans la main quand ils franchirent le portail noir en fer forgé. Déjà, Thelma Collier et cette horrible Claire Innes considéraient le couple en chuchotant joyeusement.

D'ici le lendemain, songea-t-elle, furieuse, la nouvelle se serait répandue dans tout le village.

Angela en éprouvait une profonde humiliation. Bien sûr, elle n'avait rien contre Ronnie Dewberry : son père possédait l'une des plus vastes exploitations des environs, et le fils en hériterait en temps voulu. Toutefois, Janet pouvait espérer tellement mieux ! Et pourquoi avait-il fallu qu'ils lui cachent leur secret ? Cela lui donnait envie de hurler de rage et de dépit – le fait que sa fille ait fréquenté quelqu'un derrière son dos, *sans qu'elle se doute de rien !*

Une multitude de questions l'assaillaient. Depuis combien de temps Janet s'était-elle éprise de ce pauvre garçon ? Et pourquoi affichait-elle tout à coup leur relation si ostensiblement ?

Quelque chose clochait, elle le savait, même si elle ignorait encore quoi. Elle avait le sentiment que sa vie lui échappait ; pas seulement la sienne, d'ailleurs, mais aussi celle de sa fille, voire celle de toute la communauté. C'était comme s'ils dégringolaient désespérément la pente vers un désastre inévitable.

Angela se retourna pour attirer l'attention de Janet, mais celle-ci refusa de croiser son regard. Au lieu de quoi, elle sourit vaguement en contemplant un point au-dessus de l'épaule de sa mère et déclara sans ambages :

— Maman, Ronnie et moi allons pique-niquer ensemble. Je te rejoins pour le thé.

Et sans lui laisser le temps de s'y opposer, Janet entraîna le garçon à sa suite. Il eut la bienséance de se fendre d'un sourire et d'un hochement de tête polis, mais Angela se sentit envahie par une rage et une terreur froides.

Dès son retour à la maison, elle se précipita vers la chambre de sa fille et entreprit de la fouiller minutieusement.

Ronnie se laissa raccompagner à la ferme, où Janet alla piller le garde-manger pour confectionner des sandwichs et récupérer des fruits, du fromage et du gâteau. Elle ne cessa de deviser joyeusement au sujet de leur avenir commun, comme si elle n'avait aucun souci au monde.

Ronnie ignorait comment elle y parvenait : *lui* avait l'impression que son univers se retrouvait sens dessus dessous.

Au moins, songea-t-il avec soulagement, son père n'était pas là pour assister au spectacle. Il devait être aux champs, comme à son habitude. Mais tôt ou tard, Ronnie devrait bien lui avouer que Janet et lui étaient désormais… quoi ?

Fiancés ?

Il n'en était pas certain.

Il n'était pas sûr non plus de savoir ce que Janet voulait au juste.

Il ne parvenait même pas à décider ce que *lui* en pensait. Il avait toujours estimé que Janet était l'une des plus jolies filles de sa connaissance, déjà à l'école. Mais il n'avait jamais envisagé sérieusement qu'elle puisse s'intéresser à lui. Et voilà que, subitement, tout avait changé.

La veille au soir, elle s'était présentée à la ferme à l'improviste et lui avait proposé de se promener avec elle. Par chance, son père prenait alors son bain à l'étage, et Ronnie s'était vu épargner ses regards entendus ou inquisiteurs.

Ils étaient donc allés marcher, Janet s'était montrée pleine de vie, d'esprit et d'affection, et d'une manière ou d'une autre... d'une manière ou d'une autre, elle lui avait fait comprendre qu'il lui avait tapé dans l'œil et, en un rien de temps, leur relation était née et ils avaient partagé leur premier baiser.

Et même si la tournure des événements le déroutait, il en était à la fois excité et ravi, car Janet constituait une prise inespérée. Tout le monde savait que sa mère avait de l'argent, qu'elle était belle et intelligente – une vraie dame, en somme, pas comme cette croqueuse d'Iris, qu'il avait tant détestée !

D'ailleurs, bien qu'il soit incapable d'expliquer comment ou pourquoi, il avait eu l'impression, durant ces délicieuses heures passées ensemble, que Janet partageait son sentiment. Mais il se trompait forcément, non ? Tout le monde savait qu'elles étaient amies.

— Vous n'avez que du cake aux fruits ? demanda Janet en interrompant sa rêverie.

Il observa le gâteau industriel et haussa les épaules d'un air contrit.

— C'est le préféré de mon père, marmonna-t-il en guise d'excuse.

Au fond de lui, Ronnie éprouvait un profond malaise. Qu'est-ce qui avait bien pu provoquer tout ça ? Pourquoi avait-il le sentiment que Janet s'était muée en chat féroce, cependant qu'il se retrouvait affublé d'une longue queue et de moustaches de souris ?

— Oh ! peu importe, cela ira parfaitement avec une pomme et un peu de fromage, décréta Janet avec un grand sourire.

En réalité, elle se sentait clairement nerveuse. Il était important que tout le village sache qu'elle fréquentait Ronnie à présent, ce qui justifiait son comportement si outrancier du matin – car il n'était pas impossible que, d'ici la fin de la journée, elle ait besoin de la protection que cela lui conférait. Ronnie devait prendre conscience qu'il ne pourrait lui faire de mal sans précipiter sa propre chute.

Avec un peu de chance, ce maigre avantage s'avérerait suffisant.

Angela Baines était assise sur le lit de sa fille, la tête entre les mains, parfaite incarnation de la misère humaine. Les preuves de sa recherche frénétique jonchaient le sol autour d'elle, et elle s'attela, avec lassitude, à tout ranger avant le retour de sa fille. Tous ses efforts avaient été vains. Elle n'avait rien découvert pouvant justifier le comportement de Janet, et ne se trouvait pas plus avancée, seulement épuisée et effrayée.

Alors qu'elle levait mollement la tête vers la fenêtre, son regard se posa sur la grosse boîte à bijoux qui trônait sur la coiffeuse de sa fille – un objet magnifique, constitué de plusieurs essences de bois marquetés formant un motif élaboré. Janet se l'était offerte un jour, sans occasion particulière.

Angela l'avait bien sûr déjà ouverte et fouillée, mais elle ne renfermait rien que le petit assortiment de bijoux de sa fille, modestes, mais de bon goût.

Elle entreprit en soupirant de ranger la table ainsi que Janet le faisait toujours, mais cette boîte fit soudain renaître un lointain souvenir d'enfance. Sa mère n'en avait-elle pas possédé une semblable… ? Si, elle en était certaine. Et une vague réminiscence la fit sourire presque malgré elle. Le coffret de sa mère avait exercé un effet aussi excitant que plaisant sur la fillette qu'elle était alors. Mais quoi ? Quelque chose…

Angela Baines se rua dessus avec un petit cri de jubilation, car la mémoire lui était soudain revenue. Sa mère appelait cette babiole une « boîte mystère ». Et elle en avait révélé le « secret » à sa fille fascinée et ravie : en pressant et en faisant coulisser selon un certain ordre diverses sections colorées, l'on pouvait révéler un tiroir caché. Elle lui avait alors expliqué à quoi il avait pu servir jadis.

Enfant, elle ne comprenait pas ce qu'étaient des lettres d'amour, ni pourquoi les dames de l'époque victorienne auraient voulu les dissimuler ; cependant, pendant quelque temps, cette boîte mystère était devenue son objet préféré, jusqu'à ce qu'elle passe à autre chose et l'oublie tout à fait.

Angela alla se rasseoir sur le lit pour étudier le coffre avec minutie. Elle commença par retirer les plateaux de bijoux avant de jauger la profondeur de l'écrin, tâchant de déterminer s'il pouvait y avoir un double fond – et, bien vite, elle se rendit compte que oui.

Son cœur s'emballa. Elle s'activa alors, sondant, poussant, tirant, avant finalement de découvrir la première pièce mobile. Elle consacra les dix minutes suivantes à tordre, tirer, pincer et jurer copieusement. Si les dames de l'église avaient pu l'entendre, elles en auraient blêmi de stupeur, car qui aurait cru que la respectable, froide et distinguée Angela Baines puisse connaître de tels mots – pis encore, les employer ?

Elle sentit finalement un déclic se produire, et le tiroir invisible s'ouvrit enfin.

Avec un cri de triomphe, Angela découvrit le trésor qu'il recelait. Et quel trésor : le journal intime de sa fille !

La petite mijaurée, songea Angela furieusement. Elle avait toujours affirmé ne pas vouloir tenir un journal !

Elle l'ouvrit fiévreusement à la première page puis marqua une pause, interloquée, car un simple coup d'œil lui avait suffi à déterminer que les pages proprement tenues n'étaient pas couvertes de l'écriture fleurie de sa fille.

Au lieu de quoi…

La bouche d'Angela s'assécha subitement quand elle comprit à qui ce journal appartenait. *Et ce que cela signifiait.*

Elle fut d'abord incapable d'appréhender l'ampleur de la situation. Mais lorsque son esprit engourdi finit par se réveiller, un raz-de-marée d'émotions déferla en elle, et elle mesura l'ampleur de la catastrophe qu'elle tenait entre ses mains.

Que faire ? Comment rétablir la situation ?

Elle n'eut pas même le temps d'envisager une réponse qu'elle entendit la porte d'entrée s'ouvrir. Vite, elle remisa le journal dans sa cachette et reposa la boîte à bijoux sur la coiffeuse.

Pourquoi Janet rentrait-elle si tôt ?

Elle s'empressa de sortir de la chambre de sa fille et descendit l'escalier d'un pas léger. Une fois dans le couloir, elle se dirigea vers la cuisine en appelant :

— Janet ? Trésor, où… ?

Angela n'eut jamais l'occasion de finir sa phrase.

31

Trudy et Clement quittèrent l'église sans réelle volonté de regagner leurs domiciles respectifs. La journée étant magnifique, ils décidèrent de flâner dans le village en prenant tout leur temps. Les premières églantines commençaient à fleurir dans les haies, et le cerfeuil sauvage déployait ses parapluies de dentelle crémeuse le long des accotements.

Depuis un épais buisson d'aubépine, un bruant jaune lançait son chant caractéristique, revendiquant la propriété de cette agréable résidence.

— La journée va être chaude, fit remarquer Trudy tandis que Clement s'arrêtait pour soulever son trilby et recoiffer ses cheveux blancs d'une main légèrement tremblante.

— Oui, confirma le coroner.

Une fois son couvre-chef remis en place, il sortit de sa veste un rouleau de pastilles de menthe et en enfourna une avant de glisser la main dans sa poche. Trudy avait déjà remarqué son appétence pour ces sucreries, qui ne semblait pas cadrer avec le reste de sa personnalité, pour une raison qu'elle ne parvenait pas à définir.

— Nous pourrions rendre visite à Mrs Baines pour tâcher de découvrir ce qui l'a tant contrariée – même si je crains que la réponse ne coule de source, dit Clement. Mais sait-on jamais, cela pourrait être important.

— Oui, s'empressa de répondre Trudy. Je trouve assez curieux que Janet et Ronnie aient soudain décidé de s'afficher publiquement, pas vous ?

Cela ne surprenait pas particulièrement Clement, mais celui-ci n'avait plus vingt ans, et les amours de jeunesse avaient cessé de l'intriguer.

— Allons voir si Mrs Baines a un avis sur la question, répondit-il.

Alors qu'ils remontaient le sentier du jardin, les deux enquêteurs eurent la surprise de découvrir la porte d'entrée entrebâillée. Ils échangèrent un rapide regard. Bien sûr, la température était déjà élevée, il n'était donc pas impossible qu'Angela eût laissé portes et fenêtres ouvertes afin de laisser circuler l'air. Néanmoins, ils s'approchèrent avec un sentiment de malaise qu'ils s'efforcèrent l'un et l'autre de dissimuler.

Clement poussa un peu la porte, révélant le vestibule désert, et appela.

— Bonjour ? Il y a quelqu'un ? Mrs Baines ?

Un bruit précipité survint alors du fond de la maison. Cela déclencha immédiatement un réflexe chez Trudy, qui bouscula le coroner pour s'élancer à l'intérieur. Elle avisa d'abord un petit bureau sur la gauche, qu'elle estima désert d'un simple coup d'œil. Si un cambriolage était en cours, au moins le malfrat n'avait-il pas encore eu le temps de mettre la demeure à sac. Trudy se précipita vers la porte du fond, sachant Clement sur ses talons.

La porte de la cuisine donnant sur le jardin était elle aussi entrouverte – et pivotait lentement sur ses gonds, comme si elle se refermait seule après avoir été violemment repoussée.

Instinctivement, elle se précipita vers le battant, mais ne l'avait pas encore atteint qu'elle entendit Clement pousser une vive exclamation derrière elle. Elle hésita un instant et se retourna. Pour quelque raison, elle le vit se baisser près de la grande table de cuisine.

Trudy, rechignant à abandonner la poursuite, ouvrit la porte et regarda dans le jardin. Si elle avait aperçu un chat ou un chien errant, elle se serait sentie penaude, mais elle ne vit pas âme qui vive sur la propriété des Baines.

Pourtant, l'air ambiant semblait presque palpiter, et quand bien même elle n'aurait jamais l'imprudence de consigner ce sentiment dans un rapport officiel, elle eut l'intime conviction qu'une personne, sans doute frappée de panique, venait de traverser le jardin en courant.

— Trudy, appelez une ambulance !

La tension dans la voix de Clement la fit revenir en hâte dans la cuisine, où elle vit son ami penché sur la silhouette inerte d'Angela Baines. Le visage de celle-ci était blême et détendu ; du sang coulait sous son crâne. Clement cherchait son pouls au niveau du cou.

Trudy retint son souffle, attendant le verdict.

— L'ambulance ! répéta le coroner avec brusquerie.

Recouvrant ses esprits, Trudy se précipita dans le couloir, où elle avait repéré un téléphone sur une console. Elle composa rapidement le numéro d'urgence, réclama une ambulance et donna l'adresse. Puis elle raccrocha et contacta aussitôt le poste de police où elle travaillait. Elle doutait que le capitaine Jennings fût présent un dimanche (le grade octroyait certains privilèges, ainsi qu'elle l'entendait souvent !), mais elle dressa un rapide compte rendu de la situation à l'agent Walter Swinburne, sachant qu'elle pouvait se fier à lui pour réagir promptement. Il était peut-être le policier le plus âgé du commissariat – et faisait à ce titre souvent l'objet de plaisanteries –, mais cela ne l'empêchait pas d'agir vite et bien lorsque les circonstances l'imposaient.

Elle retourna alors jusqu'à la cuisine et s'arrêta sur le seuil pour observer le Dr Ryder coller son oreille contre la poitrine de la victime. Le cœur de la policière battait si fort qu'elle plaqua une main contre son sternum dans l'espoir de le ralentir.

— Est-ce qu'elle va s'en tirer ? s'inquiéta-t-elle d'une voix un peu tremblante.

Clement pinça les lèvres et se redressa sur ses talons pour la regarder d'un air grave.

— Son pouls est erratique et elle souffre de détresse respiratoire. Il vaudrait mieux que l'ambulance arrive au plus tôt.

Trudy ravala la boule qui lui obstruait la gorge.

— Elle a reçu un coup à la tête ? s'enquit-elle.

— Elle a effectivement une plaie au crâne. Mais elle a très bien pu glisser et se cogner au sol en tombant.

— Ce n'est pourtant pas ce que vous pensez ?

Il haussa les épaules.

— Je préfère ne rien conjecturer – pas sans pouvoir étudier la blessure de plus près, en tout cas. Et je ne pense pas que ce serait une bonne idée de la déplacer…

— Où est Janet ? demanda Trudy, subitement inquiète.

Clement n'eut pas le temps de répondre qu'elle était déjà allée vérifier le salon – désert – avant de se précipiter à l'étage. À son grand soulagement, toutes les autres pièces étaient aussi inoccupées.

Elle redescendit.

— Janet n'est pas ici, dit-elle à Clement.

À ces mots, les yeux d'Angela s'ouvrirent en papillotant. Le coroner remarqua aussitôt ses pupilles dilatées, ainsi que son air perdu et lointain.

— Janet ? appela Angela.

— C'est le Dr Ryder, Mrs Baines. Tout va bien, une ambulance est en route. Ne vous inquiétez pas.

Il doutait cependant qu'elle l'ait entendu, et encore moins compris, car elle n'afficha aucune réaction.

— Janet, répéta-t-elle alors.

Puis elle ajouta, d'une voix plus limpide :

— M'a frappée…

Trudy sentit une vague de stupeur déferler en elle. Elle jeta un coup d'œil interrogateur au coroner, qui secouait la tête.

— Je doute qu'elle soit consciente de ses propos, expliqua-t-il calmement.

— Tout est la faute de David, ajouta alors Angela d'une traite, avec un profond soupir. Pourquoi a-t-elle son journal ?

Cette fois, même Clement parut secoué. Trudy s'agenouilla alors près de la femme et l'interrogea doucement :

— Où est le journal, Mrs Baines ?

Angela souffla et ferma les paupières sans répondre.

Trudy et Clement demeurèrent patiemment à son chevet. Quelques minutes seulement avaient dû s'écouler depuis qu'ils avaient prévenu les secours, mais ces minutes semblaient des heures. Clement serrait les doigts autour du poignet de la victime tout en consultant sa montre.

— La chambre, déclara soudain Angela, près d'une minute plus tard.

Trudy, qui ne supportait plus de surveiller la respiration faiblissante de la femme de peur qu'elle cesse définitivement, bondit sur ses pieds et se précipita à l'étage.

Un simple coup d'œil aux armoires lui permit de déterminer rapidement quelle était la chambre de Janet. Puis, reproduisant sans le savoir les gestes qu'avait accomplis Angela Baines moins de dix minutes plus tôt, elle entreprit de fouiller la penderie, puis la commode.

Allait-elle réellement dénicher le journal ? Auquel cas… comment Janet avait-elle pu mettre la main dessus – à moins de l'avoir récupéré directement sur le cadavre de David Finch ? Il pouvait certes exister une autre explication, mais, dans tous les cas, Janet Baines se retrouvait mêlée de très près à toute l'histoire. Qu'avait pu penser sa pauvre mère en découvrant le carnet ? Elle aussi s'était sans doute demandé si sa fille était une meurtrière.

Ce ne fut qu'en s'asseyant devant la coiffeuse et en remarquant son reflet trouble dans le miroir ovale que Trudy avisa la jolie boîte en bois.

Celle-ci avait visiblement été reposée à la hâte sur le napperon en dentelle où elle devait habituellement se trouver, car le linge délicat formait des plis grossiers. Le reste des accessoires – brosses, flacons de parfum et un petit pot-pourri – étant disposés avec énormément de soin et de précision, cela lui sembla incongru.

Trudy s'empara du coffret pour l'étudier plus en détail et, sentant quelque chose appuyer contre sa paume, elle faillit laisser tomber l'objet.

Elle l'ignorait encore, mais dans sa hâte, Angela n'avait pas repoussé le tiroir secret assez fermement pour que son mécanisme s'enclenche. Tout ce que Trudy savait, c'était que la partie inférieure du coffret s'était ouverte, révélant un compartiment caché.

Elle écarquilla les yeux et resta figée de stupeur en découvrant le carnet relié de cuir noir qu'il contenait. Soudain, le bruit d'une sirène lui fit redresser la tête. Quand elle se leva pour regarder par la fenêtre, elle aperçut à l'entrée du village un gyrophare bleu qui s'approchait à vive allure.

L'ambulance !

Se saisissant du journal, elle redescendit en hâte et se précipita dans le jardin pour guider l'unité médicale vers la cuisine.

Clement fut soulagé de voir les secouristes prendre rapidement en charge la victime. Même s'il n'était plus capable de pratiquer la médecine, il avait su transmettre à l'équipe de secours l'urgence de la situation ; son calme et sa description précise des blessures suspectées furent accueillis avec respect. Les deux ambulanciers devaient le connaître de vue, car ils ne l'interrogèrent pas, se contentant d'exécuter ses ordres avec diligence.

Alors qu'ils regardaient – à l'instar des voisins immédiats d'Angela – l'ambulance partir sur les chapeaux de roue, Trudy parvint enfin à s'intéresser au carnet entre ses mains.

— Je crois avoir trouvé le journal de David Finch, annonça-t-elle. Nous allons devoir le lire rapidement, avant que le capitaine Jennings n'arrive pour prendre le relais.

Clement ne se fit pas prier et entreprit de le compulser depuis le seuil de la maison.

Il s'agissait d'un compte rendu précis et détaillé de toutes les personnes avec lesquelles David s'était entretenu après la mort d'Iris ; s'y trouvaient aussi ses pensées et impressions personnelles, des recherches indépendantes, ainsi que ses réflexions sur Iris et un bijou en particulier. Tout cela lui avait permis de se forger une intime conviction concernant l'identité de l'assassin de la jeune femme, ainsi que l'attestait l'ultime phrase du carnet : *Même si je ne veux pas y croire, c'est forcément RD.*

— RD, souffla Trudy. Ronnie Dewberry. *Son meilleur ami.*

Trudy agrippa soudain le bras de Clement d'un air effrayé.

— Janet ! Janet doit être avec lui en ce moment ! *Nous devons la retrouver !* L'autre jour, vous disiez craindre qu'elle soit en danger également, et je pense que vous aviez raison.

Soudain, tous ses soupçons orientés vers la jeune femme s'envolèrent, remplacés par la crainte de la voir transformée en troisième victime.

Clement, dont le cerveau fonctionnait plus vite que les jambes, admit qu'ils devaient agir vite, et ils se précipitèrent tous deux vers sa Rover. Ce ne fut que sur la route de la ferme Dewberry que Trudy se rendit compte qu'elle serrait toujours le journal contre sa poitrine, et que le capitaine Jennings arriverait bientôt chez les Baines pour entendre son rapport !

Sans doute comprendrait-il pourquoi ils n'avaient pu l'attendre… ?

Elle se surprit à observer le compteur avec anxiété, regrettant que le coroner ne conduise pas plus vite encore.

32

Duncan Gillingham, qui s'était garé discrètement à proximité de la Rover de Clement Ryder, vit Trudy et le vieux vautour se ruer vers l'auto du coroner avant de démarrer en trombe. Le cœur battant à tout rompre, il mit le contact à tâtons avant de les prendre en chasse. Dieu qu'ils roulaient vite ! Par chance, ce n'était qu'un petit village, et il arriva à temps pour les voir bifurquer dans l'impasse conduisant à la ferme Dewberry.

Sa bouche s'assécha d'un coup. Pourquoi retournaient-ils sur la scène du suicide ? Et qu'était-il arrivé pour qu'ils s'y rendent à une telle allure ? Grisé par l'impatience, il appuya sur l'accélérateur. Quelle que fût la raison de leur comportement, il ne voulait surtout pas rater ça.

En entendant le bruit des pneus sur les pavés de la cour, Janet fronça les sourcils. Elle ne s'était pas précipitée pour préparer le pique-nique, s'attardant dans la cuisine pour discuter avec Ronnie et préparer un thermos de thé, mais elle regrettait à présent d'avoir lanterné. Elle ne voulait pas être interrompue *maintenant*.

— C'est ton père ? demanda-t-elle d'un air maussade en jetant un coup d'œil par la fenêtre de la cuisine.

— Ce n'est pas le bruit de sa voiture, répondit Ronnie avec nervosité. Et de toute façon, je crois qu'il est aux champs.

Il s'approcha à son tour de la fenêtre et écarta un voilage assez sale. Il reconnut la silhouette familière du coroner, puis la jolie jeune femme qui l'accompagnait partout.

Une autre voiture attira alors son attention en se rangeant sur l'accotement, quelque deux cents mètres plus loin. Il pesta dans sa barbe et sentit son cœur s'emballer.

Percevant sa tension, Janet ramassa discrètement un petit couteau de cuisine bien affûté et dissimula sa main dans ses jupons.

— Qu'est-ce qui ne va pas ? demanda-t-elle nonchalamment.

— C'est encore ce satané coroner.

Janet pinça les lèvres.

— Que fait-il ici ? s'enquit-elle d'un ton presque accusateur.

Ronnie lui jeta un regard surpris, un peu agacé.

— Comment veux-tu que je le sache ? Je ferais bien d'aller voir.

Janet hocha la tête et lui emboîta le pas.

Trudy et Clement se dirigeaient vers le corps de ferme quand Ronnie en sortit. La policière manqua s'effondrer de soulagement lorsqu'elle aperçut Janet juste derrière lui.

— Elle va bien ! murmura-t-elle à l'intention de Clement, qui se contenta d'opiner du chef.

Ses yeux calmes, mais alertes, passèrent de l'adorable jeune femme au garçon crispé qu'elle accompagnait.

— Bien le bonjour, lança-t-il. Nous espérions vous trouver ici, Janet, ajouta-t-il d'un ton aimable.

Avec toute la tension qui régnait autour d'eux, il entendait calmer le jeu.

— Moi ? s'étonna-t-elle en se rapprochant de Ronnie, et en veillant à conserver le couteau hors de vue. Pourquoi ?

— Je crains d'avoir de mauvaises nouvelles, reprit le coroner. Nous sommes passés chez vous après l'office et avons retrouvé votre mère dans sa cuisine.

Janet cligna les paupières.

— Je ne comprends pas...

Elle s'interrompit, se tourna vers Trudy, puis reporta sur le coroner son regard inquisiteur.

— Il semble qu'elle ait fait une chute, précisa Clement sans mentir ouvertement. Elle s'est fait mal à la tête. Je crains que la blessure ne soit sérieuse.

Étonnamment, Ronnie fut le premier à réagir :

— Oh ! non ! Janet !

Il se tourna vers la jeune femme, l'air sincèrement abattu.

— Je vais te conduire à l'hôpital. Ils l'ont emmenée à Radcliffe ? demanda-t-il à Clement.

Trudy remua nerveusement près de son mentor, soudain en proie à un étrange pressentiment. Les choses ne se déroulaient pas du tout comme elle l'avait anticipé. En arrivant ici, elle s'attendait à moitié à découvrir un nouveau drame. À apprendre que Janet avait été agressée également, ou à trouver Ronnie en train de lui faire du mal. Toutefois, en observant les deux jeunes gens debout face à elle, elle se mit à douter. Pourquoi Janet ne semblait-elle pas plus inquiète que cela pour sa mère ? Elle se comportait presque comme si elle avait oublié son existence. Elle semblait un peu... tendue, sur ses gardes ? Difficile à déterminer. En tout cas, il régnait une atmosphère étrange ; quelque chose clochait. Elle percevait une forme de danger, mais elle n'en comprenait ni la nature ni la source. Elle coula un regard de biais vers Clement et le découvrit lui aussi aux aguets.

Son cœur s'emballa.

— Oui, au Radcliffe. Si vous le souhaitez, Miss Baines, je peux vous y conduire.

Clement avait répondu à Ronnie sans quitter Janet des yeux. Trudy admirait sa façon de conserver une voix calme et naturelle, et espérait de tout cœur qu'il parviendrait à séparer les deux amoureux. Elle se sentirait beaucoup mieux lorsqu'ils se trouveraient loin d'ici.

Janet, en revanche, ne semblait pas pressée de partir. Au contraire, elle considéra tour à tour les deux enquêteurs, puis Ronnie ; son air calculateur mettait tout le monde mal à l'aise.

Ronnie fut peut-être le dernier à percevoir l'anormalité de la situation. Il s'écarta très légèrement de Janet, puis se tourna vers elle pour étudier sa réaction.

— Que se passe-t-il ? demanda-t-il sans comprendre.

Janet lui retourna un sourire pâle.

— Ce qui se passe ? À part le fait que tu aies tué ma meilleure amie ? Ainsi que *ton* meilleur ami ?

Ronnie blêmit. Il s'écarta de deux pas supplémentaires et la dévisagea, bouche bée.

— Pardon ? De quoi est-ce que tu parles ? s'étrangla-t-il, l'air aussi horrifié que terrorisé.

— Ne te donne pas la peine de nier, rétorqua Janet avec humeur, rassurée par la présence du couteau dans sa main. J'ai trouvé son journal.

— Le journal de qui ? De *David* ?

Il jeta un coup d'œil à Clement pour en avoir la confirmation, et le coroner soutint son regard sans ciller.

Ronnie se sentit opiner distraitement du chef, tout en cherchant à quoi se raccrocher. Ainsi donc, son pire cauchemar se réalisait finalement. À sa grande surprise, et presque à son grand soulagement. Voilà si longtemps qu'il vivait dans la crainte que la vérité éclate au grand jour et des conséquences que cela produirait. Curieusement, au lieu de se sentir tétanisé, il avait le sentiment qu'un poids terrible venait de lui être ôté des épaules.

— J'ai commencé à me poser des questions, déclara-t-il d'un air las. Quand tu m'as interrogé à ce sujet…

Il se tourna alors vers Clement, avant de faire à nouveau face à Janet.

— Tu l'as trouvé ?

— Oui, confirma la jeune femme avec une immense satisfaction.

Parmi eux tous – l'astucieux coroner, sa belle assistante, sa propre mère, tous les villageois et même les policiers enquêtant sur la mort d'Iris, sans oublier Ronnie… son Ronnie… –, elle seule s'était montrée assez brillante pour faire cette découverte. Cela lui avait redonné confiance.

— Il l'avait laissé dans sa cachette préférée de l'époque, expliqua-t-elle simplement.

Ronnie cilla, avant de hocher la tête avec un faible sourire.

— Sous la remise ? Je n'ai jamais vraiment aimé jouer à cache-cache, ajouta-t-il tristement.

— Je sais, c'est sans doute pour ça que tu n'y as pas pensé, répondit Janet.

Dans le cas contraire, il aurait trouvé la preuve lui-même, avant de la détruire. Quelque part, elle ne put s'empêcher de regretter qu'il ne l'ait pas fait.

Elle le scrutait attentivement à présent, tel un chat posté devant un trou de souris, et il sentit un frisson glacial lui remonter la colonne vertébrale.

— Pourquoi tu me regardes comme ça ? demanda-t-il.

— Parce que je l'ai lu, répliqua-t-elle d'une voix dure. David a tout découvert. Pour Iris.

— De quoi est-ce que tu parles ? s'étonna Ronnie, la bouche sèche. Qu'est-ce qu'il a écrit ?

— Oh ! il a été très précis, rétorqua Janet d'un ton presque moqueur. Il a par exemple découvert ce qui se passait lors des soirées de Mortimer Crowley. Ça a dû lui retourner l'estomac.

Ronnie secoua la tête avec un air de chiot malheureux. À l'évidence, il ne s'était pas attendu à cela.

— Pardon ?

— Iris m'en avait parlé aussi, affirma Janet en haussant une épaule. Oh ! pas tout de suite. Elle savait que je serais choquée, que je tenterais de la dissuader d'y retourner. Mais quand elle s'est mise à s'offrir de belles choses et qu'elle m'a vue les remarquer... C'est là qu'elle m'a parlé des hommes qui la payaient pour... Tu sais...

Ronnie avala sa salive. Il se sentit bêtement rougir de honte.

— Oh ! marmonna-t-il. J'ignorais... Enfin, je savais qu'Iris... mais pas...

— Il me semble pourtant que tu la connaissais parfaitement, au contraire. J'ai toujours pensé que *tu* n'étais pas comme les autres, ajouta-t-elle avec un regard assassin. Mais je me suis trompée, pas vrai ? Tu ne vaux pas mieux qu'eux... Elle te faisait baver d'envie, je suis sûre que tu lui as promis la lune, ajouta-t-elle en perdant la maîtrise de ses nerfs. Comme tous les vieux dégoûtants du village et les amis pervers de Mortimer... Comment as-tu pu ? ! hurla-t-elle.

— Mais j'ai rien fait ! se défendit Ronnie en se mettant à son tour en colère. Je n'ai jamais aimé Iris, et je l'ai dit à David ! Ce n'était pas une fille bien, tout le monde pouvait le voir, et j'ai essayé de lui ouvrir les yeux ! On a failli en venir aux mains à cause d'elle, tu le sais !

— Je sais que c'est ce que tu as toujours prétendu, riposta Janet. Je sais que c'est ce que tu as voulu nous faire croire. Mais David a découvert le pot aux roses !

Quand elle fit quelques pas vers lui, Trudy remarqua qu'elle dissimulait quelque chose près de sa jambe droite, dans les replis de son jupon.

Elle capta le regard de Clement et fit discrètement glisser la main le long de sa propre jambe, qu'elle tapota ostensiblement. Le coroner saisit aussitôt et plissa les paupières, comprenant que Janet était sans doute armée. Malgré tous ses efforts, les choses commençaient à déraper.

— Il a découvert quoi, au juste ? s'écria Ronnie. Hein ?

Il blêmit en se rendant compte qu'il n'aurait pas dû insister si lourdement. Après tout, il existait peut-être encore une chance qu'ils ne soient pas au courant de tout... Mais il ne supportait pas que Janet, qu'il avait toujours aimée et convoitée en secret, l'accuse droit dans les yeux de lui avoir préféré Iris. *Iris*, bon sang.

— Les fois où elle est venue ici en douce, pour commencer, grogna Janet en désignant les environs d'un geste du menton. Pour venir te voir toi, le meilleur ami de David ! Le pauvre aurait dû s'en douter, avec toutes les rumeurs qui couraient sur le compte d'Iris, mais il ne voulait pas les écouter, n'est-ce pas ? Il préférait la croire quand elle clamait son innocence et affirmait que ce n'étaient que des ragots haineux colportés par les femmes jalouses du village.

Elle marqua une pause, à bout de souffle.

— Et peut-être qu'il lui a trouvé des excuses, qu'il s'est dit qu'Iris avait besoin d'argent, de pouvoir, et de tant d'autres choses qu'il ne pouvait pas lui offrir. Mais qu'elle le trompe avec *toi*...

Janet hurlait presque, désormais. Elle avait des larmes plein les yeux, tandis que la rage et le chagrin déformaient ses traits en un masque hideux.

— C'est pour ça que tu l'as tué ? Parce qu'il est venu t'accuser ?

— Quoi ? Non, je n'ai pas tué David ! Et je n'ai pas non plus tué Iris ! Pourquoi tu dis ça ?

— Parce que David l'a écrit, répondit Janet.

Ses épaules se voûtèrent subitement et sa voix recouvra son timbre normal à présent qu'elle avait libéré toutes ses émotions et finalement accepté la vérité.

Ronnie éprouva cette fois un raz-de-marée de panique.

— Quoi ? Qu'est-ce qu'il a écrit, exactement ? bégaya-t-il.

Il ne voulait pas entendre la réponse, mais savait qu'elle ne pouvait rester tue plus longtemps.

Janet le considéra avec une forme de pitié.

— Il a écrit que tu l'avais tuée. Puis il s'est pendu dans ta grange. Sauf qu'il ne l'a pas fait tout seul, hein ? Tu l'as aidé.

Complètement hébété, Ronnie dévisageait Janet comme si l'un d'eux avait perdu la tête.

Trudy et Clement observaient la scène sans oser faire un geste, de peur de rendre la situation encore plus périlleuse. Ronnie semblait paralysé. La mâchoire pendante, tous les muscles du visage relâchés, les yeux arrondis par la stupéfaction.

— Quoi ? finit-il toutefois par articuler. *Tu dis que David a écrit que j'ai tué Iris ?*

Janet sembla saisir l'étendue de sa perplexité, car elle cessa d'avancer vers lui pour le fixer.

— Pourquoi cela te surprend-il autant ? demanda-t-elle d'un ton à la fois accusateur et étonné. C'était ton ami, tu sais qu'il était brillant. Tu pensais sincèrement qu'il ne découvrirait rien ? Qu'il ne comprendrait pas que tu l'as tuée ?

— Mais je ne l'ai pas fait !

Le père de Ronnie apparut alors au coin de la maison, un fusil de chasse à la main.

33

— Qu'est-ce qui se passe ? demanda Ray Dewberry en observant tour à tour son fils et Janet, puis le coroner, et de nouveau Ronnie.

Il s'avança jusqu'à eux, le canon ouvert de son fusil reposant nonchalamment au creux de son coude.

— Je vous ai entendus crier depuis l'étable.

En avisant le père Dewberry, Trudy se détendit légèrement.

Clement, pas du tout.

Au contraire, il prit une longue et lente inspiration, puis décala son pied vers la gauche pour assurer son équilibre. Il serra et desserra doucement les mains, indiciblement soulagé de ne pas se sentir trembler.

Il n'était pas croyant, ce qui ne l'empêcha pas d'adresser une rapide prière, un appel au secours pour que tout aille bien.

— Papa, tout va bien, ce n'est rien, s'empressa de déclarer Ronnie.

Son père le considéra, et son beau visage carré se froissa légèrement.

— Qu'est-ce qu'elle fait là ? demanda-t-il en désignant Janet.

— On allait faire un pique-nique, répondit Ronnie d'un air gêné.

Ray Dewberry sourit.

— Bonne idée. Un beau gars avec une jolie fille comme Janet – vous avez bien raison. Alors, allez-y. Amusez-vous.

Clement fut pris d'un frisson glacial. Son esprit se mit aussitôt à calculer les pour et les contre. D'un côté, sortir Janet et Ronnie de l'équation limiterait le nombre de victimes potentielles. De l'autre, cela accroîtrait considérablement les risques que Trudy et lui encouraient. Ce n'était pas tant pour lui que cela le perturbait – il se faisait vieux, et ce fichu Parkinson entamerait de toute façon bientôt sa qualité de vie.

Mais Trudy était si jeune…

— Papa, fit Ronnie, je crois pas que…

— Mr Dewberry, le coupa Janet. Il y a une chose que…

— Janet, tais-toi, la pressa Ronnie d'un ton sévère.

Janet, abasourdie, le dévisagea.

— Tu plaisantes ? Comment oses-tu me dire quoi faire ? Et puis, il finira bien par l'apprendre tôt ou tard. C'est toi qui lui dis, ou je m'en charge ?

Clement se mit à transpirer. Il devait s'interposer avant qu'il soit trop tard.

— Janet, je crois que nous devrions vous emmener voir votre mère à l'hôpital, déclara-t-il, soulagé de constater que sa voix ne tremblait pas.

Trudy considéra Ronnie, puis Clement, puis Ray, sans comprendre ce qui se tramait. Elle était prise d'une sensation de vertige, comme si elle regardait dans un kaléidoscope qui ne cessait de pivoter, altérant la réalité autour d'elle. Que diable se passait-il ici ?

— Ma mère peut attendre, décréta Janet d'un ton si cassant qu'ils en restèrent tous stupéfaits. Pas cette conversation. Ne travaillez-vous pas pour la police ? demanda-t-elle subitement à Clement. Ne pouvez-vous pas l'arrêter ?

— Non, la détrompa le coroner. Je ne suis pas policier, et je ne peux arrêter personne.

Trudy, en revanche, *était* policière et *pouvait* arrêter Ronnie Dewberry quand elle le désirait. Elle s'avança d'un demi-pas et sentit Clement la retenir fermement par le poignet.

Surprise, elle s'immobilisa aussitôt, se fiant instinctivement au jugement de son partenaire. Toutefois, elle avait beau lui vouer le plus profond respect, cela ne l'empêcherait pas d'accomplir son devoir le moment venu.

— De quoi est-ce que tu parles, petite ? demanda Ray en fronçant les sourcils. Qui va se faire arrêter ?

Clement réessaya :

— Janet, je pense…

Celle-ci répondit au même moment que lui :

— J'ai trouvé le journal de David. Il savait qui a tué Iris. Il l'a écrit, asséna-t-elle en redressant le menton d'un air de défi.

Ray Dewberry opina lentement.

— Vraiment ? demanda-t-il avant d'adresser un regard triste à son fils.

— Oui, et c'était Ronnie ! s'écria Janet.

Clement vit Ray Dewberry refermer son fusil d'un coup sec, remettant l'arme en état de tirer.

— Vraiment ? répéta-t-il d'un ton menaçant.

— Papa…, intervint nerveusement Ronnie.

Voyant le fusil pivoter vers Janet, Clement sut qu'il devait agir, et vite.

— En réalité, ce n'est pas du tout ce qu'affirme le journal, déclara-t-il.

Sa voix, quoique douce et posée, fit l'effet d'une bombe.

— Comment ? Mais si ! le contredit Janet avec humeur.

— Mais si, attesta Trudy au même moment.

— Je n'ai rien fait ! s'exclama Ronnie simultanément.

Tous trois s'étaient tournés vers le coroner.

— Non, il est écrit que « RD » a tué Iris, précisa Clement.

Il avança d'un pas et vit le fusil pivoter dans sa direction.

Trudy comprit soudain, et l'ampleur de son aveuglement la frappa avec la force d'une locomotive lancée à pleine vitesse.

— Oh non ! gémit-elle. Nous avons tous supposé que « RD » signifiait Ronnie Dewberry, mais…

Tous, sauf le Dr Ryder.

— Mais il n'y a pas qu'un seul « RD » mêlé à cette affaire, compléta Clement posément. N'est-ce pas, Mr Dewberry ? conclut-il en soutenant le regard gris du fermier.

Il s'efforça d'ignorer le fusil à double canon directement braqué sur sa poitrine et de mettre ses pensées en ordre.

Pouvait-il compter sur Ronnie pour protéger Janet en cas de fusillade ? Il le pensait. Il était par ailleurs à peu près sûr que Ray n'ouvrirait pas le feu sur son propre fils, et il pourrait toujours se placer devant Trudy si l'assassin d'Iris et de David tentait de tirer sur elle – mais c'était un fusil à double détente : le premier tir l'abattrait, lui, quant au second…

Malédiction, pourquoi n'avaient-ils pas pris le temps de tenir informé le capitaine Jennings avant de se précipiter ? Au moins, il serait certain que les secours arriveraient… Il estima la distance le séparant du fermier, et sut qu'il ne parviendrait pas à la couvrir pour le désarmer.

Ray Dewberry poussa un long soupir.

Ronnie Dewberry ferma les paupières en gémissant.

Janet fut la dernière du groupe à réagir. Elle se tourna alors vers le père de Ronnie et lui lança d'un air horrifié :

— *Vous ? C'est vous qui avez tué Iris ?*

Duncan Gillingham n'en croyait pas sa veine. Après avoir abandonné sa voiture sur le chemin, il avait progressé jusqu'à la ferme, plié en deux dans le fossé à sec qui longeait les haies. Il avait pris position près de l'entrée de la cour, juste derrière le muret de pierre qui ceignait le corps de ferme.

Il était arrivé à temps pour entendre l'essentiel de la conversation, consignant tout en notes rapides dans son fidèle carnet. Rien que les citations de Janet Baines valaient leur pesant d'or !

Il visualisait déjà les gros titres du lendemain, barrant la première page, suivis de sa signature en bonne place. Un témoignage de première main relatant la confrontation d'une jeune femme avec l'assassin de son amie. Il tenait là son billet d'entrée pour la cour des grands ! Il imaginait presque les principaux tabloïds jouer des coudes pour relayer son exclusivité. Une belle offre d'emploi surviendrait forcément dans la foulée.

Ainsi, quand le père de Ronnie Dewberry était arrivé, il en aurait hurlé de rage, car il devinait que le fermier jouerait les rabat-joie et calmerait la fureur de Janet.

Puis, en un clin d'œil ou presque, cette mine d'or s'était transformée en une perspective bien plus sombre. Bien plus effrayante.

S'efforçant de ne faire aucun bruit, il avança jusqu'à oser jeter un coup d'œil par-dessus le muret, la bouche sèche et le cœur battant à tout rompre.

Il aperçut aussitôt Ray Dewberry, ses cheveux blond-roux scintillant sous le soleil de mai, debout au milieu de la cour, son fusil de chasse braqué sur le vieux vautour. À côté de celui-ci, également dans la ligne de mire, se dressait Trudy Loveday, pâle et tendue.

Duncan sentit son cœur se serrer.

Était-ce possible ? David Finch avait-il réellement écrit dans son journal que « RD » avait tué Iris Carmody ? Et se pouvait-il que l'initiale du prénom vise effectivement *Ray* et non son fils Ronnie ? Auquel cas, Dewberry père hésiterait-il à tirer ? À si courte portée, le coroner n'en réchapperait pas. Et cette arme comptait deux canons.

Qui serait la victime suivante ?

34

Ray Dewberry considéra Clement avec une telle absence d'émotion que Trudy frissonna. Elle aurait préféré qu'il se mette à divaguer, à crier, à tenter de se justifier ou de se trouver des excuses. Tout aurait été préférable à ce néant absolu.

— Papa, non ! tenta une nouvelle fois Ronnie d'un ton impuissant.

Dans une tentative pour focaliser l'attention de Ray Dewberry sur lui seul, Clement fit nonchalamment un pas sur la droite, s'éloignant de sa jeune amie. Cela pourrait offrir à Trudy une petite chance supplémentaire…

— Saviez-vous ce que votre père avait fait, Ronnie ? s'enquit-il d'un ton détaché. Ou le soupçonniez-vous seulement ?

Cette idée fit tiquer Janet, qui décida sagement – quoique tardivement – de demeurer silencieuse. Elle était venue pour mettre Ronnie au pied du mur, sachant que tout le village savait désormais qu'ils étaient en couple et qu'il s'exposerait à la pendaison s'il essayait de s'attaquer à elle. Mais au fond de son cœur, elle n'avait jamais réellement cru que Ronnie était bel et bien un assassin. Au fond d'elle, elle espérait plutôt, bêtement, obstinément, qu'il parviendrait à apaiser toutes ses craintes et à infirmer les soupçons de David Finch. En revanche, elle n'avait pas imaginé un instant qu'il pourrait couvrir les crimes de son père ! Elle-même avait longtemps bridé sa propre identité pour se plier aux exigences de sa mère ; pourtant, l'idée que l'homme qu'elle désirait tant puisse entretenir une relation aussi préjudiciable avec son seul parent ne l'avait pas effleurée.

Ronnie haussa les épaules d'un air désespéré.

— J'étais pas sûr. Je pensais… Quand Iris est morte… Je savais… Mais il y avait tellement d'autres hommes… J'espérais… Enfin, mon *propre père*… Je ne pouvais pas croire…

Il finit par se taire.

Même si sa réponse n'était constituée que de bribes incohérentes, Trudy avait facilement suivi le cheminement de sa pensée.

— Vous saviez que votre père comptait parmi les… comment dire ? admirateurs ? victimes ? d'Iris, mais comme ils étaient nombreux, vous estimiez que n'importe lequel d'entre eux avait pu l'éliminer ? suggéra-t-elle.

— Oui, confirma Ronnie dans un murmure à peine audible.

— Et pendant combien de temps Iris a-t-elle… fréquenté… votre père ? s'enquit Trudy, qui doutait de la nécessité de conduire cet interrogatoire maintenant, mais estimait que plus elle parviendrait à les faire parler, plus elle aurait le temps de réfléchir à une solution.

— Ça a duré des mois, répondit Ronnie avec amertume. Des mois entiers. Elle le saignait à blanc…

— Boucle-la, gamin, l'interrompit Ray Dewberry sans animosité.

Sa voix était aussi plate et détachée que son expression.

— Elle essayait même de le pousser à vendre des terres, poursuivit néanmoins Ronnie.

Ses marmonnements, en un clin d'œil, s'étaient mués en une diatribe pleine d'émotions. Trudy ne pouvait qu'imaginer la douleur et la frustration qu'il avait dû endurer au cours des dernières semaines, mais ce n'était clairement pas le meilleur moment pour exploser. Ils devaient calmer le jeu, et non rendre la situation encore plus tendue !

— Des terres ! La chose dont un fermier ne doit jamais se débarrasser, poursuivit Ronnie, la colère désormais perceptible dans sa voix. Mais elle arrêtait pas d'insister, d'implorer, de gémir, de le cajoler... Tu croyais que j'en savais rien ? lança le garçon avec un regard venimeux en direction de son père. Mais je l'ai entendue dans ta chambre, quand tu croyais que j'étais au pub. « On pourrait aller aux Caraïbes, Ray-Ray », récita Ronnie en imitant la voix aiguë d'Iris. Ça me dégoûtait. « Tu n'aimerais pas visiter Monte-Carlo, Ray-Ray ? Aller au casino, jouer à la roulette ? Ne serait-ce pas formidable ? » Oh ! oui, je l'ai entendue. Et après avoir couché avec elle dans ton lit – dans le lit de *maman* –, tu l'envisageais sérieusement, non ? Vendre un hectare ici ou là, pour pouvoir acheter ci ou ça...

Il criait presque, à présent.

— Je t'ai dit de la boucler, garçon, répéta Ray.

Curieusement, il avait toujours ce même timbre plat et las pour intimer à son fils de se taire.

Cette absence d'émotions ne plut pas à Clement. Pas du tout.

Le coroner fit donc un nouveau pas de côté pour s'éloigner de Trudy.

Il vit alors sa partenaire comprendre le but de sa manœuvre. Aperçut l'air à la fois blessé et accusateur qu'elle afficha. Puis sa froide détermination qui, pour la première fois, le terrifia. Et, à sa grande horreur, il la vit faire un pas en avant, réduisant l'espace la séparant de Ray.

Il voulut lui hurler d'arrêter, mais sut qu'il n'oserait pas. Surtout, ne rien faire pour déplacer l'attention sur elle. Pas alors que

Ray Dewberry se dressait là, calme et silencieux, à les observer pensivement, le fusil à la main.

De l'autre côté de son muret, Duncan Gillingham contemplait la scène avec effroi. Quelle mouche avait piqué Trudy ? Elle ne s'imaginait tout de même pas de taille à affronter un homme armé ? Avait-elle perdu l'esprit ? Elle allait se faire tuer !

Et il ne voulait pas la voir morte. Il ne pouvait pas rester caché là, comme un pleutre, en attendant le coup de feu fatal.

Mais que faire, bon sang ? *Que faire ?*

— Tu comprends, maintenant, pourquoi je détestais Iris ? demanda Ronnie en se tournant vers Janet. Elle avait mis le grappin sur mon meilleur ami et elle s'en prenait à mon père. Elle essayait de me dépouiller de mon héritage et…

Il s'interrompit, puis inspira un grand coup avant de poursuivre :

— À un moment donné, je me suis même demandé si je finirais pendu, comme David. Si la police découvrait que je la haïssais et que j'avais un mobile pour l'assassiner, j'avais peur de me faire arrêter. Et si on me déclarait coupable…

— Suffit ! explosa Ray en braquant finalement sur son fils un regard déformé par la colère. Tu crois que je la détestais pas, moi aussi, garçon ? Et tu crois que je *me* détestais pas d'avoir besoin d'elle ?

Tout le monde se figea. Trudy à quelques pas de Ray, Duncan derrière son muret, Janet et Ronnie, tournés l'un vers l'autre, et Clement, toujours prêt à bondir et redoutant de se mettre à trembloter maintenant.

— Tu crois que je me sentais pas comme un imbécile ? poursuivit Ray d'une voix toujours forte, mais sans plus crier. Tu crois que je voulais pas me débarrasser d'elle ? Mais c'était du vrai liseron, enroulé autour de mes chevilles, de plus en plus serré. Elle me faisait perdre la raison…

Il se tut alors et secoua la tête.

— Et donc, vous l'avez tuée, chuchota Janet, des larmes plein les yeux. Mais pourquoi l'avoir attachée au mât comme vous l'avez fait ?

Ray haussa les épaules.

— Qu'est-ce que j'étais censé faire de son corps ? demanda-t-il d'un ton cassant. J'ai su, pour ces parties fines répugnantes chez ce parasite londonien. Je savais que certains hommes du village y allaient, mais j'ai toujours cru que c'étaient des mensonges. Qu'ils se vantaient. Iris me jurait qu'y avait que moi. Mais un soir, alors que je rentrais des champs, j'ai vu deux voitures chics se garer dans l'allée, et des hommes ricaner en parlant de la bonne soirée qu'ils allaient passer. Et de ce qu'Iris leur avait promis de faire…

Ray secoua la tête.

— Ça m'a retourné. Je me suis vu comme elle devait me voir : comme un vieux type naïf et pitoyable. Un pigeon à plumer. Elle a jamais été intéressée par moi. Ça m'a empêché de dormir. Ça m'a coupé l'appétit. Et le pire, c'est que le lendemain, quand je l'ai vue, j'ai cru qu'elle me dégoûterait, mais même pas. Au contraire… T'as raison, fils : j'avais contacté un agent pour vendre de la terre. Et je savais que je finirais par le faire, si j'arrivais pas à me libérer d'elle. Mais je savais aussi que ce serait impossible. Pas de son vivant, en tout cas.

Pendant de longues secondes, nul ne pipa mot. Personne ne savait quoi dire. Mais peu importait, car Ray Dewberry était bien décidé à poursuivre son récit.

— Alors j'ai décidé de la tuer. Ce soir-là, la veille du 1er Mai, je lui ai demandé de s'habiller dans sa tenue du lendemain, juste pour moi, et de me retrouver avant l'aube près du chêne, sur le pré communal. Je lui ai promis un cadeau – un cadeau magnifique, qu'elle pourrait porter le jour même. Quelque chose de spécial. Je savais qu'elle pourrait pas résister. Et je me suis pas trompé. Elle est venue, aussi mignonne et fraîche que si elle descendait d'une toile de maître… sauf qu'à l'intérieur, elle était aussi noire et pourrie qu'un fruit véreux.

Il cracha au sol.

— J'ai pas perdu de temps. Je l'ai même pas laissée dire un mot – j'avais peur qu'elle me retourne le cerveau encore une fois. Je l'ai juste attrapée par la gorge et j'ai serré. Elle a eu l'air surprise. Puis effrayée. Elle a dû se débattre, mettre des coups de pied, mais j'ai rien remarqué. Y avait comme un bruit sourd dans ma tête… Puis elle a pris une couleur bizarre, ses yeux sont sortis de leurs orbites et elle est devenue très moche. J'ai pas pu supporter de voir ma belle Iris dans cet état, alors j'ai fermé les paupières pour pas voir la suite.

Ray soupira doucement.

— Quand j'ai rouvert les yeux, elle pendait toute molle entre mes mains, comme une poupée de chiffon. Les premiers merles commençaient à chanter, l'horizon à s'éclaircir, et j'ai su que j'avais plus beaucoup de temps avant que les premiers ouvriers agricoles s'activent. Où j'aurais pu l'emmener ? Qu'est-ce que j'aurais pu faire ?

Il marqua une pause, le temps de les considérer tour à tour, comme s'il espérait sincèrement une réponse. Naturellement, nul ne lui en fournit.

— Puis j'ai aperçu le mât, tout prêt pour la danse, avec ses jolis rubans et tout. Et je me suis dit… eh ben, pourquoi pas ? Après tout, elle avait toujours voulu être reine de mai, elle arrêtait pas de s'en vanter, toute fiérote. Elle avait hâte de voir ses sujets s'incliner devant elle.

Il étouffa un rire amer.

— Alors je me suis dit, pourquoi pas lui accorder ce dernier plaisir ? Je l'ai attachée au mât avec tous les rubans. Sauf qu'elle était plus si jolie, hein ?

Il y eut un nouveau silence absolu.

Janet et Ronnie le dévisageaient, frappés de stupeur.

— Quoi ? Qu'est-ce que j'aurais pu faire d'autre ? les interrogea-t-il sèchement.

Ronnie trouva finalement la force de parler.

— Et David ? Tu l'as tué aussi ?

— J'étais obligé. Je voulais pas, mais il m'a appelé un soir, depuis la cabine du village. Je regrette d'avoir fait installer le téléphone, ajouta-t-il avec un geste du menton en direction du corps de ferme. Même si ça aurait sans doute rien changé, au bout du compte. Il aurait fini par venir en personne…

Il inclina la tête de côté, comme pour réfléchir à cette éventualité.

Pour la première fois, Trudy se demanda si Ray Dewberry était bien sain d'esprit.

Clement risqua un coup d'œil alentour, en quête d'une arme de fortune. Après tout, ils se trouvaient dans une cour de ferme, où devaient traîner des tas d'objets pointus – des râteaux, des lames de charrue, des fourches, n'importe quoi…

— Il m'a dit au téléphone qu'il devait me parler seul à seul. Il a tellement insisté pour que Ronnie soit pas là que j'ai compris… j'ai compris…

Il secoua la tête.

— Il m'a jamais dit qu'il avait appris pour Iris et moi, mais j'ai su qu'il savait. Alors je lui ai dit de me retrouver à la grange le lendemain.

— Comment tu as fait ? s'enquit Ronnie d'une voix étranglée par la douleur.

Même s'il savait, au fond de lui, que son père avait assassiné Iris, jamais il ne s'était autorisé à croire qu'il avait aussi pu éliminer David, tentant de se convaincre que son ami s'était donné la mort par amour. À présent, cette fable réconfortante s'effondrait.

— J'ai broyé des vieilles pilules à ta mère et je les ai fait fondre dans de l'eau bouillante. Puis j'ai mis du whisky dans la vieille flasque à ton grand-père et j'ai porté le tout à la grange. Quand il est arrivé, j'étais assis sur une botte de foin. Je l'ai salué, puis j'ai fait semblant de boire à la flasque. Il m'a demandé de but en blanc si je fréquentais son Iris.

Ray ne put retenir un léger éclat de rire.

— *Son* Iris. Pauvre gosse. Elle jouait avec lui comme un chat avec une souris. J'ai voulu tout lui déballer et lui expliquer qu'elle était à moi. À *moi*. Mais bien sûr, je l'ai pas fait. J'ai dit : « Bon Dieu, gamin, c'est une drôle d'accusation. » Et j'ai fait mine de prendre une nouvelle lampée. Puis j'lui ai tendu la flasque en disant : « Quitte à avoir cette conversation, autant y mettre les formes. Bois un coup – tu trouveras pas meilleur whisky sur le marché. » Et il a bu. J'étais pas sûr que ça marche. S'il refusait, y aurait plus eu qu'à employer la manière forte… Mais il a pris une gorgée, puis je l'ai invité à s'asseoir sur la botte de foin à côté de moi.

Trudy n'avait aucun mal à visualiser la scène. Le jeune homme, désespéré d'apprendre la vérité, mais tellement naïf, confiant et ignorant de la férocité et du danger qui pouvaient se tapir dans le cœur de criminels comme Ray Dewberry. Était-il incapable de croire qu'un homme qu'il connaissait depuis toujours, le père de son meilleur ami, avait pu tuer la fille qu'il aimait ? Était-il entré dans cette grange dans l'espoir que Ray Dewberry parviendrait à le convaincre du contraire ?

— Il m'a dit qu'il avait reconnu un collier qu'avait appartenu à ma femme autour du cou d'Iris, reprit Ray.

— Quoi ? Tu lui as offert les bijoux de maman ? glapit Ronnie.

Son père ne réagit pas, trop profondément perdu dans ses souvenirs pour l'entendre.

— J'ai nié. J'ai dit que ça se pouvait, des colliers qui se ressemblent. Je lui ai demandé la flasque, j'ai encore fait semblant de boire, puis je lui ai rendue. Je lui ai dit que son imagination lui jouait des tours. Il a hoché la tête, comme s'il était d'accord avec moi, puis il a bu une nouvelle gorgée avant d'ajouter que c'était pas tout. Que plusieurs témoins avaient vu Iris venir par ici.

Ray redressa la tête pour observer les champs alentour.

— J'ai répondu : « Et alors ? » La fille avait bien le droit de se promener à la campagne, non ? Puis j'y ai fait un signe, et il m'a rendu la flasque. Je voyais bien qu'il commençait à avoir l'air fatigué. J'ai encore fait semblant, et je lui ai rendu le whisky. Il m'a dit qu'Iris l'avait taquiné à mon sujet – elle lui a dit que j'étais le plus bel homme du village. Il commençait à avoir de la peine à articuler. Ça m'a fait rire, j'ai répondu que j'étais flatté, mais qu'elle voulait juste se payer sa tête et le rendre jaloux. « C'est comme ça, les filles. T'as pas encore pigé, gamin ? Faire la cour, c'est un peu comme un jeu. Ça veut rien dire. » Et on a continué comme ça à discuter en copains, et à boire des coups. Et puis, quand sa tête a basculé en avant, j'ai juste attrapé la corde où j'avais préparé le nœud, je l'ai passée autour de son cou et… je l'ai soulevé.

Pris d'un haut-le-cœur, Ronnie se retourna pour vomir sur les pavés.

Son père ne sembla pas le remarquer.

— Ça a pas pris longtemps – il était déjà plus tellement conscient, et tant mieux. Puis j'ai tout mis en place pour faire croire qu'il l'avait fait lui-même – renversé l'escabeau, attaché la corde à la charrue. Je suis rentré à la maison, j'ai lavé la flasque, j'ai pris un bain, j'ai mis mes vêtements à tremper et je me suis couché. Qu'est-ce que j'aurais pu faire d'autre ? plaida-t-il en se tournant vers son fils, livide, qui s'essuyait la bouche d'un revers de main.

Il pivota ensuite vers Janet, qui fut incapable de soutenir son regard.

— Je voulais pas tuer le gamin, vous comprenez ?

Il paraissait chagriné, désormais, et considérait tour à tour les jeunes gens et les deux enquêteurs.

— Je le connaissais depuis tout gosse. C'était un bon gars, mais j'ai su qu'il arrêterait pas de fouiner jusqu'à trouver une preuve. Un fils de flic… Qu'est-ce que j'aurais pu faire d'autre ?

Il chercha auprès de Trudy une forme d'approbation ou de reconnaissance, mais elle était muette de stupéfaction.

— C'est aussi vous qui vous en êtes pris à ma mère ? demanda Janet, dont la voix se brisa légèrement quand elle réprima un sanglot.

— Ça, c'était pas de veine, fit Ray. Je cherchais juste le journal du petit. Tout le village en parlait. Je savais que les Finch et les flics l'avaient pas, sinon on l'aurait su depuis longtemps. Alors je m'suis dit qu'il avait dû le planquer avant de venir me voir. Comme une sorte de protection, en fait. Il a toujours été malin, ce David. Bref, je l'ai cherché partout, ça, je vous le dis. Dans la salle des fêtes, dans l'église, même dans cette foutue cabine téléphonique. J'ai même fouillé la maison Carmody de fond en comble, pendant qu'ils étaient aux pompes funèbres. C'est là que j'ai pensé à toi, déclara-t-il en désignant Janet. Après tout, t'étais la meilleure amie d'Iris, et l'une des rares à vraiment pleurer sur son sort. Peut-être que David te l'avait donné pour que tu le caches. Je ne savais pas si tu l'avais lu, et je me demandais pourquoi tu l'avais pas refilé aux flics si c'est toi qui l'avais.

Il observa cependant son fils et Janet avec un horrible sourire entendu.

— Bref, ça valait la peine d'essayer, alors j'ai été fouiller chez toi ce matin, pensant que vous seriez encore à l'église.

Trudy secoua tristement la tête. Combien de fois avait-elle conseillé aux gens – surtout dans les petits villages – de penser à verrouiller leur porte ? Mais personne ne le faisait jamais. Dewberry avait dû simplement passer par-derrière, sans rencontrer le moindre problème.

— Mais ta mère a dû m'entendre, reprit-il. À ce moment-là, elle est descendue en t'appelant. J'ai juste eu le temps de me cacher derrière la porte, et quand elle est passée devant moi, je l'ai cognée sur la tête avec une casserole. Comme elle m'a pas vu, j'ai pas eu besoin de m'acharner. Elle respirait encore quand je suis parti, ajouta-t-il en s'adressant à Janet, comme s'il s'attendait à ce qu'elle le remercie pour sa considération.

Brusquement, il pivota vers Clement.

— Arrêtez de bouger. Vous croyez que j'ai pas compris ce que vous mijotez ? C'est inutile. Eux, c'est des gamins, ils connaissent rien à rien. Mais vous et moi, on sait comment ça se passe. Vous avez fait la guerre...

Il leva son fusil pour mettre Clement en joue.

— Pas la peine de repousser l'échéance. Autant en finir. Personne comprendra jamais, c'est ça qu'est dommage, ajouta-t-il après coup. Personne comprendra que tout est la faute d'Iris.

— Vous ne pouvez pas nous tuer tous, s'écria Clement sans grand espoir.

Il ne décelait rien d'autre qu'une détermination froide dans les prunelles de Ray Dewberry.

— Non, Ronnie va m'aider. C'est un bon garçon. On va vous enterrer près de Trigger Pond...

— Non, papa, je ne t'aiderai pas, protesta Ronnie.

Son père ne réagit pas.

Trudy entendit un bourdonnement dans sa tête et sentit ses jambes se dérober sous elle. C'en était donc terminé ? Ce serait ici, à cet instant, qu'elle trouverait la mort ? Malgré les pas qu'elle avait faits pour se rapprocher de l'assassin d'Iris, comptant tout tenter pour accomplir son devoir, son corps refusait de lui répondre à présent que l'heure était venue. Elle ne parvenait pas à y croire.

Janet poussa un cri étouffé. Ce matin encore, elle voulait affronter Ronnie et le forcer à avouer qu'il avait tué Iris ; elle s'imaginait alors qu'elle se sentirait si puissante que cela lui permettrait enfin de sortir de l'ombre de son amie. Elle s'était vue retourner au village en héroïne triomphante, admirée et respectée de tous, et non plus sous-estimée. Elle trouverait alors finalement le courage d'annoncer à sa mère qu'elle voulait emménager seule dans un petit appartement, déserter la maison si bien décorée, quitter ce village grand comme un bocal et commencer à vivre, à *vivre* enfin !

Mais à présent, elle allait mourir. Mourir avant même d'avoir pu goûter à la vie.

— Je suis désolé, sincèrement, lui affirma Ray Dewberry tout en visant le coroner d'un air résolu. Mais je n'ai pas le choix, tu comprends, petite ? Je dois penser à ma réputation, préserver l'avenir de mon fils, sauver la ferme. Les Dewberry travaillent la terre depuis l'arrivée des Normands. Personne comprendrait pour Iris, tu sais…

— *Et si on leur expliquait ?*

Cherchant la source de cette voix inconnue, Ray se retourna instinctivement, faisant pivoter avec lui le canon de son fusil.

35

Trudy reconnut aussitôt la voix, sans comprendre pour quelle raison elle l'entendait. Elle paraissait tellement hors de propos qu'elle se demanda un instant si elle était victime d'hallucinations.

Elle se retourna pour regarder derrière elle et constata qu'elle ne s'y était pas trompée : Duncan Gillingham s'avançait bel et bien vers eux. Il veillait à maintenir les mains bien écartées, afin de montrer qu'il ne tenait rien de plus dangereux qu'un carnet et un crayon.

— Qu'est-ce que… Vous êtes qui ? Qu'est-ce que vous foutez là ? rugit Ray Dewberry, les yeux exorbités.

Clement profita de cette distraction pour se rapprocher rapidement de lui. Par chance, Trudy, focalisée sur l'arrivée du nouveau venu, ne le vit pas agir.

Ronnie jeta un coup d'œil inquiet au coroner, puis à son père ; il hésitait clairement à alerter ce dernier. Son dévouement était grand, mais jusqu'où s'étendait-il ? Sans un mot, Clement adressa un signe de tête à Janet, puis un regard appuyé à Ronnie, avant de désigner la maison d'un coup de menton. Il mima ensuite l'action de téléphoner.

Janet hocha la tête, comprenant immédiatement ce qu'il attendait d'elle, et tira d'un air implorant sur le bras de Ronnie. L'espace d'un instant d'angoisse, Clement craignit qu'il refuse de bouger et jeta un regard noir au jeune homme, tâchant au mieux d'exprimer son indignation. Il regarda de nouveau Janet, désigna le fusil dans la main du fermier, et indiqua le corps de ferme d'un signe de tête impérieux que Ronnie ne put interpréter de travers.

Mettez Janet à l'abri ! Réfléchissez, mon garçon !

À son grand soulagement, Ronnie eut la décence de rougir de honte ; après avoir jeté un dernier regard craintif au dos de son père, il commença à reculer, protégeant Janet de son corps. Heureusement, la porte ouverte de la cuisine n'était pas très loin, et Ray Dewberry était trop surpris par l'arrivée impromptue de l'inconnu pour percevoir le mouvement derrière lui.

— Je vous ai demandé ce que vous foutiez là ! hurla Ray à Duncan.

Trudy, le cœur au bord des lèvres, vit Duncan tressaillir, puis plaquer un sourire sur son beau visage.

— Je suis l'homme qui apporte une solution à votre problème, Mr Dewberry, répondit-il courtoisement.

Trudy eut envie de l'étrangler. Tenter sa chance à un moment pareil... N'avait-il pas conscience de ne pas pouvoir compter sur son charme ou son culot dans une telle situation ? Ray Dewberry se moquait comme d'une guigne de ses belles paroles ou de ses manières convaincantes – il allait lui tirer dessus !

— Ce n'est personne d'important, intervint Trudy, pour faire en sorte que le fermier ne le considère pas comme une menace. Juste un sale reporter d'un torchon local.

Elle espérait que son ton trahissait le détachement et le mépris voulus.

Clement poussa un soupir de soulagement quand Janet, puis Ronnie, eurent disparu à l'intérieur de la ferme et que la porte se referma doucement. Il espérait que le garçon aurait la jugeote de la verrouiller. Et d'y mettre la barre, pour faire bonne mesure. Avec un peu de chance, Janet était déjà en train de se précipiter sur le téléphone pour prévenir la police.

— Un reporter ! fit Ray avec dédain. Comme si j'avais besoin de ça !

— Précisément, Mr Dewberry, rétorqua Duncan en tâchant d'ignorer la nausée qui lui soulevait le cœur et le début de vertige qui lui donnait envie de s'asseoir. Vous avez besoin de moi.

Quand il avait acquis la conviction que Ray passerait à l'acte, l'idée avait jailli de sa tête tel le bouchon d'une bouteille, et quelque chose en lui l'avait poussé à se lever. Il avait ensuite contourné le muret pour pénétrer dans la cour.

Et à présent, il lui fallait se montrer convaincant.

— Vous venez de dire que vous n'avez pas eu le choix, que tout était la faute d'Iris Carmody, reprit Duncan nerveusement. Que personne ne comprendrait la vérité de l'affaire. N'est-ce pas ?

Ray continuait de le dévisager silencieusement.

Duncan avala sa salive, puis tenta de sourire de nouveau.

— Eh bien, c'est en cela que je peux vous être utile, reprit-il en agitant la main tenant le carnet. Je peux raconter votre histoire à tout le monde, Mr Dewberry. *Vous pouvez faire entendre votre version.* Expliquer à tous comment était Iris, sa faculté à rendre les gens fous, à vous forcer à faire n'importe quoi. Donnez une chance à l'opinion publique d'entendre la vérité.

Ray commençait-il à avoir moins l'air d'un meurtrier pour paraître plus réfléchi, ou n'était-ce qu'un vœu pieux ? Encouragé par ce début de réaction, Duncan avança d'un pas prudent.

— Ne voulez-vous pas que les gens comprennent comment et pourquoi tout ceci est arrivé ? Que tout n'était pas votre faute ?

Il risqua un coup d'œil à Trudy, l'implorant silencieusement de ne rien entreprendre d'inconsidéré et de le laisser jouer sa partition. S'il parvenait à convaincre Dewberry de baisser son arme, ils pourraient tous s'en sortir vivants. C'est alors qu'il vit le coroner s'approcher à pas de velours du meurtrier.

Le journaliste sentit son cœur s'emballer. Si ce satané Ryder le plaquait et que le coup partait tout seul, Duncan pourrait bien se retrouver coupé en deux !

— Et ne pensez-vous pas que tout le monde *mérite* de connaître la vérité ? reprit-il d'une voix forte, cherchant à tout prix à accaparer l'attention du forcené. Après tout, il doit bien exister d'autres filles comme Iris… D'autres femmes magnifiques, mais corrompues, déterminées à détruire d'autres hommes comme vous. Ne pensez-vous pas qu'il faudrait les *alerter*, Mr Dewberry ? Il est de votre devoir de le faire, les gens vous remercieront pour cela.

Trudy comprit enfin ce qu'il essayait d'accomplir et se retourna vers le père de Ronnie pour voir si Duncan avait réussi à l'infléchir. À son expression hésitante, il lui sembla que oui.

Duncan enfonça le clou.

— Réfléchissez, Mr Dewberry – tout le monde pourrait lire votre histoire dans le journal et la comprendre, vos voisins comme de parfaits inconnus. Tous devraient compatir avec vous, non ? Ils ne vous jugeront pas.

Ray hocha la tête.

— Probablement, concéda-t-il.

Trudy retint son souffle et se remit à espérer.

Clement, de son côté, ralentit son approche.

— Et les filles comme Iris ne dupent généralement pas les autres femmes, l'avez-vous remarqué, Mr Dewberry ? Je parierais ma chemise que toutes les dames du village ne la considéraient pas comme une bonne personne.

Ray opina une nouvelle fois lentement.

— C'est vrai. Aucune d'elles ne l'aimait.

— Et voilà ! s'exclama Duncan. Si vous racontez votre histoire, toutes les femmes qui la liront vous comprendront enfin. Et n'est-ce pas ce dont vous avez le plus besoin ? Que les gens sachent que vous n'y êtes pour rien ?

Il agita une nouvelle fois son carnet.

— Alors, trouvons-nous un coin tranquille où vous pourrez tout me dire. D'accord ?

— La situation est vraiment catastrophique, hein ? souffla Ray en guise de réponse.

— Je le crains, Mr Dewberry, confirma doucement Clement.

Quand le fermier se retourna vers le coroner, Duncan faillit s'effondrer, tant il était soulagé de ne plus voir les deux gueules noires des canons braquées sur sa poitrine.

— Maintenant que Mr Gillingham nous a rejoints, vous ne pouvez plus gagner, n'est-ce pas ? fit Clement. Non seulement nous sommes plus nombreux, mais sa rédaction sait où il se trouve. Et s'il ne revient pas… Par ailleurs, votre fils et Janet sont actuellement en train d'appeler la police.

Ray sursauta et regarda autour de lui d'un air paniqué, ne remarquant que maintenant leur absence.

Il frémit un instant tel un chien d'arrêt repérant une proie, tout son corps tendu à l'extrême.

Puis, subitement, il s'affaissa. La désertion de son fils avait été la goutte d'eau. Il abaissa imperceptiblement la tête, orienta son fusil vers le sol. Quelques instants plus tard, il finit par hocher la tête.

Trudy parvint à reprendre son souffle, qu'elle retenait sans s'en rendre compte depuis de longues secondes.

— Je vais récupérer votre arme, vous voulez bien ? demanda Clement d'une voix posée.

Il tendit la main et s'avança à pas prudents.

— Puis vous et ce jeune homme pourrez vous mettre au travail.

Il fixa Duncan d'un air sardonique, car quoique conscient de l'immense service que celui-ci leur avait rendu, il n'était pas dupe : le journaliste leur avait sauvé la vie uniquement parce qu'il convoitait un entretien exclusif avec le meurtrier, ainsi que la gloire et le prestige que cela lui procurerait.

— Oui, nous devons faire vite, confirma Duncan en lisant sans mal dans les prunelles du coroner, à qui il rendit un regard hostile – ce vieux grincheux ne l'avait décidément jamais apprécié. Si la police est déjà en route, nous n'avons plus beaucoup de temps.

Ray Dewberry se débattit un instant de plus avec ses pensées, mais finit par embrasser d'un regard désespéré les environs, ces terres sur lesquelles il avait vécu toute sa vie et qu'il ne reverrait jamais. Il soupira alors, ouvrit le canon du fusil et le remit à contrecœur à Clement.

Trudy vint se poster près de son ami. Elle n'avait pas de menottes sur elle et ne pouvait donc pas procéder à une arrestation en bonne et due forme. En outre, le capitaine Jennings n'apprécierait sans doute pas d'être privé de cet honneur.

Et puis, en voyant Duncan griffonner dans son carnet tandis que Ray Dewberry s'épanchait, elle n'eut pas le cœur à faire quoi que ce fût pour l'empêcher d'obtenir son précieux article. Tout bien considéré, il avait couru un grand danger pour décrocher cette opportunité. Et il lui avait sûrement sauvé la vie, ainsi que celle d'au moins un des autres témoins – sans doute le Dr Ryder. Sans Duncan, elle aurait dû courir le risque de se ruer sur Ray – qu'elle avait senti sur le point d'ouvrir le feu.

Et le Dr Clement Ryder n'aurait pas été long à réagir.

L'attente des voitures de police sembla à la fois longue et courte, car Trudy avait toujours un peu la sensation de vivre un rêve éveillé. Elle était probablement en état de choc, comme eux tous.

Se trouvaient-ils réellement debout dans cette cour de ferme baignée de soleil, tandis que Janet et Ronnie s'étaient réfugiés à l'intérieur et que Duncan interviewait un assassin ? Clement restait-il malgré tout aux aguets, le fusil à la main, juste au cas où ?

Quand ils perçurent le bruit lointain des sirènes, Duncan accéléra la cadence et enchaîna ses dernières questions. Ray Dewberry y répondit posément, comme s'il évoquait le cours du blé.

36

La nuit était tombée quand Trudy, Clement, le commissaire Finch et le capitaine Jennings eurent enfin le temps de se réunir brièvement dans le bureau de ce dernier. Ray Dewberry avait été incarcéré et tout le monde avait livré sa déposition.

Sans surprise, tous quatre paraissaient physiquement et psychologiquement éprouvés.

Keith Finch oscillait entre l'euphorie de savoir la mémoire de son fils lavée et la résignation de ne pouvoir le ramener d'entre les morts.

Le capitaine Jennings, pour sa part, était soulagé d'avoir résolu cette affaire de meurtre, mais contrarié que tout le mérite en revienne une fois de plus au vieux vautour et à cette policière indisciplinée.

Il s'était déjà époumoné à lui reprocher de ne pas l'avoir attendu chez les Baines et de s'être précipitée dans cette folle entreprise sans lui avoir fait son rapport. Selon lui, c'était grâce à un mélange de chance et d'incompétence que Trudy, le vieux vautour et un reporter héros de pacotille avaient réussi à sauver la vie de Janet, et peut-être celle du jeune Dewberry. Cela lui était insupportable. Il lui restait donc quantité de fiel à écouler, et il ne se priverait pas pour le faire. Quand cela ne présenterait plus aucun danger.

Pour l'heure, le commissaire Finch prenait évidemment fait et cause pour Trudy (et les autres gradés se répandaient en interviews, racontant quelles merveilles d'ingéniosité ils avaient dû déployer pour résoudre non pas une, mais deux affaires de meurtre fortement médiatisées), et Jennings savait qu'elle ne risquait pas la moindre mesure disciplinaire. Comme d'habitude, la bonne étoile de l'agent Loveday brûlait haut dans le ciel.

Force était toutefois de reconnaître qu'elle ne s'était pas trop mal acquittée de sa tâche. La première bleusaille venue n'aurait pas réussi à conserver son sang-froid face à un tueur armé d'un fusil.

— Savez-vous comment se porte Mrs Baines, capitaine ?

La voix de Trudy le tira de ses sombres ruminations.

— Aux dernières nouvelles, elle était dans le coma, grommela-t-il en se tournant vers le coroner. Elle souffre d'une hémorragie cérébrale, c'est bien cela ?

Clement acquiesça.

— Mais ils ont soulagé la pression et ont bon espoir qu'elle se rétablisse. En revanche, je pense que la jeune Janet va être très sollicitée. Sa mère va avoir besoin d'elle.

Trudy soupira.

— J'espère que Ronnie et elle vont se mettre ensemble. Après tout ce qu'ils ont traversé, ils méritent bien un peu de bonheur.

Jennings eut une moue sceptique. D'après son expérience, ce genre de tragédie ne finissait bien pour aucun des protagonistes. Le jeune Ronnie Dewberry resterait sans doute un paria toute sa vie – du moins à Middle Fenton, où il serait à jamais considéré comme le fils d'un tueur. Et il imaginait mal Mrs Baines, quand elle serait sur pied, accepter de lui céder la main de sa précieuse fille. À moins qu'ils s'enfuient à Gretna Green[1], puis démarrent une nouvelle vie quelque part loin de là. Et encore, que pourraient-ils espérer ? Janet avait cru Ronnie coupable de la mort d'Iris, le garçon pourrait-il jamais lui pardonner ce manque de confiance – même en tenant compte des circonstances exceptionnelles ?

— Bien, je vais pouvoir retrouver ma famille, déclara Keith Finch d'une voix étranglée.

Il tendit la main au coroner.

— Merci, docteur Ryder, pour tout ce que vous avez accompli.

— Je n'étais pas tout seul, souligna Clement, au grand dam de Jennings.

— Non, en effet. Agent Loveday.

Keith se tourna vers elle pour lui serrer la main également, en dépit du protocole.

— Je mise beaucoup sur vous, ajouta-t-il.

Trudy se sentit rougir.

Jennings attendit que son officier supérieur soit sorti du bureau pour braquer son regard perçant sur Trudy. Il misait gros, effectivement.

Clement choisit cet instant pour se lever à son tour.

— Eh bien, je vais rentrer aussi. Ce fut une journée très éprouvante, j'ai grand besoin de me reposer.

Trudy l'observa avec inquiétude. Il paraissait fatigué, usé et, pour la première fois depuis qu'elle le connaissait, elle le trouva presque… *vieux*.

Clement se força à regagner la porte à grands pas assurés, secrètement soulagé que ses jambes ne le trahissent pas. À n'en

1. Village à la frontière écossaise, où les couples mineurs pouvaient se marier sans autorisation parentale.

pas douter, la journée avait été dure, et il ne pouvait plus se bercer d'illusions : sa maladie ne lui laissait plus de répit.

Toutefois, il était convaincu qu'après une bonne nuit de sommeil et un copieux petit déjeuner, il serait de nouveau frais comme un gardon. Il n'était tout de même pas encore bon pour la casse !

Il ne lui restait plus désormais qu'à rentrer chez lui sans foncer dans un fossé.

Lorsque le vieux vautour eut quitté les lieux, Jennings put enfin se détendre. Avec un petit sourire satisfait, il tourna son attention sur la jeune femme qui semblait déterminée à lui empoisonner l'existence.

— À nous deux, agent Loveday, commença-t-il d'une voix inquiétante.

Trudy se redressa sur sa chaise.

— Capitaine, répondit-elle platement.

Au moins, pensa-t-elle avec une forme de reconnaissance, certaines choses ne changeraient jamais.

Composé et édité par HarperCollins France.

Achevé d'imprimer en octobre 2022.

FIRMIN-DIDOT

à Mesnil-sur-l'Estrée (Eure)

Dépôt légal : novembre 2022.

Pour limiter l'empreinte environnementale de ses livres, HarperCollins France s'engage à n'utiliser que du papier fabriqué à partir de bois provenant de forêts gérées durablement et de manière responsable.

Imprimé en France